本書由武夷學院武夷山世界文化遺産研究中心資助出版

武夷文獻叢書

二藍集

〔明〕藍仁 藍智 著

王志陽 點校

海峽出版發行集團
THE STRAITS PUBLISHING & DISTRIBUTING GROUP
福建教育出版社

圖書在版編目（CIP）數據

二藍集／（明）藍仁，（明）藍智著；王志陽點校
．—福州：福建教育出版社，2023.2
（武夷文獻叢書）
ISBN 978-7-5334-8968-7

Ⅰ．①二… Ⅱ．①藍… ②藍… ③王… Ⅲ．①古典詩
歌—詩集—中國—明代 Ⅳ．①I222.748

中國版本圖書館 CIP 數據核字（2021）第 237972 號

武夷文獻叢書

二藍集

〔明〕藍仁 藍智 著 王志陽 點校

出版發行	福建教育出版社	
	（福州市夢山路 27 號 郵編：350025 網址：www.fep.com.cn	
	編輯部電話：0591-83716190	
	發行部電話：0591-83721876 87115073 010-62024258）	
出 版 人	江金輝	
印 刷	福州印團網印刷有限公司	
	（福州市倉山區建新鎮十字亭路 4 號）	
開 本	710 毫米×1000 毫米 1/16	
印 張	26.5	
字 數	301 千字	
插 頁	2	
版 次	2023 年 2 月第 1 版 2023 年 2 月第 1 次印刷	
書 號	ISBN 978-7-5334-8968-7	
定 價	56.00 元	

如發現本書印裝質量問題，請向本社出版科（電話：0591-83726019）調換。

序

陳慶元

　　志陽請我爲《二藍集》作序。二藍，即藍仁、藍智，明初崇安縣（治所在今福建省武夷山市）星村人。忽然想起來，距1970年初春我到武夷山工作，已經過了半個世紀。1979年秋，離開武夷。這九年半的時間，我一直在星村鄉下的一所中學教書。鄉間生活，可以讀到的書極爲有限，一次偶然的機會，借到一部綫裝《武夷山志》，邊讀邊抄，邊抄邊讀，眼界頓時大開。因此知道武夷山有藍仁、藍智兄弟，有《藍山集》和《藍澗集》。《武夷山志》所録二藍之詩很有限，常以爲憾。二十多年後，系統讀閩人別集，能見到的二藍之《集》，也只有文淵閣四庫本從《永樂大典》輯出的本子。四庫本固有裒集之功，但不免有兄弟之冠互戴之失，考證不精，搜詩也不全。又過了十多年，我到復旦大學圖書館讀書，讀到嘉靖刻本《藍澗集》，有數日的欣喜，然而又以未讀到《藍山集》好的本子爲憾。没有想到又過了十多年，志陽既搜集到嘉靖本《藍澗集》，又找到嘉靖本《藍山集》（實以正統刻本補版），并且完成了兩個集子的點校工作，合兩部書爲《二藍集》，即將付梓。就我個人而言，半個世紀讀"二藍"全本的願望終於得到充分地滿足。就學術界而言，研究明詩者從此再也不用爲四庫本的漏收、誤收和文字錯訛所苦。志陽可謂是"二藍"的功臣。

　　志陽説，《二藍集》爲武夷學院"武夷文獻叢書"之一種，我内心不覺爲之一震。三十年來，爲地方文獻的整理，我不斷奔走呼籲，到一所學校講演，每每不忘地方文獻整理這一話題，福建高校就不必説了，2012 年我在臺灣"中央大學"教書，"中研院"請我去講演，題目也不離福建地方文獻。2016 年我在金門大學任講座教授，一邊教金門文學，一邊呼籲整理金門文獻。我給省人大寫過建議，給主管文化宣傳的省領導寫過報告，答覆或批示都是肯定的。值得高興的是，十多年來，福建地方文獻整理工作有了長足進展，"泉州文庫"已經出了一二百種，廈門市圖書館、漳州市圖書館也都在組織力量開展這項工作。某些高校，如華僑大學，也有部分老師參與了泉州文獻的搜集整理工作。我曾經説過，地方文獻的整理，最好由當地政府來主導，"八閩文庫"的啓動就是一個很好的例子。我還説過，地方政府如果一時顧及不到，當地高校不妨承擔起這方面的責任。所以，聽説《二藍集》是武夷學院地方古籍整理的一個項目，内心不能不爲之震動。武夷學院的領導對地方文獻整理的重視，很有眼光。第一種出版之後，必然有第二種和以後若干種；第一輯之後，可能還有第二輯和以後若干輯。

"武夷文獻叢書"是個很好的平臺。志陽應當協助平臺負責人，爲武夷地方文獻的整理工作多出謀劃策。按照我的理解，武夷文化，應當包含整個閩北。我個人認爲，"武夷文獻叢書"應當在文史方面多下點功夫。就文學而言，閩北宋代有慢詞開拓者柳永、西崑派領袖楊億，有邵武"三嚴"（嚴羽、嚴仁、嚴燦），有《詩人玉屑》的作者魏慶之，元代有邵武的黄鎮城，明代有文學史上"三楊"之一的楊榮，清代有獨樹一幟的古文家高澍然。除了柳永、嚴羽等幾位，大多數作家的文獻還來不及整理出版。有的作家很重要，長期未被重視，如光澤高澍然（1774—1841），他是建寧朱仕琇的再傳弟子，曾主講廈門玉屏書院，繼陳壽祺之後任《福建通志》總纂，著有《抑快軒文集》七十四卷。高澍然卒，弟子金門林樹梅（1808—1851）協助料理喪事，與高澍然後人整理并抄録《抑快軒文集》兩部，一部高澍然後人留存，一部林氏帶回金門。今存《抑快軒文集》有鈔本兩種，一爲謝章鋌（1820—1903）從高澍然之孫處借鈔之本，光緒十三年（1887）鈔，今藏福建省圖書館。一爲楊浚（1830—1890）鈔本，光緒十三年楊浚在鷺門（今廈門本島）門人吕澂處見到《抑快軒文集》，遂借回鈔録，次年上元節鈔畢。我疑心吕澂藏本即林樹梅携回金門之本。林樹梅於道光末年奉生母與妾李氏居廈門，樹梅與吕世宜（1784—1854）之後友情甚篤，吕世宜亦金門人，亦居廈門，吕澂疑爲吕世宜後人。林樹梅、吕世宜卒後，林氏藏本歸吕澂所有，此本今藏復旦大學圖書館。二十世紀二十年代，永安黄曾樾拜陳衍爲師，請教古文之學，陳衍曰：“讀高澍然。”從此黄氏鋭意窮搜，得高澍然古文二百餘篇，抗戰時在永安非常艱難的條件下自費印行。黄氏當時不知高澍然有《抑快軒文集》傳世，故搜集文本不全。

今人講清代古文，只講桐城、陽湖，其實朱仕琇、高澍然於桐城、陽湖之外，自成一派。遺憾的是，閩人已不太知道高澍然，不讀高澍然的古文了，這辜負了謝章鋌、楊浚、陳衍、陳寶琛（陳氏也印過高澍然文）、黄曾樾一百多年來的苦心。竊以爲《抑快軒文集》整理出版，是遲早的事，若“武夷文獻叢書”能將其列入規劃，則是一件幸事。

志陽從事宋明理學研究已經好些年了，這次將塵封四百多年的《二藍集》整理出版，是他學術生涯的另一個出發點。志陽整理《二藍集》比較規範，如前所述，有一個可靠的善本作爲底本。其次，志陽還找到清抄本作爲參校本。一般説來，四庫本不宜作爲古籍整理的參校本，《藍山集》《藍澗集》情況比較特殊，因爲是從永樂本輯出，而《永樂大典》今存殘卷非常有限，故《二藍集》將四庫本作爲參校本之一，也不失爲一種選擇，值得肯定。

上文説過，古籍整理工作，地方政府、高校的主導作用非常重要。我還要補充説：如果地方政府、高校一時顧及不到，或尚未規劃到，學者也應當發揮自己的主觀能動性，積極主動從事這項工作。廈門大學劉榮平教授，花十數年功夫，以一己之力，完成《全閩詞》五大册的輯纂工作，足以傳世，就是一個很好的例子。優秀的古籍整理著作，往往會被出版社看重，出版社還會積極向政府或相關部門申請出版資助，解決出版經費的問題。榮平的《全閩詞》是一個例子，我個人整理的《謝章鋌集》《曹學佺全集》，主編的《臺灣古籍叢編》（1—10輯）、《閩海文獻叢刊》（第二輯）也是這種情況。部分高校計算科研工作量、職稱評定，對古籍整理著作的評價，和論著有一定的差距，當然有它的道理。但是我想説的是，志陽和古籍整理的同仁，不妨把眼光放得長遠些。福建省人民政府從一九八八年開始評哲學社會科學優秀成果獎，迄今評了十四屆，假如中國文學每屆平均評出十五六個獎項，至今已約二百項了，他人的著作我不知道，至少我自己的一些成果或許已經被人遺忘，但榮平的《全閩詞》現在仍然還在不斷被人閱讀使用。

昨天，一位資深的長江學者在微信上和我聊天，他説，某某，還有某某，跟你做博士後，很優秀啊！我説，那是早期的事了，後來的沒那麼好。剛一説完，我馬上覺得失言了，像志陽等後起之秀，剛剛起步不久，未來可期，怎麼能隨便下此結論呢！

樂而爲志陽序。

二〇二二年四月三日
於福倉山華廬

整理説明

　　《二藍集》的作者藍仁、藍智兄弟，是元末明初人，本書初刻於明初，現就整理過程中的書名由來、各歷史版本與現存概況、現存版本情況及其關係、點校凡例等作以下簡要説明。

一、《二藍集》之稱呼

　　二藍是指藍仁、藍智兄弟二人，元末明初崇安縣（治所在今福建省武夷山市）人。兄藍仁，字静之，有《藍山集》。弟藍智，字明之，有《藍澗集》。《明史·文苑一》有傳。二藍并稱始於清代，如朱彝尊《静志居詩話》稱"二藍學文於武夷杜清碧"云云，而《藍山集》《藍澗集》却從未刻爲一本詩集，亦未有"二藍集"之謂。不過本書以《二藍集》合稱《藍山集》《藍澗集》，當可成立，理由有二：一是《藍山集》《藍澗集》合刻历史悠久。四庫館臣提要《藍澗集》説："《集》本合刻，吴明經焯嘗於吴門買得《藍山集》，是洪武時刊，……而《藍澗集》究不可購。"顯然存在矛盾之處，若二集合刻，《藍山集》保存完整，《藍澗集》却無任何消息似不合常理。不過二集合刻不會遲於清代道光年間，因爲胡惠孚於道光辛卯（1831）中秋所作提要云："余得滬上李氏藏書，中有影鈔明初刊本，二藍詩集各六卷。"此後藍蔚雯於咸豐丁巳（1857）重刊明初刻本，清光緒十四年（1888）宣敬熙重刊藍蔚雯咸豐刻本均是合刻形式。二是藍仁、藍智本是親兄弟，又同師從杜本學習任士林的詩法，且藍智追隨其兄學習詩文法，形成風格相似的特徵，正如朱彝尊《静志居詩話》"藍智"條所云："《藍山》《藍澗》二集，選家誤有參錯。"其原因正是四庫館臣所言的"殆亦因其格調相近，不能猝辨歟"。由上述理由可知，將《藍山集》《藍澗集》合稱《二藍集》實符合藍仁、藍智兄弟并稱的歷史事實，亦符合《藍山集》《藍澗集》一起刊刻流傳的歷史事實，當可成立。

二、《二藍集》各歷史版本及其現存概況

根據現存於《藍山集》《藍澗集》的序、跋、提要及其他書目文獻，《二藍集》的刊刻歷史版本大體如下。

（一）《藍山集》單行本

1. 明洪武庚辰秋藍山書舍刻本（實爲明建文二年刻本）；

2. 明正統二年刻本；

3. 明嘉靖刻本；

4. 清文淵閣四庫全書本（簡稱"四庫全書本"）。

（二）《藍澗集》單行本

1. 明永樂元年癸未孟春藍山書舍刊本；

2. 明嘉靖丙戌孟冬藍可軒藍鉏等重刊本（簡稱"明嘉靖丙戌刻本"）；

3. 清文淵閣四庫全書本（簡稱"四庫全書本"）。

（三）《藍山集》《藍澗集》合本

1. 清抄本；

2. 清咸豐丁巳藍蔚雯重刊本；

3. 清光緒十四年宣敬熙重刊咸豐刻藍蔚雯本（簡稱"清光緒十四年刻本"）。

上述版本源流主要依據兩方面情況：一是依據現存《藍山集》《藍澗集》中所保留的序、跋等文字或其保留的刊本情況，如在《藍山集》單行本保存的"洪武庚辰秋藍山書舍刻本"是依據現存明嘉靖刻本所保存的文字"洪武庚辰秋藍山書舍刊"，但因洪武年間無庚辰年，離洪武年號最近的"庚辰年"，實已是明建文二年（1400），故洪武庚辰年應該是明建文二年（1400）。這種現象源於明建文帝在位期間，明成祖朱棣發起靖難之變，故朱棣在登基之後，采取各種措施毀滅建文帝在位的合法性，其最重要的舉措就是改建文四年爲洪武三十五年（1402），則依據其原則，明建文二年被追改爲洪武三十三年（1400），而刊刻不久的《藍山先生詩集》爲了規避政治風險，將其改稱爲"洪武庚辰"本，并以此本上交朝廷，編入《永樂大典》。明正統二年刻本則是依據陳璉所作序言落款"正統二年丁巳秋八月朔嘉議大夫禮部左侍郎羊城陳璉"。《藍山集》明嘉靖刻本則是依據中國國家圖書館所斷定的時限而言，雖然未見國家圖書館對其斷定時間的説明，但是將其刻本情況與明確標記刊刻於明嘉靖丙戌的藍鉏刻本《藍澗集》相比較，其無論版式或者字體大體相同，且符合黃永年先生《古籍版本學》所述明嘉靖刻本特徵，[①] 故我們斷定其當是明嘉靖刻本，至於其具體情況，詳見下文。

在《藍澗集》單行本中，"明永樂元年癸未孟春藍山書舍刊本"是依據明嘉靖丙戌孟冬藍可軒藍鉏等重刊本所保存的"時永樂元年癸未孟春藍山書舍刊"；明嘉靖丙戌刻本是依據其書所存"嘉靖丙戌孟冬穀旦山澗六世孫可軒藍鉏等重刊"。在《藍山集》《藍澗集》合刊本中，"清抄本"依據黃山書社《明別集叢刊》第一輯第九册《藍山先生詩集六卷》所注明"清抄本"；"清咸豐丁巳藍蔚雯刊本"則是依據光緒十四年刻本所保存藍蔚雯跋文的落款時間"咸豐丁巳

① 黃永年先生《古籍版本學》對明嘉靖刻本的鑒別提供了具體方法，國圖藏本《藍山先生詩集》全部符合其標準，故可確定其爲明嘉靖刻本。參見黃永年：《古籍版本學》，南京：江蘇教育出版社，2005 年，第 131 頁。

孟冬"；"清光緒十四年刻本"則是依據宣敬熙的《書後》落款時間"戊子春三月"。

二是依據書目及其刊本情況而定，如"清文淵閣四庫全書本"是依據《四庫全書總目》及其版本屬於輯佚而來的情況。

由上述情況可知三方面事實：一是現存的《二藍集》版本有《藍山集》明嘉靖刻本、四庫全書本，《藍澗集》明嘉靖丙戌刻本、四庫全書本及《二藍集》合刊的清抄本、咸豐丁巳藍蔚雯重刊本、光緒十四年刻本。二是《藍山集》現存的最早刻本是明嘉靖刻本，《藍澗集》現存的最早刻本是明嘉靖丙戌刻本，故這兩種刻本是最適合作爲點校的底本的。三是《藍山集》《藍澗集》的刊刻版本較少，且各刊本之間的時間間隔十分漫長，作者雖屬元末明初人，卻存在傳播與刊刻較少的情況。

三、《二藍集》現存版本的情況及其關係

由前述可知，《藍山集》現存明嘉靖刻本、四庫全書本，《藍澗集》現存明嘉靖丙戌刻本、四庫全書本，《二藍集》合刊則存有清抄本、清光緒十四年刻本。這些現存的版本之間的關係存在兩個傳播系統：一是《藍山集》明嘉靖刻本與《藍澗集》明嘉靖丙戌刻本是其他刻本、抄本的祖本；二是二《集》的四庫全書本均是從《永樂大典》中輯佚而來。茲述如下。

1.《藍山集》明嘉靖刻本

此本現存於中國國家圖書館。此本題名《武夷藍山先生詩集》，其排序爲五言絕句、六言絕句、五言律詩、五言長篇、七言絕句、七言律詩、七言長篇，共六卷。國家圖書館判定其爲嘉靖刻本，我們認爲這個結論大體符合整個版本的刻本情況，更確切地説該版本屬於明嘉靖建本，依據有三。

一是字體呈現圓潤的顏體字和點劃生硬、撇捺較長的字體兼有的特徵。

二是版式上，正文半葉 10 行 21 字，白口，印有書名“藍山詩集”，屬花口，基本無魚尾，僅用兩條細黑綫將版心與其他部分分割開，版心有各卷具體内容及卷數，如“五言長篇卷之二”，下黑綫之下是本葉所對應葉數序號。四周單邊。

三是目録中大部分使用花魚尾，如卷二、三、四、五、六及目録結尾“藍山先生詩集目録”上都使用花魚尾。在正文中，卷一“五言律詩”上有“○”，并在卷數之下有“花記”。且全書不避皇帝名諱、不記刻工姓名。

根據黃永年先生《古籍版本學》，① 大體可以判定國家圖書館藏本屬於明嘉靖建本，但是將其簡單判定爲明嘉靖建本則會使本書的情況被簡單化了，因爲本書存在以下三方面的問題。

第一個問題，全書明顯存在補版刊刻情況，這又表現爲兩個方面。其一是存有一個重大差錯：五言絶句、六言絶句被放置於全書的前兩類，不被歸入卷一之内，而且全書的分卷是從五言律詩作爲第一卷開始，存在原刻本基礎之上增補的痕迹；其二是全書的目録與原文内容存在篇目遺漏的情況，也存在原文在原有刻本基礎上增刻的痕迹。這兩個問題反映了現存於國家圖書館藏《藍山集》嘉靖刻本不是以《藍山集》初刻本爲底本或者直接重刻而成，而是在原有刻本基礎之上補版刊刻而成。

第二個問題，全書的序言、收藏情況與現存圖書版式所確定年代存在矛盾之處。兹述如下。

一是本書現存四篇序言，依次是正統二年羊城陳璉《武夷藍静

---

① 黃永年：《古籍版本學》，第 132−133 頁。

之先生詩序》、洪武庚辰吉水倪伯文《武夷藍静之先生詩集序》、雲松樵者張槼序、橘山真逸蔣易序，當以正統二年陳璉所作序言爲其刊刻時所作序言。據張槼序言"予初入閩，首與静之定交，俱事杜先生。予方事科舉，不得相從於是，而亦未嘗不歆羡之也"，且《藍山集》中存在諸多作品是藍仁與其唱和之作，如《寄張雲松》《人日懷雲松》《酒德柬雲松》《重柬雲松》等作品，可知張槼是元末明初士人。且橘山真逸蔣易序亦言："友人藍静之，自予未相識時，清辭麗句，人已傳誦。及既定交，則知昆仲切磨，塡篋迭奏，和平雅淡"則其亦是元末明初士人無疑。另外，洪武庚辰年（實爲建文帝二年）倪伯文序自然在正統二年陳璉序言之前。又據古人刻書及現存《藍山先生詩集》各單行本或者與《藍澗集》合本體例，均是在其刊刻之時有新作序言，如咸豐丁巳刻本、光緒十四年刻本等均是如此。那麼落款明正統二年的陳璉序言正常应是此版本的最後刊刻時所作序言。

二是此版本正文首頁的收藏家印鑒亦顯示其版本是明正統二年刻本。《武夷藍静之先生詩序》題下有印章，其文是"金星軺藏書記"，則其曾經被清代金壇（1765—約1826，字星軺）的文瑞樓所收藏，而其書的扉頁有云："又文瑞樓舊藏，後歸李薔生教授，尤可寶也。"正合清抄本《藍澗集》書末所收胡惠孚提要"余得滬上李氏藏書，中有影鈔明初刊本，二藍詩集各六卷，珠聯璧合，真吉光片羽云"的情況，也正是李薔生獲得了明初刊本，方有所謂"影鈔明初刊本"之事。又據黃永年先生《古籍版本學》所劃分的標準，明初本是指明前期即洪武到弘治的刻本。[1] 那麼前述所謂明初本當是指明正統二年刻本無疑。另外，現存的清抄本《藍山集》卷

---

[1] 黄永年：《古籍版本學》，第 119 頁。

首有"恭録欽定四庫全書總目第一百六十九卷集部別集類載"字樣，自然表明清抄本是在四庫全書本之後，亦符合前述胡惠孚提要落款時間"道光辛卯（1831）"，而其保存的《藍山集》的序及正文等所有內容均與前述明嘉靖刻本完全相同，則由此亦可證實胡惠孚所言"明初刻本"當是指明正統二年刻本。

第三個問題是本书的版式存在前后不一致的情況，如《藍山先生詩集》卷一《五言律詩》部分上部有"○"并且有"花記"，而在《藍山先生詩集》的全書其餘部分均未見此符號及"花記"，則此處的符號"○"和"花記"都是全書唯一的一處符號。另外，本書目録中的版式也存在不一致的情況，如目録中的"武夷藍山先生詩集目録""五言絶句""六言絶句""五言律詩卷之一"上部全部無魚尾，而"五言長篇卷之二""七言絶句卷之三""七言律詩卷之四""七言律詩卷之五""七言長篇卷之六"上部全部刻有花魚尾，且目録最後書篇名"藍山先生詩集目録"上部也刻有花魚尾，形成前後不一致的情形。此外，前述本書正文版心無魚尾，僅用兩條細黑綫以區分，但是在本書"七言絶句卷之三"第二十頁的版心則是使用雙魚尾中的順魚尾，顯然和本書其餘部分形成鮮明反差。

綜合上述情況可知，國圖所藏《藍山集》嘉靖刻本的主體特徵是嘉靖建本，但是其并非新刊刻的嘉靖建本，而是在正統二年原刻本基礎上補版刊刻而成的刻本。

2.《藍山集》四庫全書本

此本題爲《藍山集》，由四庫館臣從《永樂大典》中輯佚而來，其排序依次爲五言古、五言律詩（五排附）、七言律詩、五言絶句，雖爲合六卷之數而分卷，但是其屬輯佚作品，遺失原著作品頗多，且誤收《藍潤集》的一部分作品。

3. 《藍澗集》明嘉靖丙戌刻本

此本目録題爲《武夷藍澗先生詩集目録》，其篇首題《藍澗詩集》，由藍仁、藍智六世孫藍可軒、藍鉏等人重刊。其排序依次是五言律詩、七言絶句、七言律詩、五言古詩、五言長律、七言古詩。其與《藍山集》出現差異的是正文每卷卷首之下均有署編撰者，如"方外友生上清道士程嗣祖芳遠編集""友生程嗣祖芳遠編集"等，其亦可證《藍山集》與《藍澗集》并非從初刻時代就屬於合刊的情況。

4. 《藍澗集》四庫全書本

此本題爲《藍澗集》，亦由四庫館臣從《永樂大典》中輯佚而來，其排序依次是五言古詩、七言古詩、五言律詩、七言律詩、七言絶句、六言詩、五言排律。全書六卷，雖合原書卷數，但遺漏頗多，且誤收了《藍山集》的部分作品。

5. 《藍山集》《藍澗集》清抄本

此版本为二《集》合本，影鈔明初刻本，内容與前述《藍山集》明嘉靖刻本、《藍澗集》明嘉靖刻本全部相同，只是在《藍澗集》的文末增加了胡惠孚關於《藍山集》《藍澗集》清抄本的由來等的提要内容，頗有助於厘清清抄本與明初刻本的關係。

6. 《藍山集》《藍澗集》清咸豐丁巳藍蔚雯重刊本

此本筆者未及見，但是據吳文慶《重慶圖書館藏畬族詩人藍仁〈藍山先生詩集〉述論》[①] 引胡玉縉《續四庫提要三種》[②]，可知其現藏於北京大學圖書館。雖未及見，但是據《藍山集》《藍澗集》光緒十四年刻本可知其大體情況，詳見下條文獻，此不贅述。

---

① 吳文慶：《重慶圖書館藏畬族詩人藍仁〈藍山先生詩集〉述論》，《中央民族大學學報（哲學社會科學版）》，2018 年第 2 期，第 151 頁。

② 胡玉縉：《續四庫提要三種》，上海：上海書店出版社，2002 年，第 310 頁。

7.《藍山集》《藍澗集》清光緒十四年刻本

此版本爲二《集》合刊，是清光緒十四年金匱宣敬熙重刻清咸豐丁巳藍蔚雯刻本，其收録有《藍山集》明嘉靖刻本、《藍澗集》明嘉靖丙戌刻本各序言之外，還在《藍澗集》末有藍蔚雯《跋》與宣敬熙《書後》二文。據藍蔚雯《跋》可知，藍蔚雯咸豐刻本是據其家藏本，再增補其脫爛訛謬之處而成的版本，而光緒十四年刻本是宣敬熙在咸豐藍蔚雯刻本基礎之上，"得觀察重刊二《集》板，散佚太半，思補鋟之。遍訪原書，近從友人處假得，亟付手民，補其闕失，俾成完本"，則光緒十四年刻本當是咸豐藍蔚雯刻本的重新刻本，二者在版本上是一脉相承的。此版本現存中國國家圖書館。二《集》的原文篇目與前述《藍山集》明嘉靖刻本、《藍澗集》明嘉靖丙戌刻本相同，但是在詩歌標題文字、類別排序及各篇文章的具體排序上則存在差异，如在標題文字方面遵從原文字而不做增省，而在類別排序方面，《藍山集》類別排序依次是五言律詩、五言古詩、五言排律、五言絶句、六言絶句、七言絶句、七言律詩、七言長篇，不過光緒刻本的《藍澗集》的類別排序與明嘉靖丙戌刻本排序完全相同。在具體篇目的劃分與排序之中，清光緒十四年刻本《藍山集》與明嘉靖刻本存在較大差异，如明嘉靖刻本的"五言長篇"被光緒十四年刻本歸入"五言古詩"和"五言排律"之中，其具體篇目排序也存在差异，如明嘉靖刻本《藍山集》卷五《寄陳德甫三山府學訓導》排在《題黃獻可所藏〈魚樂圖〉》之後、《荒園有感》之前，而光緒十四年刻本則是在卷五《足弱服勝駿圓懷牧仙老》之後、《題劉俊民鎮撫〈蘭室卷〉》之前，《藍澗集》亦存在相類似情况。另外，具體篇目名稱在各書目録之中亦有不同内容，如卷五，明嘉靖刻本的《小軒白石邀雲松同賦》《黃均德服闕相過》，光緒十四年刻本目錄作《小軒得白石玉，雪不足喻，置之竹泉石間，大可人意，因邀雲松同賦》《黃均德，前任鄞都縣丞，服闋赴京，過余林下》，以原文的題目可知，當以光緒十四年刻本爲是，而明嘉靖刻本的目錄存在省字情況，從方便檢閱角度而言，自然是光緒十四年刻本的目錄爲佳。在《藍澗集》中亦存在類似情況，不再贅述。

四、點校凡例

正是基於上述情況，本書《二藍集》由《藍山集》《藍澗集》組成。在點校之時遵循下列原則。

（一）以《藍山集》明嘉靖刻本、《藍澗集》明嘉靖丙戌刻本爲底本，以清文淵閣四庫全書本《藍山集》《藍澗集》、黃山書社《明別集叢刊》第一輯第九冊影印清抄本《藍山集》《藍澗集》、清光緒十四年刻本《藍山集》《藍澗集》爲校本，而二《集》的目錄中，則是采納了清光緒十四年刻本的目錄製作原則，即以原文標題文字及排序進行排序，不采用《藍山集》明嘉靖刻本、《藍澗集》明嘉靖丙戌刻本省略的做法。至於底本及各版本均存在的目錄較原文標題增加文字的情況，如五言絕句《墨梅》《墨菊》在目錄中均作《題墨梅》《題墨菊》，現因其文標題爲作者所擬，目錄則爲後世刻者所加，且目錄功能在於檢索，故以標題文字爲準，徑重排。

（二）本書的校勘記一律附在詩末。凡底本與校本有異者，底本不改，出校勘記。遵循四方面原則：一是底本可確定爲訛、衍、倒者改字出校，改字從嚴掌握。二是底本文字與他本有異，但文義俱通而難判是非者，一律不改字，出異同校。三是古今字、通假字一律不改，不出異同校。異體字、俗體字徑改成通行之正體字。

（三）在全書中底本、校本均使用簡稱，明嘉靖刻本《藍山先生詩集》《藍澗先生詩集》均省稱"底本";清文淵閣四庫全書本《藍山集》《藍澗集》均省稱"四庫本";黃山書社《明別集叢刊》第一輯第九册影印清抄本《藍山先生詩集》《藍澗先生詩集》省稱爲"清抄本";清光緒十四年刻本《二藍集》中的《藍山詩集》《藍澗詩集》省稱爲"光緒刻本"。

（四）底本的題記、夾注一律保留。底本篇名與題記混爲一體時，分篇名和題記兩部分進行標注。

（五）底本部分文獻出現重出情況，因資料不足無法辨別詩歌的具體創作情況，故依據一般原則，保留先出詩歌，删除後文重復内容。考此種情況僅出現於《藍山集》卷四、卷五之中。兩卷均收録了《寄盧石堂》《謝盧石堂惠白露茶》《西山訪盧石堂、李青蓮，因懷虛白》《寄王叔善》《寄劉仲祥索貢餘茶》《寄雲松》六首詩，現保留卷四内容，删除卷五重復之處。

（六）本書采用繁體横排，標點采用當前通行的新式標點符號。本書使用的繁體字是依照《通用規範漢字表》附件1《規範字與繁體字、异體字對照表》中的繁體字，若是一個簡體規範字有兩種繁體字寫法，則保留底本的原始寫法，不進行改字。因底本采用書法體致文字变形成另一字，即底本文字寫法與他本采用的文字的書法體相同，如段和叚、簡和萠、笠和苙、商和商等均依照文義判定其文字當屬於前者，不再出校勘記。

目　録

藍山集 …………………………………… 1

藍澗集 …………………………………… 213

藍山集

〔明〕藍仁 著　王志陽 點校

目　録

卷　一

五言絕句

題《平川雲樹圖》 ································· 27

題方壺畫《垂綸》意 ···························· 27

題車老人《墨竹》 ································· 27

題張兼善《雲樹圖》 ···························· 28

題《垂綸》意 ····································· 28

題《樵隱圖》 ····································· 28

寄明之弟 ··· 28

墨梅 ··· 28

墨菊 ··· 29

桃花雙雀 ··· 29

六言絕句

題《湖山清隱圖》 ································· 29

題《青山白雲圖》 ································· 30

題南山秋色示澤 ··································· 30

題魏宰扇面小景 ·························· 30

五言律詩

環谷 ································· 30

偶成 ································· 31

寄張雲松 ····························· 31

宿瑞岩寺 ····························· 32

寄示侄澤 ····························· 32

寄余復嬰 ····························· 32

上清雪舟書至，欲過訪 ·················· 32

人日懷雲松 ··························· 33

人日偶成 ····························· 33

酒德柬雲松 ··························· 33

擬雲松次韵 ··························· 33

寄毛伯善 ····························· 33

代毛生答 ····························· 34

重柬雲松 ····························· 34

經趙師節故居 ························· 34

時事五首 ····························· 34

聞舍弟回 ····························· 35

喜雨 ································· 36

齒落 ································· 36

挽空無相 ····························· 36

寄周子冶 ····························· 37

送孟寬、希年入京 ····················· 37

寄李孟和 …………………………………… 37

挽陳景章 …………………………………… 38

雨中懷子冶、兼善 ………………………… 38

雨中四首 …………………………………… 38

題周子治先世《聽雨堂卷》四首 ………… 39

題杏林生意 ………………………………… 40

述懷二首 …………………………………… 40

山居 ………………………………………… 40

予壯年時幽居山谷，塵俗罕接，惟與泉石草木爲侶，日徜徉其
　　間，醒悦心目而已。年老力衰，世移事改，向之醒心悦目
　　者，反足以損靈亂思矣。蓋所養於中者既异，故應於外者自
　　殊。是以石失其貞而存其亂，木失其美而存其惡，泉失其清
　　而存其污，草失其勁而存其弱，理固然也。因成律詩四首以
　　泄胸中之抑鬱，録呈同志，庶知比興之有在焉 ………… 41

次韵秋夜二首 ……………………………… 42

寫懷四首 …………………………………… 42

寄牛自牧 …………………………………… 43

徵兵 ………………………………………… 43

春日 ………………………………………… 44

咏千枝柏 …………………………………… 44

盆柏 ………………………………………… 44

盆竹 ………………………………………… 44

石村除夕 …………………………………… 45

用咏再賦四首 ……………………………… 45

題《杏林春意圖》 ………………………… 46

题《塗節婦卷》 …………………………………… 46

题伯穎《雲林茅屋圖》 …………………………… 47

秋江待渡 ……………………………………………… 47

晚浦歸帆 ……………………………………………… 47

哭婿游彥輝二首 …………………………………… 48

別雲墅 ………………………………………………… 48

柬伯穎 ………………………………………………… 48

柬雲松昆仲 ………………………………………… 49

述懷 …………………………………………………… 49

有感五首 ……………………………………………… 49

偶成二首 ……………………………………………… 50

题江彥載《竹林田舍卷》二首 …………………… 50

题劉伯壽《菊逸卷》 ……………………………… 51

書悶二首 ……………………………………………… 51

题吳德暘《山水小影》 …………………………… 51

石村懷友 ……………………………………………… 51

题晚浦歸帆 ………………………………………… 52

秋江待渡 ……………………………………………… 52

竹搔背二首 ………………………………………… 52

题雲墅詩帙後 ……………………………………… 53

更愁 …………………………………………………… 53

非昔 …………………………………………………… 53

颶風 …………………………………………………… 53

毒霧 …………………………………………………… 53

王道人携《山静太古圖》求题，乃復古余煉師真迹也，興而

有作 …………………………………………… 54

病起 …………………………………………… 54

舊業 …………………………………………… 54

雨歇 …………………………………………… 54

送程志玄入山 ……………………………… 54

題志玄《崎嶇窈窕卷》 ………………… 55

題叔蒙《林泉樂道卷》 ………………… 55

雨腳 …………………………………………… 55

曬書有感二首 ……………………………… 55

病中 …………………………………………… 56

雲松下訪 …………………………………… 56

束雲松 ……………………………………… 56

病中述懷 …………………………………… 56

寄杜德基 …………………………………… 56

寄周子治 …………………………………… 57

答劉河泊 …………………………………… 57

丙寅正月三日作二首 …………………… 57

人日懷兼善 ………………………………… 58

晚香堂四首爲判簿劉崇文賦 ………… 58

題《愚齋卷》二首 ……………………… 59

次袁縣丞《述懷》 ……………………… 59

送卓叔良回三山二首 …………………… 59

祭虎二首 …………………………………… 60

捕魚 …………………………………………… 60

借袁縣丞韵自述 ………………………… 60

卷　二

五言長篇

題劉子長《留耕圖》 …………………………………… 61

題趙吳興《蘭卷》 ……………………………………… 61

次韵張判邑《留別》 …………………………………… 62

次雲松《述懷》韵二首 ………………………………… 62

拙者自號 ………………………………………………… 62

夏日可畏 ………………………………………………… 63

冬日可愛 ………………………………………………… 63

秋日觀稼 ………………………………………………… 63

清明祭鬼 ………………………………………………… 64

卷　三

七言絕句

戲題二絕 ………………………………………………… 65

題《枯松怪石圖》 ……………………………………… 65

古木蒼藤圖 ……………………………………………… 66

題《獨駿圖》 …………………………………………… 66

題彭時中玉泉亭二首 …………………………………… 66

南村 ……………………………………………………… 66

除夜憶小兒，泊峽口 …………………………………… 67

聞小兒欲歸 ……………………………………………… 67

題《萬竹圖》 …………………………… 67

題梅窗《玩易圖》 ………………………… 67

題歐陽雪舟《墨梅》二首 ………………… 68

寄蘇明遠 …………………………………… 68

題温日觀《莆萄》 ………………………… 69

絶句四首滁州作 …………………………… 69

題黃仲文扇面小景 ………………………… 70

題郭文《騎虎圖》 ………………………… 70

題小景 ……………………………………… 71

題《杏林春意圖》 ………………………… 71

秋日偶成二絶 ……………………………… 71

秋山道中 …………………………………… 72

病起後園看花 ……………………………… 72

重賦《紙帳》 ……………………………… 73

雲松到西山有四絶句見貽，依韵奉和，兼柬雲壑、本淳一笑

　　 ……………………………………………………… 73

題梅窗《玩易圖》 ………………………… 74

余昨騎驢看山，雲壑以爲宜繪圖以紀一時清興，請雲松書之。

　　他日以語復古道人，遂欣然放筆，因題二絶句 ………… 74

題梅根《讀易圖》 ………………………… 75

次韵雲松《雨中書懷》十絶 ……………… 75

再續前韵 …………………………………… 76

雜題絶句用希貢韵 ………………………… 77

書懷 ………………………………………… 78

風雨 ………………………………………… 79

傷春 ……………………………………………… 79

柬雲松會宿翁源 ………………………………… 79

石村阻雪，雲松惠詩，依韵奉答 …………………… 80

和雲松《雪中》十絶 …………………………… 80

班姬題扇圖 ……………………………………… 81

口號 ……………………………………………… 82

偶成 ……………………………………………… 82

石村阻水 ………………………………………… 83

贈雲壑 …………………………………………… 83

題墨菊 …………………………………………… 83

送茶與朱孟舒 …………………………………… 84

先隴有感 ………………………………………… 84

寄題五夫先隴 …………………………………… 84

寄文明病中 ……………………………………… 84

病中 ……………………………………………… 85

西山道人惠江南笋 ……………………………… 85

壑請修渡船 ……………………………………… 86

題張師夔小景 …………………………………… 86

題小幅雪景 ……………………………………… 86

題《東郊歸牧圖》 ……………………………… 87

題廉宣仲《墨竹》 ……………………………… 87

題王仲文《臨清閣卷》 ………………………… 88

題《烟波垂釣》扇面 …………………………… 88

題王仲文小景 …………………………………… 88

題荷池白鷺 ……………………………………… 89

述懷柬雲松 ·· 89

題張兼善《松下看雲圖》 ·························· 90

題宣和畫《鵝雛唉》 ······························· 90

題鄭御史《竹木圖》 ······························· 90

題清源《玩易圖》 ································ 91

題《白雲思親卷》 ································ 91

題李士名大使《望雲卷》 ·························· 91

咏桃花馬 ·· 92

效馮老泉咏西山蚊蟲 ······························· 92

黃仲文寄墨竹 ······································· 93

兼善携仲文竹至 ····································· 93

寄復嬰、本淳 ······································· 93

示諸孫 ·· 94

食魚呈劉河泊 ······································· 94

卷　四

七言律詩

次雲松《訪復嬰宿萬年宮》 ························ 95

擬登武夷昇真不果 ································· 95

寄詹久孚別駕 ······································· 96

謝劉蘭室惠網巾 ····································· 96

再賦網巾 ·· 96

送彥材、居貞 ······································· 96

病起偶成 ·· 97

擬送蔣伯羽 …………………………………… 97

寄劉彥炳 ……………………………………… 98

挽蔣鶴田 ……………………………………… 98

雪中抵竹梅齋 ………………………………… 98

過南峰寺 ……………………………………… 99

寄余復嬰煉師 ………………………………… 99

野望呈雲松 …………………………………… 99

次雲松《謝換巾》韵 ………………………… 99

換巾 ………………………………………… 100

花朝偶成 …………………………………… 100

題《聽松軒卷》 …………………………… 100

重經平川有感 ……………………………… 101

謝劉蘭室惠蘭 ……………………………… 101

闕雨寄上官煉師 …………………………… 101

闕雨寄程雲塈 ……………………………… 101

九日西莊懷弟 ……………………………… 102

九日懷滁州弟 ……………………………… 102

再題南山別墅 ……………………………… 102

送杜德基歸省 ……………………………… 102

途中有感 …………………………………… 103

九月晦日見菊 ……………………………… 103

秋日書懷 …………………………………… 103

書懷寄雲松 ………………………………… 103

西山聽雨追懷虛白、藍澗二弟 …………… 104

次雲松《留別》韵 ………………………… 104

鄭居貞惠鐵冠 ·· 104

執熱奉懷余復嬰 ······································ 105

題鄭居貞《長林書屋卷》 ····················· 105

次林仲雍見寄 ······································· 105

題朱士堅《屏山隱居圖》 ····················· 105

春興 ·· 106

擬時事經故居 ······································· 106

題清源《游仙圖》 ······························· 107

書懷呈時中 ··· 107

次詹立之《題石壺庵》韵 ····················· 107

追懷天壺舊游用前韵 ···························· 107

題劉則正《椿桂圖》 ···························· 108

新創譙樓美邵令 ··································· 108

呈邵張二宰 ··· 108

送李孟和西上 ······································· 109

簡張判簿 ·· 109

餞張判簿 ·· 110

次韵答張簿 ··· 110

次前韵餞張簿 ······································· 111

謝彥昭作小像 ······································· 112

石村卜居候程芳遠 ······························ 112

寄張雲松 ·· 112

懷張兼善 ·· 112

贈吳彥敬 ·· 113

次張判簿《留別》韵 ···························· 113

石村述懷 ……………………………………………… 113

題王季中《歸故山卷》 ………………………………… 113

子冶欲論穎川出處，久待不至，書懷寄付雲松 ……… 114

贈薛煉師 ………………………………………………… 114

雪中偶成 ………………………………………………… 114

次韵雲松《雪中》二律 ………………………………… 115

再次前韵 ………………………………………………… 115

送康煉師歸上方觀 ……………………………………… 116

送林彦明赴浦城館 ……………………………………… 116

次韵雲松《西山春游》五首 …………………………… 117

題黄仲文爲孟方作《松林樵者圖》 …………………… 118

山居書懷 ………………………………………………… 119

寄張雲松 ………………………………………………… 119

寄張兼善 ………………………………………………… 119

擬牛牧子下訪 …………………………………………… 120

候雲壑不至 ……………………………………………… 120

題余復嬰《寄惠南山別墅圖》 ………………………… 120

送穆谷華西上 …………………………………………… 120

送魏上脩西上 …………………………………………… 121

居貞請題國學鄭覲省回京諸卷 ………………………… 121

送鄭居貞西上 …………………………………………… 121

雲壑寄惠黄楊木簪并詩 ………………………………… 122

催黄仲文寄《南山別墅圖》 …………………………… 122

寄盧石堂 ………………………………………………… 122

謝盧石堂惠白露茶 ……………………………………… 123

西山訪盧石堂、李青蓮，因懷虛白 …………………… 123

寄王叔善 ………………………………………………… 123

寄劉仲祥索貢餘茶 ……………………………………… 124

寄雲松 …………………………………………………… 124

贈桃源孫牧庵 …………………………………………… 124

述懷 ……………………………………………………… 125

次韵答劉南山 …………………………………………… 125

上官仲敏惠書，用其挽藍澗弟韵奉答 ………………… 125

中秋對月 ………………………………………………… 126

紙被 ……………………………………………………… 126

寄葛仲温 ………………………………………………… 126

寄余復嬰 ………………………………………………… 126

題程芳遠《游方卷》 …………………………………… 127

題瑞香 …………………………………………………… 127

吳子仁氏有斑竹杖，藏之數年矣。文彩燁然，堅勁可愛，近以
　　贈仲温葛先生。葛公得之甚喜，登山臨水之興，浩然不可遏
　　也。過余求詩，爲賦二律 …………………………… 128

擬寄葉希武 ……………………………………………… 128

挽陳伯升、蕭慈谷 ……………………………………… 129

永平王谷雲來武夷，奉其師慈谷蕭先生仙蛻以歸，藍山拙者嘉
　　其誼而贈之 ………………………………………… 129

寄林信夫 ………………………………………………… 129

用希貢《臥病書懷》韵寄雲松昆仲 …………………… 130

至梅村別業再用前韵寄雲壑 …………………………… 130

次穆之《暮春述懷》 …………………………………… 130

嘗梨 ……………………………………… 131

送梨與劉鎮撫 …………………………… 131

雲松、雲壑會宿翁源，別後追賦 ……… 131

贈虞道士 ………………………………… 132

爲雲壑題雪友《墨梅》 ………………… 132

梅村與雲壑會宿 ………………………… 132

寄雲松 …………………………………… 133

次雲松《長山道中》 …………………… 133

餞彥材、居貞、子玄、仲晋 ………… 133

立春偶書 ………………………………… 134

題《六朝遺秀圖》 ……………………… 134

再賦瑞香 ………………………………… 134

寄劉蘭雪 ………………………………… 135

送蜜與蘭室 ……………………………… 135

苦雨吟 …………………………………… 135

西山與雲松會宿 ………………………… 136

題步月村 ………………………………… 136

經杜清碧先生墓 ………………………… 136

送鄭居貞歸瓜山終制 …………………… 136

送太史子玄之忻城縣丞 ………………… 137

卷　五

七言律詩

秋宿南山別野 …………………………… 138

闕雨 ……………………………………… 138

澆花 ……………………………………… 139

次韵答歐陽雪舟 ………………………… 139

催菊 ……………………………………… 140

對菊 ……………………………………… 140

夜雨 ……………………………………… 140

題萬德中家譜後 ………………………… 141

送朱孟舒 ………………………………… 141

贈葉彥新 ………………………………… 141

寄陳景章 ………………………………… 142

九日書懷寄余復嬰 ……………………… 142

酬雲壑過訪 ……………………………… 142

足弱服勝駿圓懷牧仙老 ………………… 143

九月晦日見菊 …………………………… 143

題劉俊民鎮撫《蘭室卷》 ……………… 143

題雪景 …………………………………… 144

戊午自壽 ………………………………… 144

賦網巾 …………………………………… 144

寄彭穆之 ………………………………… 144

代題《六朝遺秀圖》 …………………… 145

病中 ……………………………………… 145

送雲松歸山 ……………………………… 145

春日憶章屯故居 ………………………… 146

題杜德基《望雲軒卷》 ………………… 146

病中承質夫下訪 ………………………… 146

酬伯穎見訪 ……………………………………… 146

和雲松《過鶴田有感》 …………………… 147

盆松乃慈谷手植 …………………………… 147

酬雲壑下訪 ………………………………… 147

壽日醮壇有感 ……………………………… 148

出游 ………………………………………… 148

贈張兼善 …………………………………… 148

雨中留雲松、兼善宿西山 ………………… 148

雲松邀往翁源，足疾不果行 ……………… 149

雲松杜閣觀漲 ……………………………… 149

擬雲松柬彦民 ……………………………… 149

期雲松會宿不至 …………………………… 150

題《春山訪隱圖》 ………………………… 150

述懷 ………………………………………… 150

次韵雲松西山送別張兼善 ………………… 151

雲松西山懷舊 ……………………………… 151

盆梅乃林希玄寄惠 ………………………… 151

小軒得白石玉，雪不足喻，置之竹泉石間，大可人意，因邀雲

　松同賦 …………………………………… 152

游山 ………………………………………… 152

川漲 ………………………………………… 152

賡雲松陪祭翁墩先隴 ……………………… 153

次雲松《述懷》 …………………………… 153

黃均德，前任鄞都縣丞，服闋赴京，過余林下 …………… 153

送冠與雲松 ………………………………… 154

題趙子庸《古木居卷》 ························· 154

挽雪舟煉師 ································· 154

題西山庵 ··································· 155

餞雲松歸隱 ································· 155

有感 ······································· 155

送陳子敬歸三山 ····························· 156

暑夕不寐懷雲松 ····························· 156

代簡雲松 ··································· 156

伯穎、彥能下訪 ····························· 157

贈歐陽亦雪 ································· 157

七月得遠書作 ······························· 157

示兒 ······································· 157

次韵雲松病中見寄 ··························· 158

自述 ······································· 158

擬仲雨借韵懷兄 ····························· 159

病中 ······································· 159

題王仲文監稅《臨清閣卷》 ··················· 160

次韵老泉《午日書懷》 ······················· 160

簡汝實祐吉席上諸公 ························· 161

奉謝雲松寄惠青藤并詩 ······················· 161

老泉索賦喜雨 ······························· 162

題廖監河行軸 ······························· 162

次王仲文《溪閣懷友》韵 ····················· 162

和吳縣丞韵 ································· 162

送梨與雲松 ································· 163

食梨有感 …………………………………………… 163

梁教諭惠椒筆兼詩 ………………………………… 163

用韵自述 …………………………………………… 164

九日席上呈兼善、伯壽 …………………………… 164

哭兒骨殖還故山 …………………………………… 164

韵答劉用貞 ………………………………………… 165

寄老泉 ……………………………………………… 166

哭彭副使啓殯歸瑞安 ……………………………… 166

次韵壽雲松 ………………………………………… 166

廣馮老泉 …………………………………………… 167

贈西山本淳 ………………………………………… 167

鄭居貞別駕歸閑未久，又以明經赴召，敬題《春江別意圖》

　爲餞 …………………………………………… 167

哭崇邑教諭梁孔謀歸櫬 …………………………… 168

索河泊劉昌期貢餘茶 ……………………………… 168

挽牛自牧 …………………………………………… 168

贈葉宗善兼復嬰 …………………………………… 169

挽江惟志學佛坐解 ………………………………… 169

廣張宗翰舟過武夷述懷 …………………………… 170

述懷 ………………………………………………… 170

贈西山本純 ………………………………………… 170

問流人 ……………………………………………… 171

柬張孟寬 …………………………………………… 171

代靈寶廢觀道士葉宗善贅縣官 …………………… 171

丙寅歲春送崇邑判簿劉宗文朝京 ………………… 172

追賦懷富順縣丞徐惟楫卷 …………………………………… 172

題徐士振《蜀路看梅卷》 …………………………… 173

題沿山王那海千户澄清亭 …………………………… 173

題畫《龍》 …………………………………………… 173

題雲翁《龍》 ………………………………………… 173

題海好問《西湖霜月軒卷》 ………………………… 174

寒食有感 ……………………………………………… 174

題劉河泊行軸 ………………………………………… 174

次劉彦炳《武夷見寄》 ……………………………… 175

次彦炳《追懷藍澗》韵 ……………………………… 175

次雨軒《寄復嬰》 …………………………………… 175

送吳教諭回廣東守制 ………………………………… 176

擬河泊贊知府 ………………………………………… 176

寄陳景忠 ……………………………………………… 176

次天石上人韵 ………………………………………… 176

小樓對雪有懷西山道人 ……………………………… 177

春雪 …………………………………………………… 177

寄汪雪堂 ……………………………………………… 177

憶弟 …………………………………………………… 177

夢歸 …………………………………………………… 178

對酒 …………………………………………………… 178

夜坐 …………………………………………………… 178

次丁郎中《游武夷》韵 ……………………………… 179

賦緋菊 ………………………………………………… 179

寄張孟方 ……………………………………………… 179

次游德芳韵 …………………………………………… 179

柬薛君玉 …………………………………………………… 180

寄三山友人 ………………………………………………… 180

送歐陽士鄂赴京 …………………………………………… 180

秋興三首 …………………………………………………… 180

送牛自牧住武夷仙掌庵 …………………………………… 181

送董德興迎侍兼柬三山諸友 ……………………………… 181

招黃慎之東林宴集 ………………………………………… 182

送貢秘書入京 ……………………………………………… 182

題陳元謙《秋堂圖》 ……………………………………… 182

題方方壺《風雲高仙圖》 ………………………………… 183

中秋 ………………………………………………………… 183

本真法師祈雨有感，兼美武綜理 ………………………… 183

送薛君玉調江西憲掾 ……………………………………… 183

滁州書懷 …………………………………………………… 184

滁州贈詹齊之 ……………………………………………… 184

送張啟宗分題得"雲岩朝爽" …………………………… 184

送徐仲圭迴黃岩 …………………………………………… 185

次趙聲遠韵 ………………………………………………… 185

次藍澗弟韵 ………………………………………………… 185

次韵張雲松 ………………………………………………… 186

贈汪亦雪 …………………………………………………… 186

詹齊之訪予章屯別業，不值，有詩留題，次韵奉答之 …… 186

寄贈毛包二山人 …………………………………………… 187

松菊軒雜咏後再賦《假山》一律 ………………………… 187

題《秋山訪隱圖》 ················· 188

次張雲松《山行》韵 ················· 188

次雲松《題南山別墅》韵 ················· 188

小兒偶得予舊作數首，乃故友吳德明氏所録也，感而有作 ···

················· 188

酬答啓東明上人詩畫之惠 ················· 189

甲寅仲冬，予攝官星渚，本邑判簿李公以催租入山，忽游武
　　夷，予命小舟追之，不及。是夕，宿常庵。溪風山月，一時
　　清興。王事靡盬，明日即附舟逆流而上。因憶曩時與石堂盧
　　使君同游，放懷山水，一觴一咏，其樂不可復也。援筆書
　　懷，遂成唐律二首 ················· 189

賦梅杖 ················· 190

劉俊民鎮撫自京回，趨會不及，詩以寄意 ················· 190

題黃獻可所藏《魚樂圖》 ················· 191

寄陳德甫 ················· 191

荒園有感 ················· 191

卷　六

七言長篇

酬劉蘭室題墨菊扇寄惠 ················· 192

題《秋山訪隱圖》 ················· 192

題歐陽楚翁《梅竹》畫 ················· 193

題《春雨藍澗圖》 ················· 193

三山王子慶爲小兒作《藍原野牧圖》，題以長句 ·········· 193

候劉蘭室不至 ·· 194

《醉歌》一首送劉蘭室還建溪兼問蘇明遠椿桂 ············· 194

余復嬰近以方壺所寫《大王峰》轉惠，暇日展玩，殊有幽趣，

　　因題長句 ·· 195

范伯剛爲予作《翠屏別墅圖》，因賦《雲林茅屋歌》 ······ 195

蘆峰絶頂阻雪，書寄雲松 ·· 196

次國學生朱士堅《游武夷》韵 ····································· 196

題雲松《九江秀色圖》 ··· 197

雪中候雲壑不至，書懷兼柬雲松昆仲 ·························· 197

白雪歌 ··· 198

野鷹謠 ··· 198

惜猫怨 ··· 199

重題虛白道院 ··· 199

《放歌》一首效蘇仲簡 ··· 200

悲流人 ··· 200

盆栽海棠灌溉極力，秋後一花甚佳，因賦長句 ············· 201

題南山秋色 ·· 201

題馬大使《青城山圖》 ··· 202

附錄一

《明史·藍仁藍智傳》 ··· 203

附錄二

明張㮚藍山詩集序 ·· 204

明蔣易藍山集序 ··· 205

明倪伯文武夷藍静之先生詩集序 ································· 206

明陳璉武夷藍静之先生詩序 ························· 208

附録三

底本所存提要 ······························· 210

四庫全書總目藍山集提要 ····················· 210

清朱彝尊《静志居詩話》卷四"藍仁"条 ············· 211

卷　一[一]

五言絶句

題《平川雲樹圖》

窈窕川谷静，蒼茫雲樹深。十年岐[一]路者，一片故園心。

【校】

[一] 岐：光緒刻本作"歧"。

題方壺畫《垂綸》意[一]

漁父頭空[二]白，生涯一舸微。欲浮滄海去，又逐暮潮歸。

【校】

[一] 四庫本題爲"題方方壺畫《垂綸》意"。

[二] 頭空：四庫本作"空頭"。

題車老人《墨竹》其子爲崇安簿

秋色映琅玕，青青共歲寒。過庭山月白，留影見[一]栖鸞。

題張兼善《雲樹圖》

平川開遠景，倦客憶先廬。數樹[一] 閑雲在，東風過雨初。

題《垂綸》意

雲樹遠重重，川平夕有風。買魚呼不應，船過釣臺東。

題《樵隱圖》

野橋橫澗淺，茅屋傍林微。隱者無尋處，春山伐木歸。

寄明之弟

秋風長作客，南望一沾巾。茅屋生春草，歸來相對貧。

墨　梅

不必論清白，何勞[一] 度暗香。無人知此意，天地[二] 正昏黃。

墨 菊[一]

晚節黄金盡，霜枝淡墨新。東籬日昏黑，不見白衣人。

【校】

[一] 底本全詩内容遺佚，僅存詩歌標題，現據四庫本、清抄本、光緒刻本補。

桃花雙雀[一]

雙雀睡方濃，桃花笑暖風。休驚春夢斷，長在彩雲中。

又[二]

花鳥最娱人，良工筆更真。雙栖無限思，長占一枝春。

【校】

[一] 底本全詩内容遺佚，現據四庫本、清抄本、光緒刻本補。

[二] 底本全詩内容遺佚，現據四庫本、清抄本、光緒刻本補。另，清抄本題爲“又”，光緒刻本、四庫本無“又”字，現據清抄本補。

六言絶句[一]

【校】

[一] 四庫本作“六言詩”。

題《湖山清隱圖》

南山北山秋色，東崦西崦人家。倦客不歸頭白，數年空負烟霞。

題《青山白雲圖》

茅屋何人共住，石林似我曾游。白雲只在半嶺，青山誰到上頭。

題南山秋色示澤[一]

南山一片秋色，老子半間白雲。他日瓢中酒熟，竹林風月平分。

題魏宰扇面小景

山上層層僧舍，樹間短短茅檐。他日官閑無事，杖藜添個陶潛。

五言律詩

環　谷

余國權氏作亭[一]曰"環谷"，中以舊得朱子所書"風月無邊"字扁之，題詩四首。

雲谷留遺[二]墨，濂溪見[三]似人。園林當勝夕，尊俎集佳[四]賓。天籟飛來遠，冰輪洗出新。乾坤清氣滿，何處有囂塵？

其二

無邊風月興，盡在此亭中。几杖清秋近，弦歌白晝同。名書懸舊扁，畫筆付良工。仿佛琅琊勝，能文憶醉翁。

其三

華亭當谷口，風月興無邊。草木聲相應，山河影倒懸。衣巾涼氣襲，杯斝素光傳。折簡能招我，論詩夜不眠。

其四

風來環谷迴，月出野亭幽。樹靜泉聲細，天清露彩收。長留佳客坐，偏與阿戎游。共有司空趣，輸君未老休。

【校】

［一］余國權氏作亭：四庫本作"余國權名行亭"。

［二］遺：四庫本作"雲"。

［三］見：四庫本作"有"。

［四］佳：四庫本作"賢"。

偶　成

老愧才名薄，貧嗟故舊疏。楚狂空嘆鳳，莊叟未知魚。藥市壺中隱，瓜田谷口鋤。一安[一]孫子計，不用五車書。

【校】

［一］安：清抄本作"丘"，光緒刻本作"邱"。

寄張雲松

關塞風塵暗，山林出處難。生涯謀釣艇，世事笑儒冠。有酒判[一]長醉，無衣度苦寒。南山有奇士，扣角夜漫漫。

宿瑞岩寺

又宿東山寺，前游四十年。風塵凡幾變，衣法已三傳。竹徑消殘雪，松門隱暮烟。虎溪送客處，尚憶遠公禪。

寄示侄澤

吾[一]侄緣思孝，陳情不肯休。一杯[二]原上土，三載獄中囚。霜露空山道，風烟拱木秋。《蓼莪》停誦處，遠想泪雙流。

寄余復嬰

道士清溪住，扁舟久未回。井垂霜後橘，門掩雨前苔。鳧舃長相候，魚書杳不來。虹橋他日宴，又負紫霞杯。

上清雪舟書至，欲過訪

江左客來閩，先書報故人。開門催掃葉，下榻笑凝塵。對酒風流在，題詩慷慨頻。百年能幾會，消得鬢如銀。

人日懷雲松[一]

七日始爲人，寒風未似春。長吟呵筆久，獨坐擁爐頻。仙茗烹松雪，山醅漉葛巾。如何巷南北，逼側不相親。

【校】

[一] 四庫本題爲"又人日懷雲松"。

人日偶成

七日本宜晴，愁人風雨聲。厨烟侵几濕，檐瀑隔窗鳴。楊柳顰何事，梅花笑不成。呼兒催酌酒，一醉百憂輕。

酒德柬雲松

酒德宜齊聖，詩狂或助神。誰知同調者，不是獨醒人。月上爭扶路，風前倒戴巾。高年當戒得，未用托劉倫。

擬雲松次韵

徐邈頻中聖，劉倫善禱神。醉鄉存古意，老景笑時人。歲晚獨無褐，日高猶未巾。從遭長官罵，或與達生倫。

寄毛伯善

狂藥勿相依，平生變是非。大呼將蹈刃，急走不披衣。學仕斯難信，思親或欲歸。殷勤提耳誨，莫與聖賢違。

代毛生答

浮世容身狹，韶光過眼非。瓦盆盛社酒，槲葉製秋衣。禮樂休拘束，漁樵乞放歸。前林逐麋鹿，未與素心違。

重柬雲松

古人相訓戒，隨事有規箴。自倚交非淺，誰知語已深。由聞應洗耳，禹拜未虛心。請爲歌三復，終期一嗣音。

又

一日三秋意，詩人入咏歌。五倫興教化，六義共研摩。僻巷非當路，閉[一]門自養疴。夢回風竹動，疑是佩聲過。

【校】
[一] 閉：光緒刻本作"關"。

經趙師節故居

五畝城邊宅，過門憶往年。病抛詩社卷，貧索酒家錢。古道能追轍，新聲不改弦。鹿門秋月色，因照德公阡。

時事五首

治國宜寬典，新民在布恩。欲追三代盛，莫使一夫冤。引善猶連茹，銷愆若救燔。流傳千萬葉，端拱御乾坤。

其二

久嘆旄賢少，還聞剪惡多。生林[一]不易得，曠職欲如何？進退皆由道，明良自有歌。邦基百度舉，不獨壯山河。

其三

列宿郎官位，嚴霜御史威。銓衡非[二]有見，負乘得[三]無譏。經術存公正，刑章析是非。地天交始泰，全欲慎先幾[四]。

其四

昨者[五]天恩及，生民解倒懸。俘囚空在獄，羸老并歸田。和氣當成歲，驕陽莫作愆。叨逢雷雨解，喜動白頭年。

其五

下詔蠲秋賦，爲恩不亦寬。老農思報主，盡力敢辭難。商旅歌趨市，囚奴罷入官。無偏王道在，休作漢唐看。

【校】

[一] 林：四庫本、光緒刻本作“材”。

[二] 非：四庫本作“須”。

[三] 得：四庫本作“乃”。

[四] 幾：四庫本作“機”。

[五] 者：四庫本作“日”。

聞舍弟回

有弟今垂白，無辜滯遠囚。三年輸力作，一日放歸休。水宿趨回舫，岩耕指舊丘。山瓢留數斗，同醉竹園秋。

喜　雨

數夜不能寐，乾坤如大爐。衰顏值炎赫，生意轉焦枯。偶聽雷霆過，仍看雨澤俱。茅齋慰岑寂，凉思滿桑榆。

齒　落

池草夢難成，風蟬斷又鳴。衰年唯[一]有睡，浮世自多驚。映日携書近，今[二]泉滴硯清。如何牙齒落，更欲校[三]詩名。

【校】

[一]唯：四庫本、光緒刻本作“惟”。底本“唯”字，光緒刻本均作“惟”，若無特別需要，此字下文不再出校。

[二]今：四庫本作“分”。

[三]校：四庫本作“較”。

挽空無相

避名依野老，危行托狂僧。蹈海者[一]今日，尋山住上層。黃龍持鈍斧，雪嶠撥殘燈。自了英雄志，居然契大乘。

又二

靈象何人識，冥鴻有客思。虛空無住箸，矰繳枉勞施。明月浮杯遠，孤雲振策遲。萬人看出處，示寂在京師。

其三

二十三年別，頭顱故不同。游方何處止，求相本來空。法海龍應化，塵樊鶴在籠。三生石上月，誰問牧牛童。

其四

西山塵境外，水木本清虛。自結詩書侶，長留仙佛居。顛汪遺蛻後，狂李涅槃初。重會知何日，衰顏豈待渠。

寄周子冶

周子能文士，携家入武夷。地幽真可隱，席暖不須移。融帳開何日，牙琴聽有時。扁舟衝野雪，臥病久相思。

送孟寬、希年入京

月旦推文學，丘園起力田。盡知官可貴，誰道野無賢。散木留空谷，虛舟在遠川。白頭成底事，問[一]戶枕書眠。

寄李孟和

同學朝冠士，投簪幾日歸。里中朱紱少，世上白頭稀。隴黍登新酒，池荷足故衣。夕陽天際烏，還向北林飛。

挽陳景章

禪笠頻相訪，儒衣忽自謀。十年勞火宅，一日脫書囚。客舍黄金散，鄰僧白骨收。生芻何處奠，孤寺亂山秋。

又

昨日偶聞訃，偏令老况哀。肯堂尋舊指，壽穴用先裁。竹徑風時掃，柴門月自來。往還二十載，只似夢初迴。

雨中懷子冶、兼善

去年秋社別，今雨草堂思。衰病難爲况，暌^[一]離已許時。連床談舊事，對酒誦新詩。清夜檐花落，休忘鄭老期。

【校】

[一] 暌：光緒刻本作“暌”。

雨中四首

淫雨仍無賴，名花亦自殘。林深雲久暗，城晚雪猶寒。問粟瓶長罄，呼尊酒已乾。衰年將百慮，惆悵獨憑欄。

其二

久雨不能休，花時慘似秋。牛羊僵在野，魚鱉困中流。敢嘆泥塗苦，長懷畎畝憂。滂沱非潤物，天意遠難求。

其三

燕仆多空壘，鶯僵在遠林。春霜晴不久，社雨冷難禁。妄動徵前失，深藏異此心。故山栖老鶴，永夜自長吟。

其四

冰雪似三冬，鶯花又一空。毛寒誰問馬，指直久妨農。和氣從今轉，嚴威未可窮。野人時望日，霽色露前峰。

題周子冶先世《聽雨堂卷》四首

昔者東坡老，題詩潁水濱。長因風雨夕，慨念友于親。窗竹蕭騷近，簷花斷續頻。空齋姜被冷，危坐候雞晨。

其二

聽雨虛堂夜，君家好弟兄。雄飛各自奮，睽[一]別重傷情。城漏疏相間，書燈翳復明。明朝青鏡裏，先有二毛生。

其三

蕭颯階前雨，高堂坐夜深。聲聲羈客耳，滴滴故鄉心。池草難成夢，燈花伴苦吟。西風忒無賴，更送遠鴻音。

其四

《聽雨》詩盈軸，君家代有賢。塤篪思協奏，花萼羨俱妍。唱和徵諸老，流傳可百年。余懷同氣戚，披覽重淒然。

【校】

［一］暌：光緒刻本作“暝”。

題杏林生意

溪上杏花林，君家種德深。千枝紅著實，十畝綠成陰。董奉元同道，韓休共此心。調羹風味近，他日或相尋。

述懷二首

種種霋[一]吟鬢，栖栖六十身。無才甘下位，有識笑庸人。婦喜桑麻長，兒知稼穡親。尚無官守責，自托太平民。

其二

市門仙或隱，丹訣老難知。何事漁磯弃，空煩鵲印隨。鶴衫飄雨潤，烏帽帶風欹。下筆山翁像，休官定有時。

【校】

［一］霋：光緒刻本作“雙”，二字通。全書底本作“霋”，光緒刻本等均作“雙”，如無特別需要，下文此字不再出校。

山　居

數月方休沐，山行不覺勞。塵容渾老盡，詩思與秋高。飯顆應逢社[一]，柴桑未入陶。閑門荒徑窄，此日剪蓬蒿。

其二

無人知隱處，古木伴荒丘[二]。茅屋三年築，沙田七月收。林疏休剪竹，溪滿可行舟。偶與鄰翁飲，斜陽起更留。

【校】

[一] 社：四庫本、光緒刻本作"杜"，疑是。

[二] 丘：光緒刻本避孔子諱作"邱"。全書底本作"丘"，光緒刻本均避諱作"邱"，如無特別需要，下文此字不再出校。

予壯年時幽居山谷，塵俗罕接，惟與泉石草木爲侶，日徜徉其間，醒悅心目而已。年老力衰，世移事改，向之醒心悅目者，反足以損靈亂思矣。蓋所養於中者既异，故應於外者自殊。是以石失其貞而存其亂，木失其美而存其惡，泉失其清而存其污，草失其勁而存其弱，理固然也。因成律詩四首以泄胸中之抑鬱[一]，錄呈[二] 同志，庶知比興之有在焉

其一

亂石爾何知，摧輪剥馬蹄。當途生磳谷，在野礙鋤犁。盡煉天難補，深填海自低。點頭能聽法，不信竟沉迷。

其二

惡木經年歲，空煩匠石尋。遠看千丈勢，不借一枝陰。雨露恩多及，風霜力少任。終慚松與柏，歲晚在高林。

其三

污流迷舊井，何處汲清泠。土壤難分色，蛇蟲莫辨形。空歌舉世濁，不照古人醒。倘有神膠力，無勞別渭涇。

其四

弱草不堪扶，晴沙路更虛。因風長自傴，得雨始微舒。車馬頻年踐[三]，牛羊幾處餘。生成由造物，留補燒痕疏。

【校】

［一］抑鬱：四庫本作“鬱抑”。

［二］錄呈：四庫本作“呈錄”。

［三］踐：四庫本作“路”。

次韻秋夜二首

萬卉違春意，百蟲號夜寒。山林謀自拙，風物歲將闌。凉月鷄聲早，西風蝶化難。羸驂思古道，丘阪遠漫漫。

又

山市秋風晚，儒衣落日寒。鏡開形總老，筆下意先闌。歲月窮途哭，乾坤測海難。不能移病去，愁度夜漫漫。

寫懷四首

門戶艱難久，田園寂寞多。有兒長遠出，無酒可高歌。晚景依松菊，秋風襲芰荷。平生耕學志，到此兩蹉跎。

其二

辛苦憐愚子，他鄉久滯留。斑衣頻入夢，白髮更多愁。汀樹寒聲早，籬花晚色幽。重陽一杯酒，歸趁故園秋。

其三

聚斂詩[一] 長策，侵漁趁此機。直須貧到骨，誰問歲無衣。天地身爲累，丘園道已非。衰年當絶粒，何論故山薇。

其四

秋日瀟瀟雨，愁連社鼓聲。皇威加四海，民力取三丁。有疾宜寬恤，無家不廢耕。山田租賦重，回首草青青。

【校】

［一］ 詩：光緒刻本作“持”。

寄牛自牧

久識青牛老，三年候出關。杏林遮劍水，茅屋倚丹山。藥火通宵守，茶烟盡日閑。憐余空白首，齷齪處人間。

徵　兵

府帖又徵兵，三丁盡入城。疲癃遮道路，童稚守柴荆。國欲安强富，人思值太平。鄉村烟火少，豺虎得縱橫。

春 日

陋巷斷人行，柴門不用扃。衰年柏酒綠，春日菜盤青。強飲鄰翁對，長歌稚子聽。午窗閑試墨，只寫相牛經。

又

草木消冰雪，林園換歲時。病傳方士劑，閑咏古人詩。兄弟飄零恨，兒孫懶鈍姿。一杯春日酒，無奈醒愁悲。

咏千枝柏

獨幹千枝長，濃陰萬葉稠。傍簷低翠蓋，對坐擁青油。霜雪兼松茂，風烟帶柳柔。舊栽祠觀裏，曾繫老君牛。

盆 柏

盆裏仙人柏，千枝共一柯。年深猶短小，雨重却婆娑。翠色孤松并，繁陰片石多。西來指禪意，不敢問如何。

盆 竹

種竹尋盆盎，低迷似磵阿。細聲兼雨有，微影動風多。長笋排針出，成竿數寸過。且無斤斧慮，終老雪霜柯。

石村除夕

除夕如寒食，人烟禁不炊。袁安誰問死，方朔自啼飢。野火焦良玉，寒機弃亂絲。白頭將暗眼，更望太平時。

其二

春意何時動，年光此夕除。烽烟多警報，燈火少安居。愁極空呼酒，才衰久廢書。野梅香細細，風過落花疏。

其三

前程風雨急，隨處浪波生。漁釣争趨走，泥途辱老成。已愁高岸改，稍遠望峰晴。[一] 詩興梅花外，安排杖屨行。

其四

久病思加艾，衰年願息兵。誅茅依絶谷，曝背戀前榮。故舊誰相問，兒孫請學耕。承家惟食力，不用讀書聲。

【校】

[一] 稍遠望峰晴：光緒刻本作“稍望遠峰晴”。

用咏再賦四首[一]

雪卧加衿[二]鐵，烟餐待桂炊。十年窮戰伐，數口逼寒飢。潦倒弃溝壑，凄凉畏繭絲。桃林春色近，未似放牛時。

其二

衰病身爲累，窮愁歲又除。枕戈鄰境靜，卜宅遠村居。海舶追編戶，山田責簿書。應門兒不暇，休問過庭疏。

其三

風塵驚老眼，丘壑保餘生。閉户交游絕，開園種樹成。野陰長似雨，雪意又非晴。聞說朝京路，泥深哭遠行。

其四

散步尋詩社，驅愁借酒兵。雪寒松不改，烟暖草微榮。已卜槃中隱，休傳谷口耕。素琴將在手，得趣自希聲。

【校】

〔一〕光緒刻本題爲"用前韵再賦四首"。

〔二〕衿：光緒刻本作"裣"。

題《杏林春意圖》

溪上杏成林，君家種德深。開花何似錦，結實已如金。董奉升仙術，韓休遁世心。子孫能繼守，門巷遍清陰。

題《塗節婦卷》

守節艱難日，遺孤撫育時。山河存信誓，風雨護傾危。邁壽宜重慶，佳名已遠知。他年貞淑傳，鄉國有餘師。

題伯穎《雲林茅屋圖》

將軍今爲庶，茅屋住雲林。白帽長年著，黃精積雪尋。已聞瓜地近，更說鹿門深。猿鶴頻來往，真知避世心。

其二

中林避世士，茅屋一間雲。雨笠尋芝术，晴窗究典墳。竹深羊仲至，瓜熟却平分。也有幽栖處，長隨鹿豕群。

其三

避人深卜隱，食力自爲園。賣藥從過市，催租不到門。厨烟蒸术起，社酒漉醅渾。風雨相期夜，詩成更細論。

秋江待渡

野水蒼茫夕，雲山慘淡秋。暫停征路策，遥唤隔溪舟。茅店關門早，僧鍾出寺幽。衰年懷遠道，禁得暮歸愁。

晚浦歸帆

倦客游京邑，秋風憶故園。張帆歸荻浦，繫纜及柴門。稚子牽衣袂，鄰人具酒尊。相看寫胸臆，溪上月黃昏。

哭婿游彥輝二首

獨老今誰託[一]，愁心重爾傷。空期半子力，翻哭少年亡。兒女存孤幼，鄉閭失善良。秋風歌楚些，衣上淚千行。

爾病書頻報，吾憂力不支。論方迷善藥，任術值庸醫。剪紙招魂日，臨棺灑淚時。相看翁[二]婿意，更盡九泉期。

【校】

[一] 託：四庫本作“記”。

[二] 翁：四庫本作“茲”。

別雲壑

枉策來相訪，衡門肯[一]暫留。故情憐獨老，清論慰窮愁。芋火寒初撥，藜羹暖未收。歸心何逼側，又宿水東頭。

【校】

[一] 肯：四庫本作“宜”。

柬伯穎

聞說重陽日，王弘[一]厚客情。風流同酒興，博雅盡詩名。罵坐誰先起，揮豪[二]或後成。黃花莫相笑，謬誤豈平生。

【校】

[一] 弘：光緒刻本作“宏”。考清代避清高宗愛新覺羅·弘曆諱，常以“宏”代“弘”，光緒刻本均因避諱改字。

柬雲松昆仲[一]

丘園無雅況，經訓有餘閑。偶過柴門外，相期藥肆間。談詩不知倦，看畫欲忘還。二仲稱儀表，衰容詎可攀？

【校】

[一] 四庫本題爲"寄雲松昆仲"。

述　懷

無謀安老景，不飲負清秋。白髮愁非少，黃花笑不休。兒書萬里隔，生事一舟浮。雲氣看冬至，書空未轉頭。

有感五首

玉石何勞辯[一]，兵農不必分。异方投體魄，非罪及兒孫。部伍年年定，飢寒處處聞。荒田兼廢屋，愁眼對秋原。

嫁女先鄰近，誰言有遠征。長號辭母去，無力逐夫行。顏貌銷前日，憂虞送此生。遥知膏野草，青冢祇虛名。

道路頻徵發，悲號孰忍聽。老翁憂絕嗣，童子畏成丁。飯乞嗟來食，衣牽不掩形。風砂[二]連雨雪，萬里到邊庭。

衣食推溫飽，詩書輔守成。危機憂不免，謗語禍非輕。溫清三年隔，艱難萬里情。天倫不相保，人世欲無生。

　　鰥獨須仁政，承宣待上官。更饒多病苦，那解百憂寬。邊郡書稀到，衣襟泪不乾。南人西北老，天遠問應難。

【校】

［一］辯：四庫本、光緒刻本作“辨”。

［二］砂：四庫本作“沙”。

偶成二首

　　有力皆從戍，無資亦轉官。明時同際遇，老境自艱難。地遠春多瘴，林深曉更寒。瀼西耕未得，牛瘦稻畦乾。

　　獄訟須平理，君恩在尚寬。無勞分枉直，兼欲戒貪殘。世事非長慮，衰容喜暫安。晚晴扶短杖，溪上自觀瀾。

題江彥載《竹林田舍卷》二首

　　明時官可拾，誰不笑閑居。傍竹斜開徑，依村淺結廬。客來尊有酒，兒長架多書。卜築爲鄰者，瓜田擬共鋤。

　　大父花爲縣，斯人竹滿林。性耽陶令酒，貧擲管寧金。西崦風烟近，東柯雨露深。從來沮溺輩，塵事不勞心。

題劉伯壽《菊逸卷》

種菊寧無意，幽居得自怡。丘園臨晚節，霜露傲寒枝。逐客餐英夕，休官待酒時。清風與高致，千載重相期。

書悶二首

苦節從人笑，端居拙自謀。奸邪頻得志，忠信動成仇。世故只如此，吾生行已休。少來不解飲，老去付乾愁。

讒言投毒藥，非罪觸嚴刑。萬里邊沙白，孤魂墓[一] 草青。倚門空悵望，主器尚零丁。天道關人事，誰分渭與涇。

【校】

[一] 墓：四庫本作“暮”。

題吳德暘《山水小影》[一]

雲山分遠近，水石助清幽。老眼看名畫，深懷似故丘。草迷行鶴徑，藤引釣魚舟。賣藥忘機者，無人識百[二] 休。

【校】

[一] 四庫本題爲“題吳德暘《山水小景》”。

[二] 百：四庫本作“伯”。

石村懷友

南山吾卜隱，秋色露崔嵬。落日牛羊下，晴天鸛鶴回。肯尋樵徑入，重過草堂來。桂樹依檐緑，繁陰手自栽。

題晚浦歸帆

估客前年去，扁舟此日迴。烟生全浦暝，風健片帆催。桂楫看將近，柴門認半開。鄰人檇[一] 酒饌，歡笑慰歸來。

【校】

［一］檇：清抄本、光緒刻本作“攜”，當是。

秋江待渡[一]

早出未開關，暮歸常待渡。誅求尚多門，辛苦在長路。浩浩川上波，蕭蕭道傍[二] 樹。百役幾時休，臨流愧鷗鷺。

【校】

［一］四庫本題爲“待渡”。

［二］傍：四庫本作“旁”。

竹搔背二首

裂竹供衰病，能分子侄勞。周身尋痛癢，到手助爬搔。野服同捫虱，仙經似伐毛。自慚鮐背及，此物敢忘勞？

削竹名何器，年來試用頻。揩摩長在手，痛癢不求人。刻畫兒童掌，追隨老病身。渭川淇澳際，托分久相親。

題雲壑詩帙後

狂吟今白髮，同學亦高年。古淡辭難入，清新句可傳。蟬聲生夏木，鶴影落秋泉。佳處須題品，中宵忘欲眠。

更　愁

灑掃僮何懶，過從客亦頻。年光唯老我，世事更愁人。官井渾三月，厨烟少四鄰。門前雙柳樹，午蔭偶容身。

非　昔

覽鏡驚毛髮，殊非宿昔翁。狂來詩有興，愁極酒無功。久病成真跛，流言息近聾。朋知過相問，起坐夕陽中。

颶　風

海上颶風來，乾坤吼萬雷。旋毛將巨木，驅石似輕埃。晝夜聲同怒，陰陽召此災。殺機何日息，天際暮雲開。

毒　霧

大霧無時起，冥冥夜色同。江連蛟蜃氣，野匿虎狼踪。久暗應成雨，遲收欲待風。南山沉已盡，留得兩三峰。

王道人携《山静太古圖》求題，
乃復古余煉師真迹也，興而有作

圖中太古色，物外幽人春。宴坐自生慧，揮毫如有神。嗟餘久昏妄，拭目對嶙峋。無論羲皇世，翛然已出塵。

病 起

帶緩肌如削，巾欹髮半垂。故人憐病起，稚子笑行遲。却酒憂成醉，收書老更痴。滿岡梧竹盡，尚想鳳栖時。

舊 業

谷口留茅屋，溪南廢藥園。風高愁欲破，地濕想宜翻。寂寞三間足，甘辛數品存。素懷安舊業，清苦訓諸孫。

雨 歇[一]

雨歇塵仍暗，秋來水更渾。草深迷虎穴，霧重失漁村。生理何多難，吟懷久已昏。徬徨如有得，惆悵竟無言。

【校】

[一] 四庫本題爲"雨歇用前韵"。

送程志玄入山

西山入武夷，峰轉路逶迤。月下驂黃鶴，風前歌紫芝。石泉宜洗耳，丹竈遠尋師。老我空慚汝，塵埃未有期。

題志玄《崎嶇窈窕卷》

青牛去不返，黃鶴已難追。獨羨持初志，長齋似舊時。洞天伴尋侶，[一] 丹火慕真師。他日緱山頂，家人待一辭。

【校】

［一］洞天伴尋侶：四庫本、光緒刻本作“洞天尋伴侶”。

題叔蒙《林泉樂道卷》

門閥將軍胄，林泉處士廬。時清甘樂道，年少乞閑居。傾甕芝香遠，開窗竹影疏。客來浮世事，不復問何如。

雨　腳

雨腳時時急，溪頭日日渾。漁舟侵野市，虎迹遍荒村。老去心空壯，憂來眼并昏。無生差近理，欲究梵王言。

曬書有感二首

愛弟真勤學，痴兒酷嗜書。人亡非有罪，天聽自堪誣。噬案多飢鼠，成窠長蠹魚。盡將秋日曬，況與泪痕俱。

腹中無可曬，架上亦難齊。閉戶秋將盡，懸籤晚自迷。遺亡須補綴，散亂闕標題。乍可投炎火，休教畏冷齏。

病　中

卧病秋將盡，艱難日又增。夜深方着枕，户遠更留燈。鄰畏呻吟近，僮來抑按能。有身應有患，空寂永[一]如僧。

【校】

[一] 永：四庫本、清抄本、光緒刻本作“未”。

雲松下訪

老况無人問，幽居有客過。杖藜將病骨，伏枕避詩魔。語盡還成笑，悲來欲自歌。虛舟不繫纜，泛泛任風波。

柬　雲　松

我老君長健，君賢我不能。文宗曾子固，篆逼李陽冰。几杖山林願，門生月旦稱。鄰州同景仰，争畏鶴書徵。

病中述懷

坐倦瘡痍苦，行艱骨髓枯。偶因陪客出，已用借人扶。世事須箝口，生涯困剥膚。空思清净化，垂老際唐虞。

寄杜德基

聞説徵君後，猶存版築中。天恩何日及，世道此時窮。黄耳書難報[一]，青蚨篋已空。倚門惟有母，華髮對秋風。

【校】

［一］報：四庫本作“保”。

寄周子冶[一]

天地爲羅網，梟鸞一死生。英雄莫自悔，骨相或當黥。照影渾疑鬼，殘形已作兵。詩書翻誤世，戈甲可收名。

【校】

［一］四庫本題爲“自傷”。

答劉河泊

久病門長掩，無人問死生。酒因行藥飲，詩向擁爐成。老我駸駸景，懷君渺渺情。肩輿宜相訪，雪□[一]聽琴聲。

【校】

［一］□：諸本均缺。

丙寅正月三日作二首

開歲仍愁雨，交春已聽雷。衰容萬感集，生意幾時回。強飯扶斑杖，巡檐看落梅。弊[一]衣風更冷，吹送雪花來。

書罷迎春帖，家家應節多。老年難再拜，佳客莫相過。閉戶唯僵臥，臨觴忽放歌。太平宜有待，暮色欲如何？

人日懷兼善[一]

元日至人日，檐聲斷復聞。山頭雪待雪，溪上雲連雲。牧犢空年老，聽鷄過夜分。平川張逸士，最念久離群。

晚香堂四首爲判簿劉崇文賦

種菊知何意，高堂奉二親。黃花偏耐老，白髮好怡神。簿領仍拘束，琴書未隱淪。晚香終不負，漉酒有烏巾。

儒官初佐邑，種菊欲何爲。三徑將蕪日，憂親尚健時。霜英宜泛酒，秋色可題詩。恩誥裁雲錦，歸來亦未遲。

華堂催種菊，彩服欲娛親。雨露花長好，風霜節自貧。倚門秋望遠，開徑晚香新。他日柴染[一]隱，清名有幾人？

種樹成何事，經營有此堂。春暉懷寸草，秋卉异群芳。露重添佳色，霜清耐晚香。一尊眉壽酒，夢想在花傍。

題《愚齋卷》二首

丈室愚名扁，西家笑讀書。力行非寧及，私省豈回如。孟谷呼相應，柳溪閑可漁。終知移不得，直詐古今殊。

武健惟材任，齋居豈強名。奇兵長自用，困學父須名[一]。不徑多臨難[二]，移山氣未平。功成應養晦[三]，冠弁似儒生。

【校】

[一] 名：四庫本作“明”。

[二] 多臨難：四庫本作“心常正”。

[三] 晦：光緒刻本、清抄本作“晦”，當是。

次袁縣丞《述懷》[一]

勇退非無志，閑居況有緣。哦松初到日，種菊是歸年。脫綱漁沉海，開籠鶴上天。桐江知隱處，繞屋紫芝田。

【校】

[一] 光緒刻本題爲“次袁縣丞《述懷》韵”。

送卓叔良回三山二首

老伴全稀少，斯文又寂寥。送君歸故里，惱我在今朝。扶病一言餞，去程孤棹遥。黃花滿三徑，秋興未蕭條。

諸孫遠迎侍，獨老久懷歸。束擔琴書重[一]，問[二] 家鄉舊非。

掃松經故隴，采菊授時衣。八十免爲客，庭柯倚夕暉。

【校】

〔一〕重：四庫本作“古”。

〔二〕問：四庫本作“還”。

祭虎二首

猛虎在前林，群豕踐我黍。飢來搏食之，絶迹秋田裏。虎非獸之良，推功及田父。流傳不可忘，南村朝祭虎。

祭虎虎何功，云能食封豕。封豕善遁藏，充腸得仙麂。仙麂雖馴良，入口那復吐。虎去豕[一]復來，居然暴禾黍。

【校】

〔一〕豕：四庫本作“不”。

捕　魚

漁人騁技巧，長網截大川。萬魚不能脱，已知數當然。傾城食鮮膾，維舟洗腥漩[一]。猶有鮫鰐存，食人市門邊。

【校】

〔一〕漩：四庫本作“涎”。

借袁縣丞韵自述

衡門韋帶士，筋力强攀緣。猶滯烟霞疾，虛過犬馬年。焦枯思傳雨，覆幬賴堯天。頗恨兒童懶，南山荒豆田。

卷　二

五言長篇^[一]

【校】

[一] 四庫本、光緒刻本作"五言排律"，底本、清抄本僅於目錄中標注類別，正文中未單獨分類標注，現據底本目錄補。

題劉子長《留耕圖》

原隰春山遠，門廬磵水斜。三忠先世澤，五畝舊生涯。小圃連喬木，疏畦帶落花。種苗侵雨露，去草撥泥沙。已佩平安訓，何論賦斂加。簞瓢分菽水，衣褐給桑麻。耕鑿無多地，流傳有幾家。從知瓜瓞頌，不爲古人誇。

題趙吳興《蘭卷》

翰林多暇日，拂素寫幽蘭。春去湘江晚，秋來楚澤寒。放花烟漠漠，垂葉露團^[一]溥。題咏諸賢在，流傳異代看。微芳騷思遠，淡影墨痕乾。故國情何極，衰年強自寬。階庭生未到，磵谷搴應難。古調何時聽，清風起杏壇。

【校】

[一] 團：光緒刻本作"溥"。

次韵張判邑《留別》

歡會苦短淺，離別何蒼茫。驅車向舊國，萬里川途長。十年三調官，周流半南方。驥足未及展，故山夢中蒼。詔許返林壑，垂白慰所望。白鶴偶開籠，層雲自迴翔。以我文字交，與我論行藏。年侵覺昔非，倦逐鷹鵟行。他夕一扁舟，月明歌滄浪。加餐各努力，久遠無相忘。

次雲松《述懷》韵二首

孟夏日已長，幽居頗疏俗。清和展衰病，茅堂況深穆。竹陰乍團欒，花氣遞芳馥。散帙蠹初剔，開尊蟻相續。豈無同心友，娟娟在人目。形神各舒散，鬌髮從卷局。拂拭壁上琴，一鼓陽春曲。

張君山林人，嗜好异流俗。詩成過余誦，微風共清穆。筆力自高古，詞藻更芬馥。對飲訝鯨吞，賡歌愧貂續。半載重會面，三日思刮目。鴻飛正冥冥，不受樊籠局。感我白頭吟，更坐聽終曲。

拙者自號

吾生何爲者，老以拙自名。眼拙搖空花，耳拙起虛鳴，手拙持戰栗，足拙防欹傾。寸心更苦拙，百事無一成。語言拙少味，交游拙寡情。學拙志慮耗，道拙憂患并。行當死於拙，掩骨依先塋。傍人笑我拙，我拙亦有程。聖賢既不辭，愚下孰敢争。孔子拙陳蔡，伊尹拙割烹，呂拙鈎尚直，陶拙琴無聲，夷齊拙不食，古道誰人行。我拙不有命，我拙自有誠。寧甘抱拙枯，不作背拙榮。傳拙與子孫，用拙盡平生。

夏日可畏

夏日自可畏，先[一]光遍乾坤。水泉已涸絕，草木如恢焚。百役執沸鼎，萬形隨燎原。我衰喉舌乾，久病喘息存。茅屋卑且陋，又迫城市喧。臨書屢揮汗，對案不能餐。石田既無收，兵食今又繁。窮通係定數，倚伏著明言。何時西來風，洗我心上煩。夸父逐影死，凄凄傷旅魂。

【校】

[一] 先：光緒刻本作“炎”，當是。

冬日可愛

冬日自可愛，流光滿庭隅。起來不梳頭，宴坐四體舒。陽和浹骨髓，潤澤淪肌膚。我愁一已散，我痾一已蘇。兀兀若酣醉，怡怡足安愉。仿佛太平時，扣門無遠胥。憶昔風塵中，歷涉萬險餘。至今心魂悸，何論齒髮枯。慰眼對童稚，開懷托琴書。願得垂老年，畢景同桑榆。

秋日觀稼

霜降天氣清，巾車度南村。野老四五人，揮涕遮我言。良苗化枯草，流水絕遠源。朝食藜藿餘，暮餐薇蕨根。田疇且不遠，盡在指顧間。不意垂老年，值此大旱乾。先朝亦有之，民力幸稍完。迨今公賦重，況乃私債繁。掊克號令數，鞭撻血肉殘。甘作流移民，去鄉離墓墳。語罷即告行，放聲不能吞。載感父老言，且休重煩冤。我有升斗餘，貸汝奉公門。他鄉苟失所，歸路良獨難。水旱數或然，天道多好還。明年必豐稔，勉力事耕耘。

清明祭鬼[一]

清明日，大風起，紙錢飛作灰，散落千山與萬水。舊墳間新墓，哀哀哭不已。百役轉溝壑，首丘寧有幾？朝廷自忠厚，惻然念無祀。天下向萬城，科條戒鄉里。緇黃施法食，縣官具羊豕。日昃[二]天暝晦，陰靈集壇所。飲食歆饗餘，似聞相告語。秋冬復繼惠，有後竟何似。長林或掃松，荒阡誰挂紙。生者不自給，死者長已矣。因思上世人，未明仙佛理。諸儒動引經，不肯祭非鬼。推思九泉下，著令今代始。從知征戰場，飢魂怨千古。

【校】

[一] 四庫本題爲"清明"。

[二] 昃：四庫本、光緒刻本作"戾"，當是。

卷　三

七言絕句

戲題二絕

朝野文章自不同，壤歌何敢敵黃鍾[一]。山林別有鈞天奏，長在松風澗水中。

詩不驚人只謾[二] 裁，藥能療世更須栽。如今老去成何事，對坐青山酒一杯。

【校】

［一］鍾：光緒刻本作"鐘"。

［二］謾：光緒刻本作"漫"。底本"謾"，光緒刻本、四庫本均作"漫"，若無特別需要，下文此字不再出校。

題《枯松怪石圖》

老枝枯幹倚岩巒，縱有風雲變化難。自是無心愛春色，千年留與石同看。

古木蒼藤圖

風雲氣質雪霜踪，獨立空山慘淡中。慚愧藤蘿爭附托，年年春色換青紅。

題《獨駿圖》

圉人牽出柳風涼，十二天閑白晝長。老眼慚看兵革息，相逢期在華山陽。

題彭時中玉泉亭二首

芰荷衣老山人去，松菊園荒處士歸。門外柳溪清似玉，沙頭鷗鳥亦忘機。

五柳閉門一日樂，百年仕路幾人閑。玉泉亭上月如練，我欲倚筇秋樹間。

南　村

亂來村野幾家全，近長丁男亦戍邊。辦得軍裝牛已賣，門前荒草是官田。

除夜憶小兒，泊峽口

除夜孤燈對短篷，浮生元[一] 不定西東。斷猿何處驚殘夢？風雨瀟瀟[二] 宿峽中。

【校】

[一] 元：四庫本、光緒刻本作“原”。

[二] 瀟瀟：四庫本作“蕭蕭”。

聞小兒欲歸

風雨泥途汩汩忙，新春殘臘寄他鄉。歸期趁得天涯燕，社日飛來入草堂。

題《萬竹圖》

春雲淡淡湘江闊，秋雨瀟瀟渭水深。斤斧十年生意盡，不知何處得林泉。

題梅窗《玩易圖》[一]

三絕韋編一洗心，碧窗風露静沉沉。寒灰自畫周天卦，月上梅梢夜已深。

【校】

[一] 四庫本題爲“又題梅窗《玩易圖》”。

題歐陽雪舟《墨梅》二首

橫梢倒幹春偏好，冷蕊疏花晚自妍。老我^[一] 正須詩興助，欲移茅屋住湖邊。

最憶廬陵老煉師，酒酣揮筆寫南枝。春風開盡江頭樹，不見扁舟載雪^[二] 時。

【校】

[一] 老我：四庫本作“我老”。

[二] 雪：四庫本作“月”。

寄蘇明遠

寫得冰梢^[一] 帶晚霞，歸囊^[二] 卷贈一枝斜。摩挲老眼看春色，却訝牆頭出杏花。

筆下秋光最好看，相思千里寄來難。白頭已入廬山社，猶憶東籬月影寒。

稚子牽牛似挽車，微風落日笛嗚嗚。故人久識柴門處，爲作《藍原野牧圖》。

釣船移向夕陽邊，春水桃花綠滿川。一曲漁歌聊自樂，晚風休爲世人傳。

題溫日觀《莆[一] 萄》

數藤馬乳秋風晚，一架驪珠夜月明。憶昨草堂看畫日，惠連詩句獨先成。

開士名流溫日觀，最能潑墨作莆[二] 萄。君家此本何年物，彷彿前人筆格高。

【校】

［一］莆：光緒刻本作“蒲”。

［二］莆：光緒刻本作“蒲”。

絕句四首滁州[一] 作

風雨孤村似禁烟，束薪然桂未虛傳。良材巨木他山盡，樗櫟如今正值錢。

山林面面網羅高，千里長空絕羽毛。獨羨簷頭飛燕子，不隨椒藋入君庖。

移根巖[二] 壑帶風烟，千丈幹霄野老傳。莫向長安城下種，王孫只擲賣花錢。

籠檻先判^[三]鼎俎危，江湖休恨稻粱^[四]微。沙鷗最是知機早，纔近漁舟又遠飛。

【校】

[一] 州：光緒刻本作"川"。

[二] 巖：光緒刻本作"嚴"

[三] 判：光緒刻本作"拼"。

[四] 粱：光緒刻本作"粱"。

題黃仲文扇面小景

鵠白新裁月一團，濛濛烟樹著前巒。野人不慣藏紈素^[一]，片紙留傳久遠看。

紙扇相遺意未輕，好風還似故人清^[二]。林中李白休相笑，拾得長江片月明。

山中隱者似王維，胸次丘園下筆時。何日南窗分一幅，輞川烟雨費題詩。

【校】

[一] 素：四庫本作"扇"。

[二] 清：四庫本作"情"。

題郭文《騎虎圖》

先生騎虎似騎牛，玉塵談空嘯仰頭。猛獸革心猶足信，旁觀何用世人愁。

題 小 景

層層金碧倚岩阿，花徑春濃有客過。行到野橋觀石瀑，始知人世挽天河。

野亭分坐納微凉，綠樹清流晝景長。不有山林深更僻，人間無處避嬌[一] 陽。

强欲登高行路難，溪橋危坐對秋山。白雲紅樹添詩興，月上長空忘却還。

獨釣寒江雪滿蓑，數峰相映玉嵯峨。閉門誰念山中客，自比袁安懶更多。

【校】

[一] 嬌：光緒刻本作“驕”。

題《杏林春意圖》

百世長沙遠有宗，手栽仙杏滿林紅。春風桃李雖無數，不共生民立命功。

秋日偶成二絶

荒苔落葉小軒秋，兀坐無聊疾始瘳。一縷篆烟飛不盡，又將詩卷閲從頭。

秋雨生寒似早春，寥寥門巷緑苔新。社前釀熟松醪酒，留得山瓢候故人。

秋山道中

古道蕭蕭落木寒，獨騎款段繞秋山。衰年不較前程遠，緩轡輕鞭意自閑。

漠漠長空起夕陰，西風片雨著前林。晨溪欲借孤舟渡，秋水新添一尺深。

崖樹深紅映淺紅，行人却立羨西風。不知秋色凋零易，只道春光爛熳[一]同。

門前虎迹山家曉，林杪猿聲客路秋。古木寒烟孤戍近，小橋流水數村幽。

【校】

[一] 熳：光緒刻本作“漫”。

病起後園看花

霜枝露葉長叢叢，鑄就黄金訝許同。昨日不緣行藥到，又成寂寞負[一]秋風。

冷坐東籬句自敲，旁人錯訝候香醪。餐英飲水尋真樂，久與王

72

弘著絶交。

露下碧叢珠滴滴，月明素萼雪團團。不知晚節全清白，更向東
籬仔細看。

一枝數萼剪輕冰，應與淵明共素心。秋色滿園題品遍，從來白
玉貴黃金。

【校】

[一] 負：四庫本作“付”。

重賦《紙帳》[一]

熟搗秋藤爛有光，白雲一片挂山房。道人忽作瑶臺夢，霜月當
櫼漏正長。

數幅秋藤拂地齊，匡床閑對竹爐低。山中一枕梅花月，不識雞
聲送馬蹄。

【校】

[一] 四庫本題爲“紙帳”。

雲松到西山有四絶句見貽，依韵奉和，兼柬雲壑、本淳一笑

自與山靈有夙[一] 期，題書屢報入山時。林間二客煩相待，拂
拭蒼苔看舊詩。

路岐筋力久難堪，偶爲山人迥[二] 水南。明月軒中一斗酒，浮

丘今夜共清談。

三年兩夕會西山，寸晷分陰若自慳。白髮相期來洗髓，又扶竹杖叩雲關。

平生痼疾在林泉，老去詩名亦漫然。故舊相逢聊一嘯[三]，蟬聲過耳竟誰傳？

【校】

[一] 夙：四庫本作“宿”。

[二] 迥：四庫本、光緒刻本作“過”。

[三] 嘯：四庫本、光緒刻本作“笑”。

題梅窗《玩易圖》

月到書帷夜蕭然，南枝微有暗香傳。靜中紬繹先天學，消長盈虛在目前。

余昨騎驢看山，雲壑以爲宜繪圖以紀一時清興，請雲松書之。他日以語復古道人，遂欣然放筆，因題二絕句

杖頭獨挂一瓢詩，雨色南岡款段歸。童子急趨傳桷笠，畫圖還似少陵非。

長袖輕鞭不用揮，平沙淺草夕陽遲。青山盡好埋詩骨，更許劉伶荷鍤隨。

題梅根《讀易圖》

疏花老幹轉春風，獨坐觀書夕照中。倘許蒼苔分半席，也來林下論參同。

次韵雲松《雨中書懷》十絕

暫聽檐聲住少時，回風一送又淋漓。只愁雨過春花老，花柳相看亦斂眉。

雲深不見樹頭山，偶對朝暉一破顏。處處林塘春水滿，此心猶愧白鷗閑。

蓬蒿不剪藥畦荒，午夢醒來草滿堂。幾樹幽花都落盡，祇應風雨妒年芳。

數卷殘書共小軒，一庭芳草掩閑門。連陰斷送青春老，未辨晨光與夕昏。

夜坐南軒月滿天，曉來雲氣失前山。東風莫倒天河水，留得蘇枯七月間。

百感相從集老懷，閉門兀坐自書灰。朝光偶噪花間鵲，又恐茅檐有客來。

雲間自有種芝田，林下長流飲鶴泉。絶口不談當世事，樵歌牧唱又成編。

春吟又入杏花村，風雨園林白晝昏。茅屋半間誰借住，數竿修竹野禽喧。

老去長懷水竹居，病來城市迹全疏。昨朝偶遣兒童出，不爲修琴爲借書。

詩人風致似寒梅，不顧冰霜獨自開。湖上草堂栽更少，又從春雨斸蒼苔。

再續前韻

憶過南山值雨時，角巾微折濕淋漓。長空如洗雲烟盡，回首松梢月一眉。

空歌白石爛南山，誰有丹砂可駐顏。風雨又催春事老，田園未許莫年閑。

積雨空林草樹荒，杖藜扶病過橫塘。野園紅白知多少，獨有芝蘭异衆芳。

梨花斜轉月侵軒，燕子飛回雨打門。春興擬同平子賦，自慚頭白眼眵昏。

數杯濁酒自寬懷，一寸丹心著死灰。往事已隨春夢斷，閑愁更傍雨聲來。

雲際飛鴻快遠天，霧中文豹隱南山。也知深谷多芝草，老向清泉白石間。

生涯谷口子真田，詩興門前阿對泉。不信老年無一事，夕陽窗下理殘編。

白雲青草帶荒村，山氣濛濛似雨昏。近日許由知更懶，風來不較一瓢喧。

白水青山隱者居，門前綠樹更扶疏。春晴不赴游山約，四壁芸香自著書。

西崦當年手種梅，繁花頻向雪霜開。如今春雨看佳木，老幹橫枝半是苔。

雜題絕句用希貢韵

溪邊飢鶴啄蒼苔，瘦骨伶俜翅懶開。風格自非塵世物，舊時衡嶽送仙來。

百丈長松絕可憐，亭亭孤立雪霜前。世人未用輕高節，時有山僧枕石眠。

一葉輕舟野水濱，行人來往問通津。長江風浪時時惡，蓬底高眠懶應人。

牛背斜陽一笛風，滿川烟草落花紅。人間萬事深如海，不遣閑愁到牧童。

草堂背郭似深村，桑柘連陰白晝昏。扣户不堪徵斂急，數年空閉讀書軒。

書　懷

世事春冰漸漸消，不知今日有明朝。留連老景尋詩卷，料理衰顏種藥苗。

風雨蕭蕭暮景催，塵埃汩汩壯心灰。尊中明月能長滿，鏡裏青春不再來。

三年築屋住西村，桑柘陰斜日已昏。欲鼓莊盆心自懶，林烏何事夜啼喧？

舊屋猶存春雨餘，故交從[一] 在曉星疏。蕭蕭白髮青燈下，閑聽諸孫學讀書。

【校】

［一］從：光緒刻本作"縱"。

風　雨

驟雨連旬苦未休，飄風數日又何求。山中茅屋頻搖撼，疑是浮家海上舟。

溪岸沙崩損藥園，山田石裂壅泉源。平生數畝耕桑計，風雨無情欲并吞。

傷　春

山莊寂寞雨兼風，紅紫園林數夕空。憶得往來三四十，青天白日萬方同。

落花飛絮滿晴川，杜宇聲聲更可憐。不用傷春[一]愁欲死，亦知春去有明年。

【校】

[一] 春：四庫本作“心”。

柬雲松會宿翁源

路入仙岩更向西，松林茅屋擬同栖。一尊風月謀今夕，邀得閑雲晚度溪。

石村阻雪，雲松惠詩，依韵奉答

清湖晴雪對蓮峰，下有弦歌一畝宮。題得新寄茅屋詩，[一] 長松修竹共清風。

携得長鑱度雪峰，月明留宿洞仙宮。世人未識賓雲曲，閑却林梢一笛風。

【校】

[一] 題得新寄茅屋詩：光緒刻本作“題得新詩寄茅屋”。

和雲松《雪中》十絕

夜寒敢嘆臥如弓，起傍殘爐榾柮紅。童子偶看門外白，誰將瓊玖賑詩窮？

夜雪茅檐積漸高，傍林時聽折危梢。南山石上霎松樹，莫更動搖仙鶴巢。

天上浮光帶玉京，世間幻境入瓊林。馮夷奪得天孫巧，剪水飛花一夜深。

亂來霎鬢俱成雪，對雪疑窺鏡裏顏。明日春風消釋盡，祇留鬢影對青山。

瓊林只在碧山阿，遥憶仙人寄傲多。閉户袁安僵不起，難隨鶴

80

背一相過。

梅花開遍臘將殘，幾度吟詩倚暮寒。何處寒驢駝孟老，一鞭風雪正漫漫。

翠竹擎多看漸低，寒梅封厚望應迷。尋春擬趁朝暉出，又恐青鞋濕凍泥。

曳履自慚隨獸迹，杖[一]藜欲出聳鳶肩。酒中挽得陽和轉，一斗松醪直萬錢。

群賢詩語鬥清新，白戰何人筆有神。未似漁翁堪入畫[二]，孤舟蓑笠自垂綸。

旭日光微未盡消，背陰岩谷冱連朝。春風一解昆侖凍，盡[三]化河澌入海潮。

【校】

［一］杖：四庫本作“背”。

［二］畫：四庫本、光緒刻本、清抄本均作“畫”，當是。

［三］盡：四庫本作“漸”。

班姬題扇圖[一]

花比顏容[二]石比心，自將團扇寫新吟。同車昨日辭天寵，不費[三]長門買賦金。

[一] 四庫本題爲"題班姬扇面"。

[二] 顔容：四庫本作"容顔"。

[三] 費：四庫本作"用"。

口　號

顛狂稚子六七輩，斑白交游三四翁。翻倒[一] 詩書何日静，嘯[二] 談尊俎幾時同。

閉户長吟一日樂，上床熟睡一宵安。門外太行三萬里，暮年筋力久知難。

【校】

[一] 倒：光緒刻本作"到"。

[二] 嘯：光緒刻本作"笑"。

偶　成

養得新雛[一] 頂漸丹，海天萬里在霄翰。山僧不識神仙物，只作尋常野鳥看。

燕石登床玉在泥，月明空憶卞和啼。蕭蕭白髮烟波侣，莫放漁竿別舊溪。

【校】

[一] 雖：光緒刻本作"雛"，當是。

82

石村阻水

昨日今日雨不絕，武夷東西溪水高。架壑仙船在岩頂，也愁孤棹動風濤。

空山雨腳亂如麻，短杖衝泥草徑斜。野老門前三尺浪，相逢真在水仙家。

贈雲壑

望水尋山[一] 不憚遙，白雲紅樹喜相招。夢回茅屋瀟瀟雨，又得留君住一宵。

【校】

[一] 望水尋山：四庫本作"望山尋水"。

題墨菊

園林凜凜霜前意，竹石瀟瀟野外芳。不信黃金能改色，甘隨玄玉學韜光。

霜露肅時香自遠，丘園暮景節尤高。東籬月送參差影，傳得秋香入兔毫。

送茶與朱孟舒

仙草靈芽出洞天，封題千里附歸鞭。月明記得相尋處，曾試林間第一泉。

先隴[一] 有感

霜親已遠弟兄稀，魂夢相逢似舊時。茅屋數椽田二頃，白頭猶受一安遺。

【校】

〔一〕隴：四庫本作“壟”。

寄題五夫先隴[一]

霜親遠葬傍西岩，麥飯來遲每自慚。願得太平徭役少，結茅此地守松杉。

【校】

〔一〕隴：四庫本作“壟”。

寄文明病中

童冠論交五十春，巷南巷北日相親。年來頗恨俱衰病，欲候平安却問人。

欲療瘖痍未有方，閉門伏[一]枕換年光。從來禍福分淫善，天道如今^[二]轉渺茫。

病　中

朽骨不禁風露冷，衰容更畏雪霜繁。呼兒欲問春深淺，柳絮梨花已滿園。

杖策兒扶村舍翁，一尊花下臥春風。社前雷動催茶筍，興入千岩萬壑中。

暖日茅檐病骨輕，杖藜欲起踏青行。一聲似曲穿花過，何處飛來谷口鶯。

山城雨過草萋萋，無數殘紅逐馬蹄。燕子不知風^[一]景異，傍人華屋又銜泥。

西山道人惠江南笋

江南苦竹生甘笋，春社雷驚出土長。扶病欲來參玉板^[一]，道人曉起贈霋筐。

壑請修渡船[一]

渡口沉舟久欲修，百川東下正横流。艱難共濟慚衰老，更唤前溪黄帽頭。

【校】

［一］四庫本題爲"修渡船"，光緒刻本題爲"寄雲壑請修渡船"。

題張師夔小景

空山秃木兩株長，屈幹樛枝半欲僵。下有敷榮三五樹，自緣低處少風霜。

危柯怪石自相依，遠岫含烟夕照微。千里山川秋似水，西風不送雁南飛。

題小幅雪景

短棹中流往復還，神交元[一]不在承顏。剡中[二]清興何人會？月滿長川雪滿山。

湖邊倒樹玉爲槎，樹底茅簷路半斜。飢鶴翅寒飛不去，伴人閑立看梅花。

玉堂空愧故人招，風雪歸來度[三] 野橋。留得平生詩興在，蹇驢破帽鬢蕭蕭。

藍關回首自淒涼，積雪層冰道路長。去國可無三宿戀，傍[四]人休嘯[五] 馬蹄僵。

【校】

[一] 元：光緒刻本作“原”。

[二] 中：四庫本作“溪”。

[三] 度：四庫本、光緒刻本作“渡”。

[四] 傍：光緒刻本作“旁”。

[五] 嘯：四庫本、光緒刻本作“笑”。

題《東郊歸牧圖》

牛背相驅下隴時，夕陽門巷景遲遲。欹眠倒立休相訝，造化從來似小兒。

淺石幽柯草滿川，吳牛背上穩於船。兒童顛倒爭喧笑，絕似雍熙在目前。

題廉宣仲《墨竹》

先朝文物佳公子，善寫簹[一] 筤一兩枝。不有百年真翰在，清風高節幾人知。

城中無土種琅玕，蒼翠時時畫裏看。最憶西山秋影凈[二]，滿身涼月更憑欄[三]。

【校】

[一] 簮：四庫本作“蒼”。

[二] 净：四庫本作“静”。

[三] 欄：四庫本作“闌”。

題王仲文《臨清閣卷》

高閣留賓酒滿杯，秋風千里雁初來。故園松菊[一] 平安在，天際歸舟不用催。

【校】

[一] 菊：四庫本作“竹”。

題《烟波垂釣》扇面

漁釣生涯不爲貧，烟波鷗鳥日相親。鑒湖一曲秋風興，誰似知章早乞身。

題王仲文小景

雨過春山草木稠，懸崖千尺挂飛流。幽人倚杖遥觀處，似在廬山五老游。春日觀泉。

緑樹垂帷石作臺，龍脣拂拭自徘徊。黄埃赤日[一] 人間世，政想南風解愠來。清晝[二] 鼓琴。

晴空萬里片雲收，山木蕭蕭虎豹秋。對酒願留天上月，清光長照少年頭。凉霄^[三] 對月。

旭日初升雪滿山，水邊林外覓花看。南枝先得陽和信，竹杖芒鞋不避寒。雪霽尋梅。

【校】

［一］日：四庫本作"石"。

［二］晝：四庫本、光緒刻本作"晝"，疑是。

［三］霄：四庫本、光緒刻本作"宵"，疑是。

題荷池白鷺

西風雨過藕花稀，湛湛池波見雪衣。老眼不知元^[一] 是畫，移筇欲近畏驚飛。

白鷺飛來水滿池，綠荷深處立多時。隨群竟得腥膻飽，應笑江鷗獨自飢。

【校】

［一］元：光緒刻本作"原"。

述懷柬雲松

老去群編倦討論，病來餘息費溫存。閑庭雨過生秋草，正喜交游不出門。

烟霞沉痼倦尋醫，城市山林性自移。陶令老來腰頗折，數篇空愧咏貧詩。

題張兼善《松下看雲圖》

何處仙山罷看棋，風塵回首誤歸期。松間石上徜徉處，又伴閑雲臥武夷。

松下看雲有逸人，幾回招引不相親。西城賣藥歸來晚，自扣岩扉月滿身。

題宣和畫《鵝雛唫[一]》

柳下金溝暖似湯，羽翎全短毳毛長。睿思不及鷹揚力，愛畫舟前似酒黃。

宴安花石[二]應成癖，游戲翎毛思有餘。內苑養雛何所賜，右軍能寫道家書。

【校】

[一]唫：四庫本、光緒刻本作“卷”。

[二]石：四庫本作“木”。

題鄭御史《竹木圖》

鄭公胸次貯冰壺，愛寫疏皇[一]古木圖。携入洞天人不識，借看唯有列仙癯。

題清源《玩易圖》

一卷羲經足洗心，研朱滴露向秋林。仙人欲授參同論，白鶴飛來夜已深。

題《白雲思親卷》

獨坐書帷久未歸，憑高偶見白雲飛。飛來[一]下有先廬在，古木寒溪入翠微。

題李士名大使《望雲卷》

年少長才有幾人，霜蹄暫試已超群。王程遞送如流水，何處能名不遠聞。

北人南仕再承恩，時向南天望北雲。遙憶霍親垂鶴髮，春風吹袂倚柴門。

晨昏甘旨隔庭闈，念念懷歸未得歸。寸草有心無處托，願隨天際白雲飛。

世代幽燕住少城，黍離麥秀正含情。良工未識居庸面，寫出由[一]廬潑眼明。

【校】

[一] 由：光緒刻本作“田”，當是。

咏桃花馬[一]

君家駿騎自超群，毛色桃花個個文。安得騰驤二[二] 萬匹，滿川應似漲紅雲。

生從渥水真奇骨，臥向華陽亦素心。何事落紅飛蒲[三] 背，誤衝風[四] 雨過桃林。

【校】

[一] 四庫本題爲“桃花馬”。

[二] 二：四庫本、光緒刻本作“三”。

[三] 蒲：四庫本、光緒刻本作“滿”。

[四] 誤衝風：四庫本作“隨風衝”。

效馮老泉咏西山蚊蟲

林屋[一] 飢蚊響似雷，成群作隊夜深來。道人傳得希夷睡，燒盡葭烟一束灰。

蚊蟲只爲口如針，火劫烟攻退又侵。風露盡多呼吸處，破窗殘隙莫相尋。

散漫飄蕭豹脚長，小窗飛入閙昏黄。月明蕙帳今空在，借問爲誰逐客忙。

霜落俱看掃迹空，雨餘又聽放聲同。生民膏血能多少，盡在饞腸利嘴中。

黄仲文寄墨竹

一幅鵝溪寫輞川，高情相許已三年。春風傳得平安報，剪與淇園半畝烟。

兼善携仲文竹至

青山久隔故人面，修竹自同君子心。老可近來無一事，爲添清影滿東林。

寄復嬰、本淳

絶粒虚腸譬餓囚，無眠倚^[一]户數更籌。仙家有説能飛解，不挾凡軀送十洲。

示諸孫

食少事煩何擾擾，日斜途遠更茫茫。諸孫倘有成人志，力學躬耕莫暫忘。

食魚呈劉河泊

清溪紅鯉上雕盆[一]，庖子揮刀膾[二]雪寒。遥想河官停夕箸，欲分山老助晨餐。

琴高入海偶先還，掉尾揚鬐戲碧瀾。野老久思羹一啜，病軀無力掣長竿。

病來物物不入口，最想波鮮[三]芼澗蔬。紫鯉上盤嘴[四]白雪，加餐願看腹中書。

河官頓頓食魚羹，不待侯門有鋏聲。老子平生藜藿口，狂來猶欲膾長琴[五]。

【校】

［一］盆：四庫本、光緒刻本作"盤"。

［二］膾：四庫本作"鱠"。

［三］鮮：四庫本作"鱗"。

［四］嘴：四庫本作"煮"。

［五］琴：四庫本、光緒刻本作"鯨"。

卷　四

七言律詩[一]

【校】

［一］底本、清抄本作“七言律”，四庫本、光緒刻本作“七言律詩”，今據四庫本、光緒刻本補。

次雲松《訪復嬰宿萬年宫》[一]

聞道尋仙叩洞門，清溪古木路斜分。桃花滿地飛紅雨，橘樹高崖漲綠雲。講罷先天烟篆冷，夢回斜月玉笙聞。高秋也欲扶衰病，共候山中白馬君。

【校】

［一］光緒刻本題爲“次雲松《訪復嬰宿萬年宫》韵”。

擬登武夷昇真不果

三十六年懷此山，重來白髮換朱顔。庭栽松樹參天長，舟逐桃花失路還。人世又經滄海淺，仙家長與白雲閑。丹爐倘許尋餘藥，蜕骨蒼崖翠璧[一]間。

【校】

［一］璧：光緒刻本作“壁”。

寄詹久孚別駕

南海初傳製錦迴，維揚又報剖符催。功名得路輕車便，文采驚人舊目猜。何處眠羊重改卜，此時騎鶴暫歸來。武夷倘憶論文處，宿草荒墳不必哀。

謝劉蘭室惠綱巾

故人於我最情親，分惠青絲作綱巾。鏡裏形容加束縛，眼中綱目細條陳。少遮白髮安垂老，轉襯烏紗障俗塵。更與簪冠藜杖稱，世間還有葛天民。

再賦綱巾

故人念我鬢毛疏，結網裁巾寄敝廬。白雪盈簪收已盡，烏紗著紙畫難如。門臨寒水頻看鏡，籬掩秋蓬不用梳。昨日客來應怪問，衰容欲變少年餘。

送彥材、居貞

二鄭才名世并傳，自非[一]同氣亦宗[二]賢。石渠有待書重校，宣室遙知席欲前。對雪肯過安道隱[三]，臨風長望李膺[四]船。春光浩蕩青雲闊，目送霽鴻上九天。

閩關西去度嵯峨，下有輕舟入浙河。春日山川開雨雪，舊時灘瀨減風波。玉堂蓮炬須分直，茅屋村醪許重過。擁^[五] 腫自慚山下木，老枝空幹倚岩阿。

【校】

[一] 非：四庫本作“成”。

[二] 宗：四庫本作“家”。

[三] 隱：四庫本作“里”。

[四] 李膺：四庫本作“季鷹”。

[五] 擁：四庫本作“臃”。

病起偶成

春來春去總匆匆，九十光陰臥病中。緩步也愁平地險，加餐不與去年同。生憎野草侵人綠，可惜殘花過眼空^[一]。昨日鄰童偶相值，不知何處一衰翁。

【校】

[一] 空：四庫本作“紅”。

擬送蔣伯羽

不掃仙壇借隱居，扁舟南下意何如。十年藩府趨帷幄，千里山河倦尺書。怪事只今看失馬，前程未用嘆枯魚。病軀不得臨歧^[一]別，搔首東風柳影疏。

【校】

[一] 歧：四庫本、光緒刻本作“岐”。

寄劉彥炳

九曲溪頭問草堂，名山不隱又還鄉。畫船邀客湖光近，金刹題詩竹影涼。帷幄十年心最苦，幅巾三徑意何長。不知聽罷山陽笛，泪向南雲落幾行。

挽蔣鶴田

乾坤慘淡士林空，又折南山百丈松。只有騎驢嗔李白，更無覆瓿笑楊[一]雄。清文金石傳來世，高節田園托老農。他日漢廷興禮樂，安車不復到閩中。

憶過秋山訪隱居，三年悵望信音疏。共知鄰境征徭密，不念斯文老病餘。易簀恨遲千里駕，承[二]家須護一樓書。門人藍澗修文早，不及哀歌共挽車。

【校】

[一] 楊：四庫本、光緒刻本作"揚"。

[二] 承：四庫本作"成"。

雪中抵竹梅齋

衝風冒雨轉幽崖，雪滿長空夜色催。客枕有時驚折竹，游帷無處認寒梅。野人籬落孤烟迥，茅屋瓊瑤幾尺堆。掃入公家徵斂足，冰山不願太陽來。

過南峰寺

杖藜驚起鹿麋群，古寺尋幽日欲曛。山碉雪添三尺水，竹房僧借半間雲。林深已覺嵐光重，市遠都忘俗事紛。彷彿廬山還栗裏，過橋疑有虎聲聞。

寄余復嬰煉師

石鼓渡頭呼釣船，幔亭峰下候真仙。川原雪霽浮春色，樓閣林深瑣暮烟。游市懸壺凡幾日，還山服藥又千年。雲[一]間舊隱金蟾迹，擬借丹爐煮石泉。

【校】

[一] 雲：四庫本作“月”。

野望呈雲松

杖藜徐步立春風，李徑桃蹊望眼中。白髮無情催我老，青山有興與君同。自慚濩落千年調，未信支離一世窮。多病近來真止酒，衰顏不用向人紅。

次雲松《謝換巾》韵

長因露頂笑張顛，一幅烏巾了暮年。廬阜高人邀入社，華陽道士聽談玄。閑情已為新裁葛，纖手休誇巧制蓮。野老不知時格异，相逢林下訝真仙。

換　巾

飄蕭素髮映黃髯，新換巾紗爽氣添。占竹不妨隨杜甫，杖藜還許似陶潛。古來風俗存高頂，野外兒童識短簷。莫爲欹斜忘目[一]正，出門臨鏡更頻瞻。

【校】

[一] 目：清抄本、光緒刻本作"自"。

花朝偶成

一聲霹靂洗乾坤，滿目青山帶白雲。地底龍蛇驚欲動，樹頭烏[一]鵲喜相聞。鄰人買酒酬春社，野老携書就夕曛。閑拂塵埃開匣鏡，白頭微有黑絲分。

【校】

[一] 烏：四庫本作"鳥"。

題《聽松軒卷》[一]

野老林居入萬松，曲肱高臥聽長風。龍吟水底寒初起，虎嘯山前氣更雄。天籟未收人境內，秋聲又挾海潮[二]東。客來剝啄驚幽夢，彷彿鈞天曲未終。

【校】

[一] 四庫本題爲"題聽松軒"。

[二] 潮：四庫本作"濤"。

重經平川有感

壞道頹垣蔓草區，眼中人世古今殊。朱門五馬先朝貴，白屋三徵此日無。松竹不堪論舊事，山林何處托潛夫。月明誰唱滄浪曲，欲問漁舟不可呼。

謝劉蘭室惠蘭

古道相交未肯疏，猗蘭分贈意何如。擬將雅曲隨琴度，更藉幽香入佩餘。畏景漸移空谷日，光風真屬野人居。從今善類多蕃植，何羨窗前草不除。

闕雨寄上官煉師

七月三旬天不雨，兩鄉百里井無泉。連畦接畛枯將盡，爍[一]石流金勢可憐。江上雷雲虛作意，山中草木欲生烟。仙人不管蓬萊淺，深瑣蒼龍洞裏眠。

【校】

[一] 爍：四庫本作“鑠”。

闕雨寄程雲壑

十處龍[一]淋[二]九涸泉，幾人奔走祇堪憐。自焚虛擬之推死，獨[三]祭難銷孝婦愆。漸恐揚塵侵海水，久知垂象動星躔。梅峰隱者非忘世，也向雲間禮孔仙。

【校】

[一] 龍：四庫本作"結"。

[二] 淋：光緒刻本作"湫"。

[三] 獨：四庫本作"私"。

九日西莊懷弟

衰年無力遠登臨，短杖扶持扣竹扃。雨過林間霏潤碧，雲消天際一峰青。黃花寂寞憎詩瘦，白髮淒涼畏酒醒。心把茱萸思骨肉，雁聲孤起夕陽汀。

九日懷滁州弟

滁山昨夜有書回，苜蓿連雲手自栽。楚客久知懷璧罪，不疑虛受盜金猜。百年光景成孤注，九日淒涼對一杯。獨有夢魂難間隔，月明應傍故鄉來。

再題南山別墅

携家自愛鹿門耕，避世何須谷口名。黃菊正開扶短杖，白衣不至對空罍。隔溪漁笛隨風細，何處牛歌起月明。兄弟幾人今隻影，空搔短髮愧餘生。

送杜德基歸省

苦學憐君最少年，傳氈況是隱君孫。屏山仰止來千里，杜曲分

102

流溯一原。奇字政須詢古[一]學，力行無愧守空言。西風一夜歸心切，知有慈親獨倚門。

途中有感

泥途汨汨雨霏霏，白黑誰能別是非。何物功名真拾芥，逼人富貴是危機。刑章正密飛騰少，禮樂方新揖讓稀。槁木死灰忘世者，杖藜回首立斜暉。

九月晦日見菊

一夜秋香未必衰，兩旬冷蕊苦開遲。非關獨立超流俗，自是孤芳不入時。歲暮結交松柏友，天寒謝絕蝶蜂知。無心更待陶潛酒，有感惟吟鄭谷詩。

秋日書懷

黃花紅樹磵西村，臥病高秋欲斷魂。九日淒涼思弟妹，十年憂患信乾坤。仙經未試丹砂訣，世網空添白髮根。擬向情池窺老影，滿山風雨一川渾。

書懷寄雲松

不管黃花笑白頭，瓦盆共醉亦風流。山林傲倪[一]陶潛世，風雨凄涼宋玉秋。轉眼光陰霎去鳥，餘生心迹一浮鷗。紫芝白石南山路，倚杖柴門月色幽。

西山聽雨追懷虛白、藍澗二弟

老病難忘物外情，藍輿借力谷中行。秋風著處留三宿，山雨來時未五更。池草夢回悲小謝，石羊迹在憶初平。神山大藥從來遠，世上年年白髮生。

次雲松《留別》韵

爲客山城[一] 未決[二] 旬，分携相顧白頭新。長橋柳色霏微雨，空谷芝香浩蕩春。君意自寬猶惜别，我才無用付沉淪。林泉爽氣宜詩興，應有新篇寄惠頻。

鄭居貞惠鐵冠

良工鍛煉體輕虛，竹籜裁成巧不如。勁氣何論烏府重，高風自出杏壇餘。却愁短髮簪難穩，永戴高情晚不疏。何以報之青篛笠，知君谷口戀耕粗。

執熱奉懷余復嬰

毒熱中人如毒藥，流年過眼似流星。已判[一] 朽骨同蟬蜕，敢擬高仙類鶴形。清論有聞勝濁酒，非才自笑負丹經。山中舊屋何人住，千歲長松養茯苓。

【校】

[一] 判：四庫本、光緒刻本作“拚”。

題鄭居貞《長林書屋卷》[一]

萬松樓外問松樓，下有長林百畝幽。最念詩書先澤遠，頻傷兵燹故園秋。梗楠自足充新構，風月從知勝舊游。插架牙籤三萬軸，諸孫文彩繼弓裘。

【校】

[一] 四庫本題爲“題鄭居貞長林書屋”。

次林仲雍見寄

西上長安偶識君，柴門語別對斜曛。九重擬獻三冬日，萬里歸尋一壑雲。白帽管寧終避世，長鑱杜甫願隨群。草堂昨夜偏相憶，猿鶴秋聲處處聞。

題朱士堅《屏山隱居圖》

臨川城外隱君子，兒孫滿目自繩繩。三世喜聞詩禮學，一門獨著孝廉稱。上堂彩戲春多酒，滿屋書聲夜有燈。盛代^[一]豈容終隱逸，白眉先起任賢能。

翠屏山下卜幽居，秋水荷花十里餘。遁世已甘栖畎畝，起家何負讀詩書。近聞拔萃游京學，又見求賢擁傳車。年少功名方快意，早持恩誥入門廬。

【校】

［一］代：四庫本作“大”。

春　興

毿毿烟柳早鶯啼，喚起春風送杖藜。花映前川紅遠近，草迷長路綠高低。流光冉冉憎^[一]惆悵，往事悠悠倦品題。安得一尊長在眼，夕陽林下醉如泥。

【校】

［一］憎：四庫本、光緒刻本作“增”。

擬時事經故居^[一]

世事浮雲變換多，歸耕仍覓舊烟蓑。城邊老屋他人住，溪上荒園此日過。社燕已非尋主入，林鶯還是爲誰歌。角巾喜有鄰翁在，閑與庭前盻^[二]樹柯。

【校】

［一］四庫本題爲“春日憶章屯故居”，爲組詩，共兩首，本詩是其第二首，另一首詩爲“衰年長愧北山靈，春日題詩憶翠屏。茅屋也從人借住，柴門不爲客來扃。林陰嵐濕藏書架，爐冷苔侵煮茗瓶。惆悵閑窗巾帨在，孤墳

宿草已青春”。

［二］眄：四庫本作“盼”。

題清源《游仙圖》

海上神山只遠聞，圖中真景識清源。雲開秋色連蓬島，雨過春陰散石門。應有仙人騎出虎，定無逋客恨啼猿。人間歲月頭空白，安得流霞共一樽。

書懷呈時中

詩書耕稼趣難忘，訓子呼孫也自忙。盡日不談當世事，衰年還寫養生方。菜羹蔬食時偏爽，莞席藤衾夢更長。近喜鄰居彭處士，休官相伴老柴桑。

次詹立之《題石壺庵》韵

故人招飲石壺山，烟火蕭條晝景寒。仙去或傳丹井在，樵歸未得局棋看。莓苔雨後治[一]荒壁，薇蕨春來饋滿盤。前代開基仍種植，空餘疏竹對塵欄。

【校】

［一］治：四庫本作“沿”，光緒刻本作“沾”。

追懷天壺舊游用前韵[一]

天壺不似在人寰，涌翠飛流面面寒。石徑似梯同鳥上，洞門無鎖有猿看。何年瑶草尋金磵，舊日仙桃捧玉盤。宴罷流霞分手後，獨因詩興更憑欄。

【校】

［一］四庫本題爲“追懷天壺舊游”。

題劉則正《椿桂圖》

靈椿丹桂人間少，又説君家報施深。三世傳忠書滿屋，一門積善杏成林。功名誰似幽人吉，甘旨寧違孝子心。野老久無城府迹，披圖還欲遠相尋。

新創譙[一] 樓美邵令

大楝層軒俯廣庭，南山遠送武夷青。五更畫鼓先迎日，百尺雕欄近列星。漏點分明知善政，齋居高爽挹仙靈。從今清獻梅花月，衹向春風角裏聽。

【校】

［一］譙：光緒刻本作“樵”。

呈邵張二宰

從祀先儒起邵張，高門奕世擢賢良。列星并應郎官出，愛日相期化國長。彩翮固非栖枳棘，白頭重欲咏甘棠。觀風倘入閩關境，邑有弦歌野有桑。

滿縣栽花爛漫紅，竹園村巷也春風。簡書幕静追呼少，鼓角樓高結構雄。三考九年嘉績在，一堂二妙頌聲同。斯文相顧偏青眼，更欲題詩寄老翁。

送李孟和西上[一]

天書海内起英髦，肯許山林索價高。一日聲名催宦達，十年踪迹類逋逃。女憐擇對方諧卜，兒擬應門未代勞。寵禄少酬勤苦志，不知何處試牛刀。

【校】

［一］四庫本題爲“送李孟和”。

簡張判簿

白髮蕭蕭映簿書，年光冉冉近懸車。一尊風雨同今夕，萬里雲山隔故廬。知道政須存老馬，臨流休恨弃前魚。清名百世陶彭澤，種柳成陰自隱居。

官閑便與野人同，臥病移居白社中。溪上騎驢思杜甫，道邊留犢問時公。論文不愧荷衣賤，酌酒須判[一]瓦缶空。數日兒童勤掃地，頻來林下聽松風。

西風有待送歸帆，猶滯溪邊臥草庵。鄰酒倦賖心自醉，客窗無事手能談。天寒宛馬長思北，日暮江鴻久在南。同巷無由晨夕會，老年筋力故多慚。

【校】

［一］判：光緒刻本作“拼”。

餞張判簿

擲下朝簪似野翁，放[一]教白髮少惺忪。十年朽索馳危坂，一日歸鞭指大同。今雨更催新折柳，故山應羨後凋松。月明還有相思夢，九曲漁舟欸乃中。

王事賢勞白髮新，承恩此日許爲民。久操判筆初停手，還著儒衣却稱身。惜別敬持杯酒餞，投閑暫卜草堂鄰。故園松菊催歸興，目送飛鴻北向秦。

苦學由來遠大期，不知陵谷忽遷移。陶潛去就惟耽酒，江總平生酷愛詩。高擢桂枝如昨夢，暫栖枳棘已多時。覃恩此日歸驂動，萬里秋風兩鬢絲。

【校】

[一] 放：光緒刻本作“故”。

次韵答張簿[一]

苦熱休嫌褌褓過，欲詢爲況近如何。陶公蓮社當尋伴，杜老花溪許放歌。正乏酒錢誰送與，又添詩債費催科。蒼頭不識相觀善，牢閉柴門畏客過[二]。

野人不識學爲官，終老荷衣分所安。泉石儘堪洪嘯傲，風塵猶喜出艱難。獻酬有客同三爵，粗糲期君共一餐。獨念故侯忘貴重，笑談只作布韋看。

〔一〕光緒刻本題爲“次韵答張判簿”。

〔二〕過：光緒刻本作“多”。

次前韵餞張簿^[一]

莫訝城南一再過，老懷無奈别離何。承恩未及瓜時代，善政猶存麥秀歌。此日功名疏^[二]舊德，當年經術亞前科。冥^[三]鴻去盡青天遠，獨立看雲慷慨多。

行人欲發重盤桓，一夜西風枕不安。仕止可師賢聖在，交^[四]親休念别離難。松荒先隴宜秋掃，菊滿東籬飫夕餐。翹首雲中天萬里，祇從南雁候書看。

三獻無瑕白髮疏，春風到處善噓枯。一杯又唱陽關曲，五柳^[五]還尋栗里圖。秋思定隨鴻共遠，老顏真與鶴同癯。兒童贏得歸舟快，囊裏春衣典欲無。

【校】

〔一〕光緒刻本題爲“次前韵餞張判簿”。另外，光緒刻本本組詩僅有此前兩首，第三首置于《謝吴彦昭作小像》下爲一首。

〔二〕疏：四庫本作“揚”。

〔三〕冥：四庫本作“賓”。

〔四〕交：四庫本作“天”。

〔五〕柳：光緒刻本作“里”。

謝彥昭作小像[一]

開口臨風牙齒疏，搔頭向日鬢毛枯。自知老醜成何物，誰喚良工寫此圖。藜杖偶從蓮社客，角巾遥訝草堂癯。一丘一壑從吾好，試問仙人著得無？

【校】

[一] 光緒刻本題爲"謝吳彥昭作小像"。另外，光緒刻本《謝吳彥昭作小像》有詩二首，本詩爲第二首，第一首是本卷《次前韵餞張簿》第三首詩。

石村卜居候程芳遠

數日遥聞駕犢車，青囊貯得异人書。山前再宿辭仙館，雨後長吟候野廬。竹徑謾期羊仲入，鹿門偏愧德公居。子孫能守平安訓，二頃山田也有餘。

寄張雲松

杜甫平生草堂興，老我正爾經營間。溪流淺似浣花水，秋色高并成都山。愛客自須開竹徑，故人誰肯訪柴關。吟邊却憶張君子，危坐臬北[一] 也未閑。

【校】

[一] 北：四庫本、光緒刻本作"比"。

懷張兼善

社酒醒來曾送客，秋山望斷未還家。雨聲門巷蕭蕭葉，霜信園林采采花。念我草堂初伐木，候君松徑自煎茶。角巾藜杖隨詩興，十里青山日未斜。

贈吳彥敬

卜居何論買山錢，喜有南鄰二仲賢。門徑新開疏種竹，池塘分斷半栽蓮。客來酒缶墻頭過，兒學書籤架上懸。況是世交同繼業，林間猿鶴倍欣然。

次張判簿《留別》韵

素琴黃卷日相親，不分名韁苦絆身。萬里山河非舊國，十年江漢尚迷津。海門又送孤舟雨，輦路重趨兩袖塵。賀監乞歸天亦許，鑒湖春水屬閑人。

石村述懷

生長名山豈隱淪，白[一] 緣衰病許全身。書帷側近金鷄洞，漁艇長趨石鼓津。秋草已迷推轂徑，春波又送濯纓塵。四方空有垂弧志，乞得餘年號散人。

【校】

［一］白：光緒刻本作“自”，當是。

題王季中《歸故山卷》

故園春色久相違，巴蜀西游六載歸。庭際撫松孤幹在，沙頭候雁舊行稀。數椽更爲藏書閣，五畝何論學稼非。他日杖藜來谷口，白雲流水共忘機。

子冶欲論穎[一] 川出處，久待不至，書懷寄付雲松

荒庭佇立日將晡，緩步微吟信杖扶。雨過檐前蛛網在，風來樹杪鶴巢孤。也知黃獨非鈎吻，誰向青松惜蟪蛄。昨日甕頭春釀熟，豈邀周顗過門無？

【校】

[一] 穎：光緒刻本作“穎”。

贈薛煉師

汪月間先居西山數年，後往金蟾峰解化，有讖云：“三十年後，吾當重來相見。”故及之。[一]

長生何處得真傳，徑入名山住十年。共說墨符能役鬼，又參丹訣擬升仙。吹簫坐久雲生石，煉藥眠遲[二] 月滿天。我亦願游方外者，安期應笑早華顛。

【校】

[一] 四庫本無此詩序。

[二] 眠遲：四庫本作“遲眠”。

雪中偶成

背郭茅堂早閉門，天寒獨戀緼袍温。琴書散漫無賓客，稼穡艱難有子孫。竹杖稍能扶病力，梅花强欲惱吟魂。蹇驢踏雪如堪借，

行盡溪[一] 南數里村。

臘前三白報年豐，里巷歡愉著處同。林野漸添飢鳥雀，階除初積走兒童。梨花柳絮遮無地，鷺羽鴻毛散滿空。也有灞橋清興在，獨慚衰老句難工。

【校】

[一] 溪：四庫本作"江"。

次韵雲松《雪中》二律

山中歲晚雪迷漫，甕牖前頭失翠巒。剪水應愁南浦淺，飛花亂逐北風寒。明年已卜豐登[一] 瑞，舊俗相傳瘴癘安。空向茅檐堆幾處，老眸無復映書看。

鶴髮間披曳履行，大虛積素[二] 自生明。人間失却黄塵路，天上移來白玉京。孟老耽吟心獨苦，袁安僵臥夢還清。南村撥凍尋春色，折得梅花寄遠情。

【校】

[一] 登：四庫本作"年"。

[二] 積素：四庫本作"素積"。

再次前韵

北風吹落雪漫漫，轉眼青山起素巒。平地已迷行徑險，閉門猶怯擁爐寒。池清有影驚梅重，夜永無聲喜竹安。憶向蘆[一] 峰凌絕頂，下方俱作白雲看。

傲得籃輿冒雪行，林巒相映王[二]華明。應同蜀路[三]經西嶺，又似胡[四]沙抵北京。擎重更看危木在，號寒偏聽野猿清。開窗瀹茗題詩句，誰與山翁共此情。

【校】

[一] 蘆：四庫本作“廬”。

[二] 王：四庫本作“月”，光緒刻本作“玉”。

[三] 蜀路：四庫本作“棧道”。

[四] 胡：四庫本作“飛”。

送康煉師歸上方觀

華蓋峰前上方觀，武夷洞口遠游仙。送君竹杖歸千里，寄我茅齋住兩年。紫氣浮關開雨雪，白雲垂户候林泉。老懷此別休惆悵，更説崆峒壽幾千。

道人別我江西去，藜杖衝寒手自拈。久憶故山風月好，又驚歸鬢雪霜添。鄰翁遠候蒼精佩，關吏先知紫氣瞻。若過新城煩借問，月閒遺蜕在金蟾。

送林彥明赴浦城館

君來別我意何如，絳帳談經席久虛。南浦春風波浩蕩，西山曉色樹扶疏。諸生鵠立詢奇字，道士鵝群換草書。他日相思川路遠，祇憑尺素寄鼋魚。

116

多材未許山中隱，此日鄰邦遣幣迎。題扇每傳王逸少，賣文今送斛斯明。晴空野鶴將雛遠，遲日林鶯喚友鳴。茅屋石田生計在，春風暫與閉柴荊。

次韵雲松《西山春游》五首

西山今雨叩門時，似與浮丘有夙期。良會可無佳客在，長吟忽動故人思。未能參道同餐玉，遠想清齋只茹芝。千歲蟠桃忘早熟，一瓢春醞寄來遲。

道院閑眠客思清，泥途數里倦趨程。春寒未退花全少，曖[一] 靄微銷鶒又鳴。城邑交流污[二] 濁迹，丘園總待發生情。詩裳[三] 擬共連床語，猶愧衰年宿疾嬰。

摩挲老眼倦編滿[四]，雨過山窗兀坐孤。松帶浮雲張翠蓋，草承殘露[五] 綴明珠。鳥鳴轉覺林塘靜，花發方知節候殊。張籍題詩工古淡，愛來同賦輞川圖。

城南竹院似丹丘，風雨遥知客獨留。花映洞門春寂寂，茶分石鼎夜悠悠。蘇眈[六] 井近觀遺迹，徐孺亭空悵舊游。不待山靈朝[七] 俗駕，題詩翠壑共廖[八] 酬。

欲游方外老何堪，惆悵西山舊石岩[九]。竹徑無塵深幾許，松花有會近重三。凉生夜枕烟霞潤，飢憶晨厨笋蕨甘。偶讀君詩如在眼，夢魂飛繞白雲庵。

題黃仲文爲孟[一] 方作《松林樵者圖》

伐木幽人入翠微，松間久坐澹忘機。百年霜雪高柯在，一曲天風古調稀。放筆擬將韋偃敵，携書懶逐買臣歸。圖成寄示寧無意，伴我山中老采薇。

松下幽人不愛[二] 呼，低頭抱[三] 膝對雙株。半空翠色連蒼藹，片石清陰轉白駒。兀坐似忘浮世事，乍逢應訝列仙癯[四]。盧山五老峰前路，還有雲巢似此無。

山居書懷

卜宅南村久未成，從來堂構在留情。也知燕賀爭先集，應嘯[一]鳩居拙自營。環堵晚晴思傅築，岩阿春暖候厖[二]耕。臨池更昨觀書牖，時復麼[三]挲老眼明。

【校】

[一] 嘯：光緒刻本作"笑"。

[二] 尨：光緒刻本作"龐"。

[三] 麼：光緒刻本作"摩"。

寄張雲松

谷口生涯已白頭，量材[一]揣分盍知休。春風茅屋初巢燕，曉日桃林未放牛。兒擬力田承素志，客來扶杖共清游。南山芝草年年長，更與相尋綺思[二]儔。

【校】

[一] 材：四庫本作"才"。

[二] 思：四庫本、光緒刻本作"里"。

寄張兼善

故人卜隱依山市，野老遷居到石村。濁酒近簝謀共醉，新詩未穩許同論。南風吹筍初成竹，前雨移松已引根。閒[一]向草堂尋杜甫，百年地僻有柴門。

【校】

[一] 閒：四庫本作"肯"。

擬牛牧子下訪

尺書迎候久徘徊，紫氣青牛此日來。七十流年加我老，一生懷抱向人開。丹經可信朱顏在，詩瘦[一] 多慚白髮催。報與西山猿鶴侶，舊時懸榻掃塵埃。

【校】

［一］瘦：光緒刻本作“叟”。

候雲壑不至

柴門久候故人風，不見巾車入谷中。王子已回清興盡，陶潛猶憶素心同。餘年自卜床頭易，清響誰分爨下桐。一片白雲天際起，晚來猶自戀前峰。

題余復嬰《寄惠南山別墅圖》

道人放筆起崢嶸，一片南山割[一] 眼明。秋老層崖黃葉遍，天清幽墅白雲生。振衣便欲乘風去，采藥還隨入谷行。投老相依猿鶴侶，共知溪上草堂成。

【校】

［一］割：光緒刻本作“豁”。

送穆谷華西上[一]

二十年前知姓名，殊方未遂盡簪情。偶過[二] 幽徑詢衰病，自説公車名[三] 老成。深谷良材須世用，高空健翮起秋清。野人願比支離木，祇向山林送此生。

【校】

[一] 四庫本題爲“送穆谷華”。

[二] 過：四庫本作“逢”。

[三] 名：四庫本、光緒刻本作“召”。

送魏上脩西上[一]

建安多士起明經，年少如君學行成。春日慈烏勤返哺，秋風丹桂久遺榮。暫因樂育栖鄰邑，又應賢良赴上京。自古移忠須就孝，天顔咫尺更陳情。

【校】

[一] 四庫本題爲“送魏上脩”。

居貞請題國學鄭覲省回京諸卷[一]

早歲宜充觀國賓，故鄉長念倚門親。白頭作夢持環在，滄海馳情戀闕頻。祖帳又開喧道路，仙查[二] 欲泛上星辰。徵詩餞遠慚衰老，空向山林想吉人。

【校】

[一] 四庫本題爲“居貞請題國學鄭某省覲回京諸卷”。

[二] 查：四庫本作“槎”，光緒刻本作“楂”。

送鄭居貞西上[一]

十年三上乞閑居，又説鳴騶向草廬。堯代巢由終有托，漢廷嚴馬欲何如。蒼生久待東山起，素業能忘谷口鋤。復有長林新構在，一堂風月五車書。

【校】

［一］四庫本題爲“送鄭居貞”。

雲壑寄惠黄楊木簪并詩

黄楊爲木至精堅，寸幹三春長未全。偶乞餘材簪短髪，兼煩佳句寄衰年。籜冠不用傍人正[一]，槲笠還宜覆頂圓。慚愧病軀梳沐少，鬔[二]鬆霻鬢日高眠。

【校】

［一］正：四庫本作“整”。

［一］鬔：四庫本作“鬅”，光緒刻本作“蓬”。

催黄仲文寄《南山别墅圖》

一段南山畫不成，王維天趣與經營。水清盤[一]石思垂釣，花落空[二]村見偶[三]耕。青嶂白雲仙掌迥，淡烟疏雨輞川明。欲催下筆留真迹，先許題詩助[四]有聲。

【校】

［一］盤：光緒刻本作“磐”。

［二］空：四庫本作“荒”。

［三］偶：光緒刻本作“耦”。

［四］助：四庫本作“照”。

寄盧石堂

石堂勝概絶塵埃，書徑重尋闢草萊。舊識劉公爲地主，始知盧老是仙才。黃精斸處無人到，白鶴飛時有客來。底用避名居谷口，少微光彩近三台。

謝盧石堂惠白露茶

武夷山裏謫仙人，采得雲岩第一春。丹竈烟輕香不變，石泉火活味逾新。春風樹老槍旗[一]盡，白露芽生粟粒勻。欲寫微吟報嘉[二]惠，枯腸搜盡興空頻。

【校】

［一］槍旗：四庫本作“旗槍”。

［二］嘉：四庫本作“佳”。

西山訪盧石堂、李青蓮，因懷虛白

脫却名羈世暫忘，武夷西澗借書堂。題詩莫訝盧仝怪，嗜酒虛聞李白狂。住久自應安畎畝，興來相訪過林塘。重瞻石塔懷虛白，不見山中白石羊。

寄王叔善

十年前識王長史，驛舍題詩寄寂寥。南北風塵音信斷，東西歧[一]路夢魂遙。雪霜已入詩人鬢，廣海長驅使者軺。驄馬清風誰不避，蠻中瘴癘一時消。

【校】

［一］歧：四庫本作“岐”。

寄劉仲祥索貢餘茶

春山一夜社前雷，萬樹槍旗[一] 渺渺開。使者林中徵貢入，野人日暮采芳回。翠流石乳千峰迴[二]，香簇金芽五馬催。報道盧仝酣晝寢，扣門軍將幾時來。

【校】

［一］槍旗：四庫本作“旗槍”。

［二］迴：四庫本、光緒刻本作“迴”。

寄 雲 松

雲松隱者巢居處，上有屏山下籍溪。花徑夕陽眠鹿豕，釣磯春雨集鳧鷖。十年種木春林遠，萬卷藏書草屋低。久欲相從叩[一] 羲畫，負苓[二] 長往碧岩西。

【校】

［一］叩：四庫本作“扣”。

［二］苓：四庫本作“琴”。

贈桃源孫牧庵

道士何年始種桃，仙源深處不容舠。一林曉色丹霞散，霎澗飛泉錦浪高。烟火自應塵世隔，犁鋤還共野人勞。采花食實年年事，住向名山幾伐毛。

述　懷

五十無聞心已休，賣書直欲買耕牛。風來林屋清無暑，雨過山田望有秋。泉近小窗琴自響，雲開遠嶂畫難侔。日斜酒醒頻搔首，唯有山翁得自由。

次韵答劉南山

秋風木葉下庭皋，眼底南山突兀高。倚馬成篇知獨步，屠龍挾技嘯[一] 群豪。未應澗谷藏名迹，終見雲霄起羽毛。偶辱新題驚病叟[二]，倚[三] 歌何敢近風騷。

【校】

[一] 嘯：四庫本作"笑"。

[二] 病叟：四庫本作"老病"。

[三] 倚：四庫本作"依"。

上官仲敏惠書，用其挽藍澗弟韵奉答

城南分手五經秋，肯信才名晚未收。濟濟青衿歌在泮，瀟瀟[一] 白髮倦登樓。山川寥落雲千里，骨肉凄凉草一丘。尚憶冷氈倚大樹，西風九日舊同游。

【校】

[一] 瀟瀟：四庫本作"蕭蕭"。

中秋對月

西風片雨過林塘，對月還疑在故鄉。灝氣平分清夜水[一]，微雲不動碧天長。持杯且共寒蟾醉，搗藥何勞白兔忙。雲谷故人忘世者，當年同見海生桑。

【校】

［一］水：四庫本作“永”，疑是。

紙　被

采得仙岩不老藤，蒸雲煮雪揭輕冰。光浮一片昆山玉，暖壓三冬內府綾。衣被生靈真有道，卷舒明晦亦堪徵。衰年朽骨寒尤甚，自擁蒙頭到日升。

寄葛仲溫

中年相識少相親，逆旅來過不厭頻。貴賤雖殊皆白髮，荒[一]園有處避紅塵。玉壺且醉藍山月，丹鼎須分葛井春。更約明年同釣石，桃花溪上兩烏巾。

【校】

［一］荒：四庫本作“田”。

寄余復嬰

幾年韜隱武夷山，肯向秋風換壯顏。賣藥偶從城裏過，圍棋誰伴橘中閑。先矢[一] 龜策傳神妙，何日刀圭乞大[二] 還。不信塵埃空老大，溪頭已結屋三間。

【校】

[一] 矢：四庫本、光緒刻本作“天”，當是。

[二] 大：四庫本作“火”。

題程芳遠《游方卷》

程芳遠氏，學楊而好儒者也，早年與故弟藍虛白爲方外交，所至必禮宿師名儒以求講益。新朝取士無弃材，芳遠又[一] 以方外得免。藍澗弟在山時，復與爲泉石侶。芳遠近以《雲游卷》求詩。余喜芳遠之獨善，又悲二弟之早逝，臨紙惘然。

留形且作地行仙，依止名山五十年。雲水遠游天下半，松筠高操[二] 歲寒全。清吟近日窺風雅，真訣先天講洞玄。諸[三] 弟論交多換骨，還丹未許老夫傳。

【校】

[一] 又：四庫本作“乃”。

[二] 操：四庫本作“節”。

[三] 諸：四庫本作“吾”。

題 瑞 香[一]

南園秋色盡凋零，別有幽芳出遠林。葉布綠雲晴藹藹，花攢紅粟曉森森。雪中吐艷争春早，露裏浮香坐夜深。不與梅花同素淡，時人少識歲寒心。

兒時長記侍重闈，頻向花前戲彩衣。春樹婆娑低几杖，夜香浮動襲屏幃。用[二]心霜雪開時早，晦迹山林識者稀。四十年餘看物變，又扶衰病對芳菲。

【校】

［一］四庫本題爲“瑞香”。

［二］用：光緒刻本作“關”。

吳子仁氏有斑竹杖，藏之數年矣。
文彩燁然，堅勁可愛，近以贈仲温葛先生。
葛公得之甚喜，登山臨水之興，浩然不可遏也。
過余求詩，爲賦二律

數尺長筇拄過眉，雲痕雨點灑淋漓。托根霜雪生吳會，借力風雷起葛陂。石徑攜歸花滿地，溪橋閑倚月明時。野人素有游山癖，欲問仙翁借一枝。

剪[一]得修篁滴瀝斑，湘妃淚灑幾時乾。蛟龍變化休臨水，虎豹文章本在山。孤幹自憐高節在[二]，虛心相倚暮年安。花村酒熟邀皆去，烏帽春風酩酊還。

【校】

［一］剪：四庫本作“前”。

［二］在：四庫本作“邁”。

擬寄葉希武

八十猶傳不入城，南州耆舊傳應成。自歌白石時長短，誰信滄

128

溟又淺清。縱目已隨春樹遠，離愁更與暮雲平。凡材蒲柳多先悴，長^[一] 向山中說姓名。

【校】

[一] 長：四庫本作"常"。

挽陳伯升、蕭慈谷^[一]

二公化日，同門有爲鄰媪稱觴不至，故末語及之。

二老長齋共白頭，一朝相挹去西游。已傳換骨藏諸洞，又說飛神上十洲。賣藥壺公今暫隱，開花殷七久難留。疏狂却憶東方朔，只戀蟠桃不自由。

【校】

[一] 四庫本將此題名與下文序言連成一段。

永平王谷雲來武夷，奉其師慈谷蕭先生仙蛻以歸，藍山拙者嘉其誼而贈之

遠尋遺蛻訪仙壇，又舉空衣返故山。猿鶴凄涼思舊社，鬼神呵護惜餘丹。紫溪涼月迎歸路，白塔晴雲送出關。山下居人瞻望處，南天飛度劍光寒。

寄林信夫

一官江北佐鳴弦，消息時因過客傳。不信阮生悲失路，自甘陶令賦《歸田》。榕窗茶熟烟栖屋，荔浦帆歸月在船。憶昔過門慚二仲，蒼蒼風景舊山川。

用希貢《卧病書懷》韵寄雲松昆仲[一]

秋山摇落正堪悲，蒼狗浮雲事不知。閲世祇應貧可免，閉門真與病相宜。坐依東壁看書倦，行過南園散藥遲。筆硯重尋塵滿几，故人已訝久無詩。

【校】

[一] 四庫本題爲“寄雲松昆仲”。

至梅村别業再用前韵寄雲壑

猿鶴相招隱此山，柴門一徑雪霜殘。已知富貴輸年少，自抱幽貞傲歲寒。野老許携新釀至，鄰人肯[一] 借舊書看。陽和欲候梅梢信，數日攀躋未覺難。

世情只益老年悲，秋氣先從病骨知。高卧且尋愚谷僻，曠懷唯入醉鄉宜。田園著處征徭急，風雨孤村穫斂遲。擬約道人雲壑外，茶鐺煮瀑共談詩。

【校】

[一] 肯：四庫本作“閒”。

次穆之《暮春述懷》[一]

鏡中短髮已蒼蒼，卧病經旬懶下床。風雨暗催春事老，山川遥接莫愁長。一犁新緑農耕少，萬石陳紅海運忙。偶爾趁晴扶杖出，鶯啼谷口藥園荒。

130

瀟瀟風雨滯貂裘，卧向花時不自由。世事衹須頻洗耳，春光難挽重搔頭。他年孔壁書仍在，何處仙洲藥可求。溪上草堂風景异，緑陰重叠罩漁舟。

【校】

［一］光緒刻本題爲“次穆之《暮春述懷》韵”。

嘗梨

庭前梨熟鬧兒童，踏樹攀枝漸欲空。一團削玉并刀下，數片浮冰碧碗中。療渴已能除痼疾，嘗新何幸及衰翁。仙人只愛如瓜棗，安得移根種海東。

送梨與劉鎮撫

自得嘉[一]名百果宗，纍纍幾度熟秋風。樹根頻掃林無蟻，竹葉重遮谷有蜂。揮刃即看冰片落，登盤唯恐雪花融。野人久念將軍渴，遠遞覆筐手自封。

【校】

［一］嘉：四庫本作“佳”。

雲松、雲壑會宿翁源，别後追賦

三日籃輿到處行，雲深只訝野猿驚。稍尋僧舍侵林影，偶聽樵歌出谷聲。野老掃門霜葉滿，山童瀹茗石泉清。詩囊一夜談無底[一]，共笑鷄鳴夢不成。

贈虞道士

清修苦節學神仙，九轉功成別有傳。傾蓋猶思山市語，畫圖遥寄草堂懸。一天星斗斟明水，幾處風雷送有年。擬過蒼峰看修竹，開門不惜煮春泉。

爲雲壑題雪友《墨梅》

歐陽筆下開冰雪，竹外橫斜見一枝。庾嶺獨憐春色早，羅浮相憶月明時。林[一]間自伴幽人隱，湖上[二]長歌處士詩。老我歲寒頻對此，白雲幽壑共心期。

梅村與雲壑會宿

清泉白石趣[一]難忘，又得春前會草堂。對酒先拼今夕醉，題詩還倚少年狂。山林寂寞形容老，冰雪間關道路長。共愛鷄鳴聽山雨，後期何處更連床。

寄雲松

早歲相知晚更親，别來并覺白頭新。浮雲世事凡千變，空谷生涯祇一貧。古道相看松竹冷，顛崖共畏雪霜頻。題書[一]報與加餐飯，臘盡風光漸轉春。

【校】

［一］書：四庫本作“詩”。

次雲松《長山道中》[一]

人烟蕭索石田荒，茅屋低斜倚磵岡。雪裹送租衝虎過，雨中乏食學蠶僵。三丁編户衣裝急，百斂沿村土木忙。懶共老農談世事，自搔短髮對斜陽。

【校】

［一］光緒刻本題爲“次雲松《長山道中》韵”。

餞彦材、居貞、子玄、仲晋[一]

四賢同起七閩中，久望仙舟上北風。水驛偶成三宿别，茅檐因得一尊同。高歌激烈詞源涌，古帖臨摹筆陣雄。他日瀛洲群彦集，題書報與白頭翁。

【校】

［一］仲晋：四庫本作“仲管”。

立春偶書

八八衰年只緼袍，閉門春日自歌騷。一尊風雨心空壯，數畝田園興不高。黄卷但知賢聖對，白丁誰問子孫勞。不堪兩鬢蕭蕭雪，猶向人前作桔槔。

題《六朝遺秀圖》

登臨長憶鳳凰臺，六代興衰入老懷[一]。山色只[二]知今日好，水聲如訴舊時哀。天低白日浮雲合，地勝黄金與土埋。王謝諸公吟不盡，風光留待後人來。

【校】

[一] 入老懷：四庫本作“迹已灰”。

[二] 只：四庫本作“共”。

再賦瑞香[一]

瑞香當作百花宗，翠葉朱蕤碧玉叢。先得陽和開兩月，也禁霜雪度三冬。江梅比節終藏白，仙杏同時合釀紅。華石綱中招不去，山林歲晚强爲容。

【校】

[一] 四庫本題爲“瑞香”，且與其他兩首《瑞香》（南園秋色盡凋零）與《瑞香》（兒時長記侍重闈）編在一起。

寄劉蘭雪

故人出處本隨緣，近日清修擬學禪。愛子早承兵印重，在家先許佛燈傳。長空澹澹雲俱盡，清夜沉沉月正圓。我亦東林同社客，灰心世事了殘年。

送蜜與蘭室

松花崖蜜古方傳，久服輕身更引年。愛伴茶爐烹雪水，懶隨桂酒釀山泉。清涵渴肺醒司馬，潤入枯腸笑玉川。亦有小詩呈具[一]眼，煩將真味別中邊。

【校】

[一] 具：四庫本作"巨"。

苦　雨　吟

南山獨稔禾滿疇，連村疾疫無人收。雨聲三月不得絕，臥穗在水秧齊抽。民爲邦固不可活，我恐天將破誰尤。調和元氣在弼輔，五風十雨歌有秋。

田家對哭傷秋霖，黍穗黑盡飢腸吟。臥床未起潦水入，築場甫畢泥途深。六旬不得睹白日，四海只知愁太陰。衰年太息值此世，補天填海空勞心。

西山與雲松會宿

兩屐春泥懶過門，一笻斜日會前村。烟霞夢想西山榻，風雨襟期北海尊。不俟主人趨竹所，休煩漁父入桃源。老年謬忝詩名共，莫惜燈前更細論。

題步月村

南村今夜月明多，藜杖敲門野老過。一點流螢依露竹，數聲鳴犬隔烟籬[一]。招邀蟾兔來中野，慚愧茅茨枉素娥。徵發漸多耕織少，清尊幾處照酣歌。

【校】

[一] 籬：光緒刻本作"蘿"。

經杜清碧先生墓

皓首山林草太玄，鶴書徵起又歸田。一窩自得堯夫樂，三策誰知賈誼賢。空有墓碑臨道路，更無書屋貯風烟。後來[一] 仰止前修遠，慨想升平七十年。

【校】

[一] 來：四庫本作"生"。

送鄭居貞歸瓜山終制

鳴驂出谷杖藜歸，陟屺餘哀更濕衣。白鵠紫芝居漸近，青松翠

136

柏種來微。趨庭喬木蒼蒼老，避戈[一] 冥鴻遠遠飛。海上三山人迹
少，烟波從此尺書稀。

【校】

［一］戈：光緒刻本作“弋”。

送太史子玄之忻城縣丞

慶遠忻城嶺海間，儒衣新授長民官。哦松不可閑風月，栖棘何
愁老鳳鸞。夷獠雜居生自遂，包茅貢入[一] 政從寬。惠連曾忝觀風
使，留得題詩到日看。

【校】

［一］貢入：四庫本作“入貢”。

卷　五

七言律詩[一]

【校】

［一］底本、清抄本均無此四字，現據底本、清抄本目録及四庫本、光緒刻本正文補。

秋宿南山別野[一]

南山雨過未成泥，自起携鋤種藥畦。屏迹免教時論及，虚心真覺物情齊。魚知潤藻須深入，鳥畏風枝不受栖。明月滿窗誰共宿，白雲紅樹老猿啼。

【校】

［一］野：光緒刻本作“墅”。

闕　雨

雲霓踪迹未全消，數日山中草木焦。徒有世人祠土梗，自無神力倒天瓢。鄰莊[一]并汲愁枯[二]井，田舍相過嘆槁苗。欲問大[三]均誰主宰，十年不聽太平謡。

【校】

［一］莊：四庫本作“牀”。

138

澆　花

稚子銅瓶汲井渾，一畦花木對幽[一] 軒。已看潤色分枝葉，更惜清陰庇本根。溪澗龍移泉化土，田疇龜拆[二] 草連村。老夫亦有蘇枯意，無力穿雲浚水源。

【校】

［一］幽：光緒刻本作“南”。

［二］拆：光緒刻本作“坼”。

次韵答歐陽雪舟

雲出無心鶴自歸，塵埃何用污人衣。東將入海從巢父，西上長安愧陸機。才薄空[一] 爲時俗忌，年衰尤[二] 恨弟兄稀。南窗一枕松風睡，遮莫人間萬事非。

百年舊隱傍名山，一落塵埃竟不還。自倚渭流難變濁，誰知獸食不留斑。松楸漸覺秋風老，澗壑空[三] 餘夜月閑。慚愧老兄携弱侄，又修茅屋卧雲間。

閉門仲尉[四] 只村居，賣卜君平與世疏。兩地相思常命駕，十年不會費題書。青山久候幽人屐[五]，白屋曾留長者車。秋早黃花開較晚，度關紫氣近何如。

催　菊

籬下黃花共我長，開時便欲醉重陽。枝間點注分秋色，葉底胚
胎釀晚香。久旱似慚虛雨露，後凋終擬傲風霜。兒童頗會吟翁意，
朝夕分泉灌溉忙。

對　菊

懶與時芳作并妍，西風籬落意蕭然。自從屈子歌騷後，也共陶
潛到酒邊。消瘦只宜秋色好，耐交唯有晚香傳。南山長在幽人眼，
開早開遲不必憐。

夜　雨[一]

稻梁漠漠秋風老，茅葦蕭蕭夜雨多。一點蘇枯今不及[二]，數重
漏濕欲何如[三]？百年又迫飢寒際，十口曾因喪亂過。欲往南山訪黃
綺，雲深何處紫芝歌。

【校】

［一］清抄本題爲“夜”。

題萬德中家譜後

宋代君臣慶會年，萬侯瓜瓞最綿綿。衣冠累世堆床笏，詩禮承家舊物氈。正統足徵三史在，成周自有十人賢。晴窗臨寫元勛牒，宛若丹書鐵券傳。

送朱孟舒

秋風送別出閩關，老桂吹香拂馬鞍。分教往年曾北上，司征此日又南還。詞林已富三冬學，雲路終期九萬搏。愧我無成頭白盡，紫芝黃菊[一]共空山。

窮鄉漸老不趨時，短褐飄蕭兩鬢絲。秋色黃花聊寫興，陽春白雪愧來詩。分氈潞水驚文采，携酒芝山訪武夷。不爲送行徵一語，巷南巷北未相知。

【校】

［一］菊：四庫本作“葉”。

贈葉彥新

石林居士日相親，温雅如君復幾人。脱却時名栖寂寞，吟成詩句轉清新。清溪九曲宜垂釣，茅屋三間可卜鄰。我亦平生憂世者，近來霙鬢白如銀。

寄陳景章

閑雲野水平生趣，大帽寬衫未老身。五畝受廛依舊俗，十年開徑候何人？詩名漸遠非長計，酒興全疏且耐貧。欲扣柴門連疾阻，好風良月憶相親。

九日書懷寄余復嬰

自摘黃花泛石泉，南山對我興悠然。功名不是平生事，詩酒難忘未死[一] 年。更老定知形似鶴，苦吟欲煉骨成仙。武夷九曲秋風裹，一嘯[二] 洪崖共拍肩。

【校】

[一] 死：清抄本作“犯”。

[二] 嘯：光緒刻本作“笑”。

酬雲壑過訪

城邊窮巷老夫家，長掩柴門自不嘩。徑底秋風花采采，簷前朝日鵲喳喳。青梨[一] 屢過山人杖，白帽閑煎處士茶。兩夜雨聲期共宿，短檠時復落燈花。

【校】

[一] 梨：光緒刻本作“藜”。

足弱服勝駿圓懷牧仙老[一]

杖藜扶路更蹣跚，空想秋風過北山。帶索榮公行自笑，看花鎦[二] 跛醉仍還。欲填溝壑狂何益，久辱泥途[三] 出轉艱。仙老傳方能勝駿，相期來往華嵩間。

【校】

[一] 四庫本題爲“足弱服勝駿丸懷仙牧老”。

[二] 鎦：光緒刻本作“劉”。

[三] 途：四庫本、光緒刻本作“塗”。

九月晦日見菊

一夜秋香未必衰，兩旬冷蕊苦開遲。非關獨立超流俗，自是孤芳不入時。歲暮結交松柏友，天寒謝絕蝶蜂知。無心更待陶潛酒，有感唯吟鄭谷詩。

題劉俊民鎮撫《蘭室卷》[一]

一室壓居不受喧，滿前生意對蘭孫。七弦謾倚宣尼操，九畹仍窺屈子園。霽月光風浮戶牖，清霜紫電繞轅門。十年來往慚交誼，襟袖餘香遠更聞[二]。

【校】

[一] 四庫本題爲“賦劉俊民鎮撫蘭室”。

[二] 遠更聞：四庫本作“想契言”。

題雪景

高閣臨江户牖開，兒童歡喜故人來。不知天際孤帆到，祇訝山陰短棹回。雪凍白魚初上釣，天寒綠蟻自添杯。題詩正好分清氣，回首瑤瓊[一]萬壑堆。

【校】

[一] 瑤瓊：四庫本、光緒刻本作"瓊瑤"。

戊午自壽

野人扣户愧[一]青精，白[二]笑龍鍾老鶴形。卦滿周天著再揲，觴浮流水酒微醒。桑蓬又記逢初度，松柏何煩祝遐齡。頗與榮公同此樂，長歌金石振林坰。

【校】

[一] 愧：四庫本作"饋"。

[二] 白：四庫本、光緒刻本作"自"，當是。

賦網巾

白頭難掩雪霜踪，纖手穿成絡索同。映帶暮年微矍鑠，遮藏秋色久蓬鬆。牽絲祇訝蛛臨户，覽鏡翻慚鶴在籠。便與黃花相見好，不愁破帽落西風。

寄彭穆之

鄉間誰信合并難，數月曾無一日歡。釀酒祇應謀自醉，題詩未肯借人看。林間麋鹿全天性，澗底松筠保歲寒。青眼白頭相望在，閉門高興愧袁安。

代題《六朝遺秀圖》[一]

石頭城下繫孤篷，滿眼興亡六代宮。吳晉山川非舊國，宋齊陵墓但秋風。犧牲不入諸天界，花月高歌永夜中。欲問漁翁渾不識，年年江上蓼花紅。

【校】

[一] 四庫本題爲“題《六朝遺秀圖》”，且與卷四《題〈六朝遺秀圖〉》（登臨長憶鳳凰臺）放在一起，合爲二首《題〈六朝遺秀圖〉》。

病　中

能得浮生幾日閑，桑榆夕景漸闌珊。病魔可避寧浮海，詩債相尋且閉關。燈影背窗愁作伴，雨聲喧枕夢驚還。鹿車記得清溪路，稍待秋風更入山。

送雲松歸山

殘臘相過□□□[一]，連宵不得一尊同。我方多病翛翛鶴，君亦高飛的的鴻。梅柳夾門歸正好，詩書滿屋道非窮。春來別約論文處，瀑布泉西七市東。

【校】

[一] □□□：各本皆缺。

春日憶章屯故居

衰年長愧北山靈，春日題詩憶翠屏。茅屋也從人借住，柴門不爲客來扃。林陰嵐濕藏書架，爐冷苔侵煮茗瓶。惆悵閒窗巾帨在，孤墳宿草已青青。

題杜德基《望雲軒卷》

平川上有望雲軒，棟宇飄零舊扁存。遺墨猶能傳异代，承家應喜得賢孫。春風回首思先隴[一]，秋色關心隔故園。百世詩書餘澤遠，草堂元[二]在浣花村。

【校】

[一] 隴：四庫本作「壟」。

[二] 元：光緒刻本作「原」。

病中承質夫下訪

同是天涯逐客還，老來隨力種田園。書傳郭璞從心授，迹共陶潛避世喧。前輩獨看霜木在，病驅[一]今作野猿蹲。手中九節仙人杖，昨日相思偶過門。

【校】

[一] 驅：光緒刻本作「軀」。

酬伯穎見訪

開門春日枉良朋，扶病相迎愧未能。采藥久知來北谷，種瓜猶識住東陵。丹砂變化神仙術，白帽風流隱逸稱。老我無由筋力健，廬峰雲谷[一] 擬同登。

【校】

[一] 谷：四庫本作"壑"。

和雲松《過鶴田有感》

清溪松竹故人居，門掩東風寂寞餘。一束生芻將老泪，數編殘稿訪遺書。丘墳已卜山林近，堂構仍聞歲月虛。回首平川應不遠，棹歌微響復如初。

盆松乃慈谷手植

瓦盆乞得小松栽，誰撥霜根向斷崖。盤屈豈能移本性，低回故欲困長村[一]。吞聲莫向秋風訴，抗節從教臘雪埋。更後十年知[二]已長，仙人應化鶴飛來。

【校】

[一] 村：四庫本、光緒刻本作"材"。

[二] 知：四庫本作"枝"。

酬雲壑下訪

病中相訪過林廬，慚愧交情祇似初。詩卷留連談不盡，藥囊增損問何如。衰年慚覺平安少，滿目仍嗟故舊疏。烏石岡邊非遠別，春風時枉小轅車。

壽日醮壇有感

三天符籙授長生，凡骨尤慚煉未輕。方士久傳餐白石，野人相勸飯青精。宮商縹緲仙歌遠，樓閣玲瓏梵氣成。弱冠有聞今白首，空山何處候方平。

出　游

病中三月不出户，暖日晴風始一游。處處鳥鳴催布穀，山山花發叫鈎輈。幽人几杖來相就，野老壺觴起更留。童僕不知觀物意，歸途催報夕陽收。

贈張兼善

山人[一]相識自平川，又會松軒煮[二]石泉。惆悵望雲懷故舊，周流觀世避英賢。河圖擬究成書際，羲易應參未畫前。頗訝華山陳處士，白雲深處至今眠。

【校】

[一] 山人：四庫本作“贈人”。

[二] 煮：四庫本作“炙”。

雨中留雲松、兼善宿西山[一]

清宵那得酒如川，共聽檐聲吼澗泉。茅屋閉門慚舊隱，松窗下榻集群賢。茶甌款話更深後，詩卷分題燭影前。歸思縱忙猶阻水，竹床布被且同眠。

［一］四庫本題爲"雨中會雲松、無善宿西山"。

雲松邀往翁源，足疾不果行

臨水登山興已非，客來扶杖強相依。前川不得隨花柳，遠壑空
思老蕨薇。覽鏡傍[一] 徨餘髮短，開書涵咏[二] 壯心微。仙人不授輕
身術，安得凌空跨鶴飛。

【校】

［一］傍：光緒刻本作"傍"。

［二］咏：四庫本作"泳"。

雲松杜閣觀漲

茅茨連夜雨聲傳，坐想波濤漲百川。倚檻未能陪杜老，乘槎端
欲慕張騫。空中度鳥疑經海，樹杪浮舟擬上天。安得便尋巢父伴，
釣竿東去拂雲烟。

擬雲松柬彦民

詞翰知名有幾人，東家住近不相親。久傳筆勢行蛇蚓，又説詩
篇助[一] 鬼神。伐木未聞鶯出谷，停雲空望雨清塵。春風門巷蒼苔
遍，獨少林逋履迹新。

【校】

［一］助：四庫本作"照"。

期雲松會宿不至

松軒會宿興難乘，坐聽城頭轉二更。北斗忽高當静夜，南風不起又慳情[一]。鼎中茶熟思清話，囊裏詩成欲細評。相對白頭宜一笑，百年幾度入山城。

【校】

[一] 情：四庫本作"晴"。

題《春山訪隱圖》

游山有興未從容，偶向君家閲數峰。水泛落花凡幾曲，雲開遠岫似千重。茅堂有約琴蕈[一] 共，蘿徑何時杖履從。避世老翁頭雪白，風前倚徙[二] 聽長松。

【校】

[一] 蕈：四庫本、光緒刻本、清抄本作"尊"。

[二] 倚徙：四庫本、光緒刻本作"徙倚"。

述　懷

衰年無思獨栖栖，月旦何勞更品題。自古冥飛知避弋，從來世事笑吹薑。階前野鶴鷄同食，谷底芳蘭棘自迷。天末數峰猶在眼，微陽隱映暮雲西。

次韻雲松西山送別張兼善

西山一徑緑陰稠，梅雨晴時送客游。對榻更期何夕再，抱琴深入白雲幽。微風藥草薰衣袖，盡日詩瓢挂杖頭。閑説道人猶惜别，呼莩[一] 剪韭夜相留。

【校】

[一] 莩：四庫本作“尊”，清抄本、光緒刻本作“樽”。

雲松西山懷舊[一]

藍田丘壑費攀緣，因憶前游一惘然。丹藥難徵勾漏令，虹橋空[二] 説武夷仙。西風老鶴松間語，白石群羊洞口眠。無分住[三] 山空有屋，塵挨[四] 衮衮送流年。

【校】

[一] 四庫本題爲“同雲松西山懷舊”。

[二] 空：四庫本作“去”。

[三] 住：四庫本作“在”。

[四] 挨：清抄本作“俟”，四庫本、光緒刻本作“埃”。

盆梅乃林希玄寄惠

羅浮唤醒雪霜魂，知是孤山幾代孫。冷蕊疏枝低作幹，蒼苔碧[一] 蘚近移根。未論大用調金鼎，已許平生老瓦盆。歲暮徜徉三友在，寒松瘦竹共柴門。

托根盆盎似藏身，五蕊三花小試春。水月影隨燈火轉，山林迹共市廛親。隴頭不爲行人折，湖上空懷處士鄰。最念平生清白操，偶抛霜雪傍光塵。

【校】

［一］碧：四庫本作“翠”。

小軒得白石玉，雪不足喻，置之竹泉石間，大可人意，因邀雲松同賦

拾得他山玉一團，光華偏映讀書軒。乍驚殘雪留花砌，久訝明星浸石盆。何處琢來秋水骨，半空吹落白雲根。詩癖自擬連城價，不共歌牛月夜村。

游　山

扶病看山許坐游，林泉五月氣如秋。田家麥熟登新飯，道士芝香瀉舊蒭。微雨既過空翠濕，清風自動綠陰稠。道傍聽得兒童語，又比年時轉白頭。

川　漲

雷聲風響鬥[一]前灘，滯雨荒林夏更寒。城邑千家臨巨浸，田園幾處犯狂瀾。馬嘶又恐天瓢倒，鰲負終知地軸安。但得麻姑長健在，眼中應見海波乾。

【校】

［一］鬥：清抄本作“困”。

賡雲松陪祭翁墩先隴[一]

三年不得詣先塋，白髮斜陽渺渺情。空讀蓼莪揮涕泪，又慚麥飯負清明。風烟極目山林遠，丘隴[二] 傷心草樹平。多感故人深厚意，一尊[三] 同薦石泉清。

【校】

［一］隴：四庫本作“壟”。

［二］隴：四庫本作“壟”。

［三］尊：四庫本作“尊”，光緒刻本作“樽”。

次雲松《述懷》[一]

奇骨終遭伯樂知，希聲不必問鍾期。我慚半死方成爨，君為長鳴忽受羈。谷口又焚荷芰日，壇前初對杏花時。塵埃毒熱難相就，空向停雲結遠思。

【校】

［一］光緒刻本題為“次雲松《述懷》韵”。

黃均德，前任鄮都縣丞，服闋赴京，過余林下

三仕為丞不負人，蜀中赤子戀慈親。先塋已許號松柏，宣室猶思問鬼神。偶過草堂留藥物，又趨京國拂衣塵。承家黃霸能為郡，他日應期畫錦新。

送冠與雲松

野人自有木皮冠，不近塵埃不用彈。亂世已甘同屨賤，衰容還許帶巾看。遠游擬入華陽洞，高格應窺杏樹壇。送與泮宮張博士，一簪華髮舊氈寒。

題趙子庸《古木居卷》

趙子西江古木居，客游未返十年餘。蛟龍倔彊垂當户，科斗流傳貯有書。風雨每嗟鄉夢遠，塵埃近覺宦情疏。鄰人喜遂歸來願，落葉荒苔并掃除。

挽雪舟煉師

三年屢報枉柴門，一日俄傳起土墳。棺舉空衣無弟子，匣藏遺劍有諸孫。鑑湖一曲秋風興，庾嶺千枝夜月魂。化鶴縱歸華表上，人民城郭更堪言。

城西庵裏托空衣，無復扁舟到武夷。壁上梅花成故物，水邊茅屋認題詩。騎驢張果游何處，放鶴林逋候幾時。耆舊凋[一]零交誼少，秋風吹老北山芝。

【校】

[一] 凋：光緒刻本作“雕”。

題西山庵

空山寂寂[一]守巖扃，獨鶴栖栖傍草亭。曉鏡又催霜雪白，秋衣不換芰荷青。仙人住處多栽藥，野老來時或負苓。同氣凋[二]殘[三]衰朽在，百年光景似晨星。

【校】

[一] 寂寂：光緒刻本作"寂寞"。

[二] 凋：光緒刻本作"雕"。

[三] 殘：四庫本作"零"。

餞雲松歸隱

流泉不似在山清，雅曲元[一]非俗耳傾。可怪岑牟加襆子，更堪圭組累陽城。古人已愧嗟來食，此日還聞接淅行。投老山林高尚志，丈夫出處貴分明。

高誼平生少似君，蒹葭倚玉愧攀援。老安恬退真長計，醉戒疏狂勿浪言。南澗風霜餘散木，北山烟霧嘯清猿。明當謝絕交游去，留得儀刑[二]繼鹿門。

【校】

[一] 元：光緒刻本作"原"。

[二] 刑：光緒刻本作"型"。

有　感

五十知非六十衰，懷才祇合奮當時。莫將賈誼幾[一]年少，自識馮唐值數奇。奔競漸回廉恥俗，老成早作太平基。白頭滅迹空山裏，未用長歌覓紫芝。

【校】

〔一〕幾：光緒刻本作“譏”，當是。

送陳子敬歸三山

石頭城下住經年，鄉路重尋谷口田。千里客愁淮水上，三山歸興海雲邊。故園松菊陶潛宅，舊日才名鄭老氈。舟泊武夷思仰止，棹歌遺響墮空烟。

暑夕不寐懷雲松

天風無力却炎氛，紈扇爐烟坐夜分。畏病近來如畏虎，驅愁正爾似驅蚊。隔溪蘭若疏鐘動，何處松林獨鶴聞。旦氣可人清似水，欲將詩興一尋君。

代簡雲松

世事紛紛未息肩，鷄群鶴處尚翛然。故山可隱人將老，佳夕相思月再圓。稚子久嗔陶令出，諸生休笑[一]孝先眠。他時定有公車召，正及先生矍鑠年。

【校】

〔一〕笑：四庫本作“嘆”。

伯穎、彥能下訪

二妙相隨訪草堂，臥痾無力負衣裳。欲延下榻情雖切，不待烹茶去已忙。槐雨侵階粘屐濕，松風入戶枕書涼。三年不就論文約，白髮青燈興謾長。

贈歐陽亦雪

歐陽處士有行窩，束擔琴書處處過。肘後藥分丹火秘，雪中梅放墨花多。老來懷抱思傾寫，病起筋骸費按摩。聞與赤松黃石伴，樓居此日意如何？

七月得遠書作

領得兒書未散憂，畏途煩暑病初瘳。叩閽已近情猶隔，負土恒勤汗遍流。正直久爲群謗困，淒涼又滯半年囚。世間萬事推天定，長倚柴門望素秋。

示　兒

天怒寧論罪有無，荷戈萬里戍成都。三聲自聽猿鳴慘，一片誰憐雁影孤。苦樂不同安悔吝，死生前[一] 定省憂虞。老牛舐犢終存愛，白髮蕭蕭泪眼枯。

衰容渾欲不勝衣，況復天涯有戍兒。塞雁傳書空在望，林烏反哺動遐思。諸孫梨栗頻相聒，獨老桑榆久自知。春日一尊判^[二] 盡興，阿咸傍看醉題詩。

拋却耕鋤候縣門，朝呼夕令競紛紛。久知畫地皆爲獄，謾道號天可扣閽。入市於菟尋泛語，鬥床轂^[三] 觫倚真聞。白頭呫呫書空罷，慚愧龐公訓子孫。

【校】

[一] 前：四庫本作"長"。

[二] 判：四庫本、光緒刻本作"拼"。

[三] 轂：四庫本作"觳"。

次韵雲松病中見寄

謝病投閑素願酬，廣文氈冷脫官囚。叩龜勿藥終爲喜，枉札加餐不用愁。更向畫圖評水石，偶題詩句寄林丘。西山風雨茅齋冷，獨老如今萬事休。

自 述

弱子承家志未酬，無辜遽作楚人囚。萊衣謾有思鄉淚，羌笛真成出塞愁。白髮臨風悲遠道，綠簑耕雨憶荒丘。放農銷甲知何日，更倚柴門望不休。

擬仲雨借韵懷兄[一]

松菊軒成罷唱酬，可懷非罪泣孤囚。一川烟雨鴒原[二]晚，萬里秋風雁塞[三]愁。安得[四]凱歌還絶域，能忘堂構在中丘。音書莫訝從來少，魂夢相尋獨未休。

【校】

[一]四庫本題爲“次仲雨韵懷兄”。

[二]鴒原：四庫本作“原鴒”。

[三]雁塞：四庫本作“塞雁”。

[四]安得：四庫本作“每念”。

病　中

西窗僵臥動逾旬，世事凄涼泪滿巾。老去已無兒可托，病來真與死爲鄰。孤虚履運成何事，悔吝連秋爲此身。抗節擬同松柏固，顛崖從爾雪霜頻。

衰年臥病閉紫[一]荊，有客相過問死生。隱几祇饒昏欲睡，杖藜非復跛能行。社中謾忝詩名共，方外虚思藥術成。寄語郡齋張博士，寂寥猶望故人情。

無才祇欲苦吟詩，肝腎雕鎪氣久衰。白虎痛傳關節遍，烏蛇方送藥資遲。下床腓股堅於石，覽鏡頭顱白勝絲。多謝道人余復古，酒瓢新浸五加皮。

【校】

［一］紫：四庫本、光緒刻本作“柴”，當是。

題王仲文監稅《臨清閣卷》

官閣臨清背市廛，司征餘暇思飄然。牛羊春雨回山徑，鷗路[一]秋風傍釣船。酒熟重期何日會，詩成還有幾人傳。瓜時未欲忘清景，歸捧新圖鶴髮前。

城隅官閣下臨河，監稅閑來載酒過。兩岸蟬聲喧濕翠，一天鷺影落晴波。憑欄自有幽人樂，趨市能無估客歌。三載政成心似水，柏臺還說薦書多。

官閣新成勝概兼，日長公暇理牙籤。青山對榻嵐光重，碧水當軒爽氣添。客到無時浮太白，人間何處有朱炎。遥知睡起題詩際，燕語隨風落畫[二]簷。

【校】

［一］路：四庫本、光緒刻本作“鷺”。
［二］畫：四庫本、光緒刻本作“畫”。

次韻老泉《午日書懷》

佳節端陽病未瘳，老懷非爲看龍舟。自知枕上孤吟苦，不及尊[一]前一笑休。角黍榴花賓榻遠，菖陽首宿[二]群齋幽。明朝漸許筋骸健，共過柴門倒瓦甌。

簡汝實祐吉席上諸公[一]

兩處芳筵共一朝，病軀不動愧相招。已知博士推名飲，又説監河善醉謡。冠弁巍峩容自肅，觥籌交錯興初饒。巷南巷北休辭遠，絳蠟銅盤徹夜燒。

奉謝雲松寄惠青藤并詩[一]

仙藥驅風力最靈，九華山裏老藤青。三更花露調冰盌[二]，一斗松醪倒石瓶。博士傳方消痼疾，衰容涉世保餘齡。更煩大筆重題品，續入《神農本草經》。

新詩妙藥兩難酬，令我平生宿疾瘳。弱足便堪扶杖起，閑情先想出門游。邑中佳句争傳誦，海上仙方費遠求。強欲追隨成二老，莫將天驥笑犛[三] 牛。

老泉索賦喜雨

苦熱真嫌夏日長，片雲今夕作秋源[一]。顛風未欲驚蒲柳，急雨還能養稻梁[二]。病骨清泠唯穩睡，吟懷衰老減疏狂。馮唐過我談新咏，扣戶先愁債未償。

【校】

[一] 源：四庫本、光緒刻本作“凉”。

[二] 梁：四庫本、光緒刻本作“粱”。

題廖監河行軸

王制昔聞書澤禁，聖朝今見設漁官。壯齡膴仕榮新授，鏖戰成功帶舊瘢。網罟既徵田賦減，舟航兼算水程寬。瓜時正及秋風起，一鶚扶搖九萬搏。

次王仲文《溪閣懷友》韵

何處秋光最好看，臨清閣上酒杯寬。蘋花渺渺漁舟遠，楓葉蕭蕭鷺渚寒。詩興徘徊來海月，畫圖彷彿卷風湍。厘居一老兼貧病，長愧賓筵不可干。

和吳縣丞韵

西山爽氣喜朝看，堆案相仍政自寬。筆底烟波孤棹晚，堂中風月一琴寒。定應持[一]版思佳菊，還念垂綸倚[二]碧湍。野老力耕[三]

162

常賦外，不因詩興豈相干？

送梨與雲松

百果稱宗品最奇，餐冰咽雪食如飴。十年雨露栽培力，八月秋風采摘時。登俎應知全味在，傾筐還動故人思。張公大谷猶多樹，蕪没中園久不治。

食梨有感

西園梨樹憶兒栽，梨熟征兒去未回。適口自憐甘似蜜，羈懷誰念冷於灰。爭攀謾引兒童喜，啄食頻看鳥雀來。此日思兒長[一] 繞樹，不堪風雨晚相催。

梁教諭惠椒筆兼詩

故人不接數旬餘，望望停雲正憶渠。椒實半囊分却老，兔毫雙管擬中書。更題長句才難敵，欲報高情愧不如。唯有白團茗可意，清風相送到齋居。

用韵自述

生年七十又過^[一]餘，萬事從心不校渠。風雨聲中長閉戶，桑
榆影裏更觀書。行扶竹杖龍鍾甚，病踞梨^[二]床偃蹇如。憶昨武夷
雲滿谷，長松千樹托巢居。

【校】

［一］過：四庫本作"週"。

［二］梨：四庫本作"藜"。

九日席上呈兼善、伯壽

九日歡游處處同，微軀僵坐似枯松。強開桑落招詩社，倦插茱
萸到病翁。張子思歸心漫苦，劉郎題咏意先慵。瓦盆到手俱判^[一]
醉，天道焉^[二]知伯道窮。

【校】

［一］判：四庫本、光緒刻本作"拼"。

［二］焉：四庫本作"無"。

哭兒骨殖還故山

愁心慘失清秋，歸骨凄凉傍故丘。總爲無兒憐伯道，更堪非罪
哭王哀^[一]。古^[二]來禍福分淫善，近日^[三]忠良似寇仇。黥作屠兵寧
餓死，西風殘照泪交流。

鼠死遐荒萬里餘，藤纏草束土侵膚。黃金竟爲讒言鑠，白骨翻

成待價沽。形影自隨嗟獨老，肝腸分裂念諸孤。天高視聽無消息，強欲招魂託楚巫。

明時不得保天倫，萬里投荒殞爾身。欲引殘魂歸故國，祇憑老僕勝周親。瘴雲瀘水郵亭遠，絕域孤城鳥道頻。此日先塋容附託，一坏[四] 黃土骨如銀。

【校】

[一] 哀：光緒刻本作“褒”。

[二] 古：四庫本作“從”。

[三] 近日：四庫本作“誰謂”。

[四] 坏：各本均作“坏”，當即“抔”，二字古義通。

韵答劉用貞[一]

傾蓋溪頭一再逢，六年相望寸心同。柴門踏雨題名去，竹檻看雲執手從。前輩文章觀酒德，後來歲月嘆詩窮。鹿車又與佳兒隱，笑折梅花餞曉風。

有賦凌雲嘆不逢，山林出處調應同。賓筵偶奉清尊集，鄰卷頻扶短杖從。范叔解衣情未展，袁安僵臥道非窮。春來擬聽弦歌處，白帽低斜杏樹風。

明時出處係遭逢，投老[二] 山林長物同。蔬食每留佳客坐，縕袍自愛野人從。開園橡栗群狙[三] 喜，滿屋詩書五鬼窮。猶有短琴隨白首，興來一曲鼓松風。

寄老泉

草堂閑殺老狂夫，世上窮愁盡撥除。壯志豈期游汗漫，輕身今欲托玄虛。市厘[一]不入佯多病，道侶相安可久居。攬結林泉清氣在，不知詩興近何如？

哭彭副使啓殯歸瑞安

獨振兵威百里間，更推恩信數州安。梟徒竟作操戈入，虎士翻成奉柩還。大筆特書青史在，荒祠遺像畫衣殘。銘旌遠道收兄骨，一片歸雲度雁山。

旅殯荒山三十春，白頭執紼又何人。久知杜甫須收骨，誰料張飛解殺身。歸旐已隨春雨動，故丘應與海雲鄰。武夷野老扶衰病，楚些歌成泪滿巾。

次韵壽雲松

才名久滯廣文氈，甲子頻催絳縣年。共說稱觴華旦近，那知扶杖白雲邊。道人酒熟應同醉，坐客詩成忽遠傳。黃石赤松長不老，從來山澤號癯仙。

贐馮老泉

山中久住豈無情，偶爲尋詩出谷行。歲晏龍蛇當伏蟄，春和鸞鶴自翔鳴。眼空江海栖栖老，興近烟霞往往清。村[一]杰後來俱特達，侯門彈鋏舊知名。

【校】
[一] 村：四庫本作“林”。

贈西山本淳

先代誅茅傍翠岑，他山猿鶴也投林。藥苗散漫冬無雪，桂樹團欒月有陰。高枕白雲同静境，揮弦流水入清音。酒仙唯數張顛健，釀得流霞每共斟。

鄭居貞別駕歸閑未久，又以明經赴召，敬題《春江別意圖》爲餞

谷口歸來未及耕，春風又送趣裝行。應知經術懷匡濟，不許山林避姓名。此日仙舟真惜別，何年詩社更尋盟。黃河泰華如重覽，滿路棠陰舊政聲。

哭崇邑教諭梁孔謀歸櫬

儒冠未用嘆華顛，九曲清流對冷氈。仕路偶登蜚一鶚，天恩重試待三鱸。黃梁喚醒仙人枕，丹旐催歸孝子船。老我無由將絮酒，孤墳遙想海雲邊。

索^[一] 河泊劉昌期貢餘茶

蒼顏白髮未投閑，祇訝名兼吏隱難。月校舟緍留渡口，春催茶貢住林間。何年天祿然藜杖，舊日霜臺借鐵冠。聖代于^[二] 今偏敬老，幾人半俸臥柴關？

河官暫托貢茶臣，行李山中住數旬。萬指入雲頻采綠，千峰過雨自生春。封題上品輸天府，收拾餘芳寄野人。老我空腸無一字，清風兩腋願輕身。

【校】

[一] 索：四庫本作“求”。

[二] 于：四庫本、光緒刻本作“於”。

挽牛自牧

皓首論交二十年，西風吹淚一潛然。鹿皮尚想山中隱，鶴骨元^[一] 知海上仙。賓榻動隨長有酒，藥囊好施不留錢。門人應空空衣在，何處青山是墓田。

168

贈葉宗善兼復嬰[一]

武夷宮裏葉高士，方外同游獨老成。秘訣隱文參古學，清辭麗句負時名。餐霞直上陽崖遠，采藥歸來夜月明。久別鄰庵余復古，西風鶴背許相迎。

挽江惟志學佛坐解

儒者推宗墨者師，何論削髮與披緇。詞場星斗聲名遠，心印虛空慧定隨。已見梨[一]床安坐逝，長懷蓮社失前期。生芻擬向門人哭，大筆誰書有道碑。

遁世誰知隱者廬，閉門自譯化人書。勤修真觀宗天竺，倦送才名入石渠。同郡每詢爲况好，昨朝傳得訃[二]音初。衰容未悟無生理，霜木晨星百感餘。

賡張宗翰舟過武夷述懷

丹霞白鶴洞仙宮，絕頂當年避地同。春雨磯頭憂巨浸，夕陽林下眩殘虹。先幾自合乘槎去，投老方驚墮甑空。《九曲棹歌》期再聽，寄聲鷗鷺少從容。

荒榛滿目故儒宮，憶昔風雩樂趣同。年代已隨川上水，文光無復斗間虹。黃埃赤日遮平地，高石層陰起半空。昨暮維舟西渡口，濯纓猶勝抗塵容。

述　懷

平生百感復千憂，老景如登海上舟。毒霧不知何處盡，颶風空說有時休。艱難徐市仍求藥，錯愕任公畏下鈎。悔不把茅同野衲，萬山深處自遮頭。

贈西山本純[一]

穴處巢居避市厘[二]，南山構架白雲顛[三]。風高茅葦三重掩，澗險藤蘿百尺牽。旦食有狙分芋[四]地，春耕無犢廢芝田。野人不但貧輸力，甲首敲門橫索錢。

【校】

［一］四庫本題爲“再贈西山本淳”。

［二］厘：光緒刻本、四庫本作“廛”。

［三］顛：四庫本作“巔”。

170

問 流 人

道傍^[一] 辛苦問流人，非罪相干^[二] 誤此身。何用老成徒取辱，久知溫飽不如貧。衣裳臭穢沾床汗，枷械拘攣滿面塵。不自我先休嘆恨，周餘靡有孑遺民。

【校】

［一］傍：四庫本作"旁"。

［二］干：四庫本作"看"。

柬張孟寬

醫官督稅想賢勞，盥漱忘餐到日高。倦執牙籌從會計，偶憑烏几欲推敲。舟車湊集須躬閱，藥裹增除莫自拋。此日虛名求實效，研磨^[一] 直恐數秋毫。

【校】

［一］磨：四庫本作"摩"。

代靈寶廢觀道士葉宗善贄縣官

大地^[一] 曾懸一黍珠，六丁收拾入蓬壺。閭閻共記神仙境，官府堪徵郡邑圖。梵氣何時重結構，故基此日尚虛無。甘棠數畝春陰近，借與西坡辟穀癯。

【校】

［一］地：四庫本作"理"。

丙寅歲春送崇邑判簿劉宗文朝京

榮名鄉校起才賢，早向亨衢著祖鞭。梧樹秋清初到邑，桃花春暖又朝天。由來枳棘栖非久，暫佐弦歌化已傳。王賦足供民瘼盡，野人側耳聽喬遷。

佐邑由來宰邑同，一琴[一] 堂上咏南風。十年蠹[二] 穴消沈外，百里人烟嘯[三] 語中。問俗更思延野老，親賢頻欲過[四] 儒宮。仙舟忽報朝天去，歸日棠陰滿路濃。

【校】

［一］琴：四庫本作“從”。

［二］蠹：四庫本作“岩”。

［三］嘯：四庫本、光緒刻本作“笑”。

［四］過：四庫本作“適”。

追賦懷富順縣丞徐惟楫卷[一]

爲問徐卿自別離，鳴弦暫佐蜀邦時。關山迢遞疏音況，風雨凄涼屢夢思。三峽泛舟清夜泊，霙松當户綠陰移。喬遷此日知何處，江上逢梅寄一枝。

【校】

［一］光緒刻本題爲“追賦懷富順縣丞徐惟楫”。

題徐士振《蜀路看梅卷》

彩服曾游錦水濱，見梅如見故鄉親。當時觽[一] 棹難爲別，此日揮毫欲寫真。萬里蜀山頻入夢，一枝春色遠隨人。歐陽翰墨名當代，贈爾寒梢數萼新。

【校】

[一] 觽：四庫本作“鼓”。

題沿山王那海千户澄清亭

綺户朱疏面面遥，不知城郭有塵囂。石岩雲氣何蕭爽，池水天光共沆寥。楊柳梧桐分處處，鴛鴦鸂鶒并朝朝。杜陵也有南塘興，題向將軍第五橋。

題畫《龍》

淮水歸舟數客程，傳看龍挂雨初晴。九重天際騰身近，一聚雲間掉尾橫。此日畫圖存彷彿，何時爻象應文明。風雷潝洞西窗夜，低[一] 訝僧繇已點睛。

【校】

[一] 低：四庫本、光緒刻本作“衹”。

題雲翁《龍》

畫龍近代數雲翁，下筆斯須變化同。漠漠天陰連海水，紛紛雲氣逐溪風。偶看全體驚垂老，安得真形走畫工。紉索[一] 簫[二] 條懸壁堵，不爲霖雨夢高宗。

【校】

[一] 索：四庫本作“素”。

[二] 簫：四庫本、光緒刻本作“蕭”。

題海好問《西湖霜月軒卷》[一]

華軒高敞對湖船，有客弦歌夜不眠。楓落吳江霜正肅，潮生滄海月初圓。自吟肺腑寒光入，欲赴襟期爽氣連。門外梅花凡幾樹，杖藜躡影訪逋仙。

【校】

[一] 四庫本題爲“題海好問西湖霜月軒”。

寒食有感

纍纍丘墓掃西原，寒食清明又一年。好木青黃多自纍，野花紅白更誰憐。種桃遁世今何及[一]，辟穀長生亦偶然。不待蓍龜推倚伏，眼中海水換桑田。

【校】

[一] 及：四庫本作“處”。

題劉河泊行軸

王制昔聞書澤禁，聖朝今見設漁官。垂綸柳下披衣坐，舉綱津頭立馬看。舟楫水程分已定，緡錢月校近從寬。瓜時想及秋風起，一鶚扶摇九萬搏。

次劉彦炳《武夷見寄》[一]

故人十載別平川，清夢時時共釣船。采藥重來俱白髮，聽猿有恨落蒼烟。山頭掃月還相待，水底看松似倒懸。竹洞雲岩秋老盡，晚晴猶喜兩峰連。

【校】

[一] 光緒刻本題爲"次劉彦炳《武夷見寄》韵"。

次彦炳《追懷藍澗》韵

五嶺三年蕭憲網[一]，平生自倚鐵心腸。不虞歷塊傷良馬，終惜空庖守餓狼。故老有懷鄰笛怨，孤兒無力藥園荒。白頭兄在猶多感，晚日寒花只暫香。

【校】

[一] 網：光緒刻本作"綱"。

次雨軒《寄復嬰》[一]

傲吏當年早挂冠，武夷一曲訪天壇。西風人語松間鶴，碧落仙歌月下鸞。枸杞瓶香封得酒，芙蓉鼎暖養成丹。劉郎休別桃花去，石髓如飴擬共餐。

【校】

[一] 光緒刻本題爲"次雨軒《寄復嬰》韵"。

送吴教諭回廣東守制

冷官食禄四千里，游子思親十二時。柢[一] 信燈花頻送喜，偶因風樹却成悲。戒裝野店晨星落，揮蓋空山暮雨隨。歸向故溪廬墓日，飛來白鵲長靈芝。

【校】

[一] 柢：光緒刻本作"祗"。

擬河泊贄知府

朝回領旨榷魚油，白髮微官日夜憂。自顧澗溪惟數罟，非如江海有吞舟。邊城弓矢真長計，黎庶鞭笞不可求。誠敬事君宜奏免，敷陳民隱在邦侯。

寄陳景忠

三年不見一書來，況憶論文共舉杯。藥籠素無醫國術，鹽車空絆濟時才。只今館閣思舊舊[一]，何用山林問草萊。落日題詩勞悵望，南天萬里雁空回。

【校】

[一] 舊舊：四庫本作"耆舊"，疑是。光緒刻本兩字塗黑，表示缺佚。

次天石上人韻

世亂全身寂寞濱，無心歌鳳與傷麟。浣溪杜甫貧尤甚，破屋盧仝懶是真。春日不堪連雨雪，老年長恐困風塵。柴桑不隔廬山遠，慚愧東林結社人。

小樓對雪有懷西山道人

西山白雪一丈深，北風吹倒長松林。千崖無人虎豹死，中夜有客烏鳶吟。高樓此時最相憶，弱水隔海知難尋。凡身毛骨更蕭爽，願借黃鶴栖雲岑。

春　雪

大雪自來南地少，臘前春後[一] 苦寒生。江清已壓漁舟重，風逆還隨柳絮輕。萬里山川同一色，誰家烟火起初晴。春風欲解昆侖凍，願借黃河一洗兵。

【校】

[一] 臘前春後：光緒刻本作"春前臘後"。

寄汪雪堂

風雨江城不洗兵，君行爲訪北山靈。三間破屋遮茅葦，數尺長鑱钁茯苓。杜甫只將詩送老，陶潛真與酒忘形。何時得逐山林願，共倚松窗寫道經。

憶弟在三山作

倦客天涯不自聊，月明魂斷更誰招。牛羊只戀山中草，鷗鷺空隨海上潮。白髮又侵垂老景，青燈長伴苦吟宵。故園諸弟相思處，細菊疏松慰[一]寂寥。

夢 歸

獨上江城倚夕暉，西風點點雁斜飛。百年已半猶爲客，三徑將蕪苦憶歸。老婦一秋常伏枕，痴雛幾度候牽衣。月明忽作還家夢，九曲溪頭一扣扉。

對 酒

少日題詩自笑狂，老懷對酒便相忘。梨花落盡春將晚，燕子飛時日正長。西谷誅茅應更僻，南園種藥未全荒。客來莫怪陶然醉，懶看浮雲上下忙。

夜 坐

蕭蕭[一]風雨坐相侵，共守寒燈抱膝吟。捫虱倦談當世事，聞雞還起濟時心。雲連烽戍兵猶滿，雁度關河雪正深。離亂[二]正當明出處，且將書劍傍山林。

次丁郎中《游武夷》韵

九曲清游興不窮，舟人指點看仙踪。雲開釣艇橫丹壑，月落鳴機在碧峰。道士金丹誰化鶴，仙人鐵笛莫驚龍。明朝匹馬尋征路，迴首東南紫翠重。

賦 緋 菊

丹砂竊服駐秋容，便與東籬景不同。徒有赬[一]顏承雨露，苦無清節傲霜風。極知嫵媚隨人易，祇恐繁華過眼空。處士欲言何足辨，南山正落酒杯中。

【校】

[一] 赬：四庫本作"赭"。

寄張孟方

三年不見張君子，舊作書巢傍澗松。常與白雲分主客，偶因明月想形容。飯牛短褐歌深夜，采藥長鑱度遠峰。聞道近移毛義檄，掉頭深入萬山重。

次游德芳韵

兵戈已覺素心違，潦倒山林兩布衣。茅屋春深桑柘薄，石田歲晚稻粱微。綠尊但用平生足，白髮方知往事非。九曲月明春水碧，夜深同坐釣魚磯。

柬薛君玉

人生自古少合并，鄰并應煩數送迎。戎馬艱危猶旅食，儒衣漂泊負才名。有錢買山便歸隱，無酒領客難爲情。[一] 傷心世事苦逼側，可能白髮對河清。

【校】

[一] 有錢買山便歸隱，無酒領客難爲情：四庫本作"有錢可買歸山隱，無酒難爲待客情"。

寄三山友人

柴門風雨少人過，自撿醫方遣宿痾。春去酒杯閑不得，老來詩句拙逾多。百年世事猶兵甲，九曲生涯有釣蓑。海上故人如見問，飄簫[一] 短髮臥岩阿。

【校】

[一] 簫：光緒刻本作"蕭"。

送歐陽士鄂赴京

滄溟萬里泛樓船，好借南風送上天。望氣欲求歐冶劍，濟時宜著祖生鞭。朝廷儉德能懷遠，將帥論功頗自賢。林下耕鋤頭已白，願歌帝力似初年。

秋興三首

滿目烟塵戰伐多，束書投老臥岩阿。盤餐曉日登薇蕨，衣服秋風製芰荷。閭巷總傳空杼軸，邊陲未報息兵戈。唐虞儉德苗民化，願見風雲氣象和。

紅樹關河烏陳開，黃蘆州渚雁聲哀。空聞孤壘圍兵急，不見諸公奏凱回。穀熟又非清野計，馬肥更恐遠戎來。古人固守資多策，异代何勞嘆之[一]材。

初傳錦水是危機，忽報丹山已解圍。薊北諸軍何日到，江西群寇一時歸。十年警枕無安夜，九日看花欲典衣。且盡尊前諸弟興，莫思海內故人非。

【校】

[一] 之：清抄本、光緒刻本作"乏"。

送牛自牧住武夷仙掌庵

牧子風流老更狂，武夷六曲築茅堂。肯從龍虎來今雨，懶向羅浮問故鄉。山月夜寒丹伏火，洞天秋闊劍浮光。衰年總仗刀圭力，他日須傳肘後方。

牧子疏狂早學仙，武夷更欲住千年。已從春雨修茅屋，便擬秋風買釣船。仙酒肯分山客醉，神丹未許世人傳。汪顛寂寞金公隱，尚想風流在眼前。

送董德興迎侍兼柬三山諸友

花壓春城彩袖迴，雲飛秋水錦帆開。山中令尹憂官瘦，江上慈親望子來。遠道不違甘旨願，清朝未乏孝廉材。三山故舊煩詢問，歲晚相思肯寄梅。

招黃慎之東林宴集

松門石徑搋[一]蒼苔，休日題書報客來。對雨特迂高士駕，看山先具野人杯。黃花酒熟從教醉，白髮詩成不用催。人事寂寥同調少，百年今日笑顏開。

【校】

[一]搋：清抄本、光緒刻本作“掃”。底本“搋”字，語義相通時，光緒刻本均作“掃”，若無特別需要，下文此字不再出校。

送貢秘書入京

滄海樓船衛百靈，秘書領旨赴朝廷。近開東觀延鄉月，舊入南閩識使星。一代文章推大手，百年禮樂抱遺經。蓬萊不許凡人到，空想藜[一]花夜夜青。

【校】

[一]藜：光緒刻本作“梨”。

題陳元謙《秋堂圖》

聞說西堂夜讀書，秋風凉氣動郊墟。白雲紅樹思鄉國，碧嶂清江對屋廬。千里兵戈愁未已，二毛游宦意如何[一]？江東父老懷襦褲，松菊何勞問隱居。

【校】

[一]如何：光緒刻本作“何如”。

題方方壺《風雲高仙圖》

仙人來往馭飆車，豈料遺踪入畫圖。林下曾逢騎一虎，雲間嘗[一]想度雙鳧。千峰夜月簫聲遠，萬里晴天劍影孤。未遂滄洲瑤草願，夢隨飛佩過方壺。

【校】

[一] 嘗：四庫本作"常"。

中　秋

玉宇秋中月正明，好天良夕祇傷情。誰家庭院開尊俎，幾處關山照甲兵。白髮餘光聊自惜，黃河倒影幾時清。胡床好盡南樓興，莫向西風動笛聲。

本真法師祈雨有感，兼美武綜[一] 理

高士西山有异書，流傳况是壁中餘。蛟龍悉聽仙官令，雷電能捎[二]旱魃除。歲稔便當期鼓腹，政成端欲賦隨車。衰年病骨渾無賴，一夜清凉入草廬。

【校】

[一] 綜：四庫本作"宗"。

[二] 捎：四庫本作"教"。

送薛君玉調江西憲掾

落花飛絮送殘春，濁酒清歌別遠人。憲府簿書淹歲月，宦途鞍

馬傍風塵。湖邊有宅栖徐孺，城裏無山隱子真。羡爾奮飛千里遠，嗟余落魄二毛新。

滁州書懷

自笑虛名欲避難，病容羈思厭儒冠。籠中藥石藏何用，囊裏詩書懶更看。莫怪楚囚終日泣，須知漢法有時寬。秋山滿目悲搖落，只有松筠傲歲寒。

滁州贈詹齊之

君趣[一]京國凡三仕，我向山林滯一生。放逐共爲千里客，囏危相倚十年兄。鏡中白髮年空老，囊裏黃金日漸輕。南望鄉關心已折，西風樹樹動秋聲。

【校】

[一]趣：光緒刻本作“趨”。

送張啟宗分題得“雲岩朝爽”[一]

仙岩上有白雲浮，爽氣朝來豁遠眸。群壑漸分初上日，兩峰高并欲凌秋。英靈未用譏塵俗，故老相期事釣游。幕下簡書何日静，同歌瑶草望滄州。

【校】

[一]四庫本題爲“送張啟宗分韵得‘雲岩朝爽’”。

送徐仲圭迴黃岩

詩書正氣有家傳，鄉邑皆稱孺子賢。千里趨庭秋似水，重闈戲彩日如年。天台鳳冗[一] 迎朝旭，九曲漁[二] 歌起莫烟。兩地平安報消息，燈花數夜照人眠。

【校】

[一] 冗：四庫本、光緒刻本作“穴”。

[二] 漁：四庫本作“魚”。

次趙聲遠韵

閑抱瑤琴入武夷，名山不隱復何之。五車舊富三冬學，一卷新題九曲詩。雕鶚漸衝霄漢遠，蜩蟬自送夕陽遲。君家清獻梅花在，靜對高標有所思。

次藍澗弟韵

儒臣遠奉聖明恩，苦憶山中賤弟昆。雕鶚秋風當嶺海，牛羊晚照隔鄉園。書來每嘆榮親晚，詩寄多題訓子言。與報平安藍澗竹，明年春雨又生孫。

八月離京兩得書，長空更有雁飛無。霜臺自聽烏啼早，蕙帳誰知鶴夢孤。秋盡湘潭催去節，雲開衡岳候征途。炎荒沐德雖成化，還想山中徑草蕪。

憶昨鳴驢谷口過，別來松菊意如何。一窗夜雨青燈在，兩地秋風白髮多。畎畝豈知鴻鵠志，山林自愛棣華歌。高風未泯柴桑近，相伴牛衣臥澗阿。

次韵張雲松

懷友[一]軒前百尺梧，每從清蔭共趨隅。學詩到老從[二]教拙，種藥扶衰自笑愚。高入天風鴻避弋，長鳴秋雨鶴將雛。甘同木石居貧賤，肯信寒松作大夫。

【校】

[一] 友：光緒刻本作“文”。

[二] 從：四庫本作“終”。

贈汪亦雪

三年無處問平安，一日相過死[一]地還。自說暫離人鮓甕，也知生出鬼門關。園林但入[二]中宵夢，塵土都非壯士顏。祇恐龍泉埋古獄，夜深紫氣斗牛間。

【校】

[一] 死：四庫本作“异”。

[二] 入：四庫本作“有”。

詹齊之訪予章屯別業，不值，有詩留題，次韵奉答之[一]

一自琅邪返故林，幾年種樹未成陰。買山得屋纔容膝[二]，愛竹臨軒自解襟。春雨桑麻連曉社，西風猿鶴共秋吟。扣戶忽聞張藉近，[三] 他日相期話此心。

野人自愛住雲林，客到開門掭綠陰。白帽有情應送老，綠尊無事且開襟。一川野水春鋤下，四壁秋風蟋蟀吟。共作故園松菊主，未慚元亮百年心。

【校】

[一] 次韵奉答之：四庫本作“次韵奉答”。

[二] 腜：四庫本、光緒刻本作“膝”。

[三] 扣户忽聞張藉近：四庫本作“忽聞張藉蓬門過”。

寄贈毛包二山人

五代范越鳳遷五夫翁墩山地，留記云：“下馬看，一千貫；不出一千貫，不用下馬看。”歷八姓，幾五百載，竟弗克葬。予家得之，遷二親安厝于彼，樹木長茂，皆南隣毛、包二山人力也。賦詩寄謝。

仙踪久閟白雲深，試考圖經下馬尋。開穴不知凡幾代，買山猶自説千金。秋風築壟增新土，春雨栽松接遠林。慚愧比鄰煩二老，長年培護綠成陰。

松菊軒雜咏後再賦《假山》一律

兒曹暫得應門閑，叠石分泉作小山。碧草只疑行處盡，白雲如在望中還。四時花竹多生意，一日塵埃亦強顔。昨暮得書猿鶴侶，種來桂樹已勝攀。

題《秋山訪隱圖》

草堂忽有故人尋，野店山橋轉石林。渺渺白雲行徑遠，蕭蕭黃葉閉門深。脫巾自漉床頭酒，賣藥新修壁上琴。世事匆匆良會少，一宵論盡十年心。

次張雲松《山行》韻

行上西峰眼界寬，白雲紅樹久盤桓。紉蘭自作幽人佩，拾橡還隨野老餐。秋盡未蘇南國瘴，日斜空覺北風寒。道人賣藥歸來晚，留宿松軒一榻安。

次雲松《題南山別墅》韻

紅塵不入種花源，白髮高居曝背軒。耕鑿誰知當世事，桑麻時共老農言。疏篁野水分三徑，古木寒烟自一村。昨夜故人來叩户，安排詩句對清尊。

小兒偶得予舊作數首，乃故友吳德明氏所録也，感而有作

數首殘詩豈足傳，十年往事亦堪憐。風塵不入仙岩裏，客路長侵海水邊。頗覺老來慚少作，亦知情好入吟編。秋山灑泪酬知己，一掬寒香薦石泉。

酬答啓東明上人詩畫之惠

上人自是賞[一]休徒，風雨重逢世事殊。竹寺每懷尊宿健，草堂能憶故人無。三年艾起烟霞疾，八法書存《竹石圖》。他日相思迴首處，白雲千丈一峰孤。

【校】

[一] 賞：四庫本、光緒刻本作“贊”。

甲寅[一] 仲冬，予攝官星渚，本邑判簿李公以催租入山，忽游武夷，予命小舟追之，不及。是夕，宿常庵。溪風山月，一時清興。王事靡盬，明日即附舟逆流而上。因憶曩時與石堂盧使君同游，放懷山水，一觴一咏，其樂不可復也。援筆書懷，遂成唐律二首

休日相期上翠微，出門頗覺事多違。小舟送酒來何及，獨騎看山去又歸。山月抱琴尋澗竹[二]，天風倚杖叩岩扉。烟霞一榻無人共，夢繞瑤臺跨鶴飛。

清溪九曲遂真游，已覺雲山笑白頭。緩彎未能隨後騎，叩舷聊欲借前舟。先朝故老偏相憶，此日虛名不自由。從事獨賢何足問，烟波慚愧舊盟鷗。

【校】

[一] 甲寅：光緒刻本作“丙寅”。

[二] 竹：四庫本作“水”。

賦梅杖[一]

剪得孤山最健[二]枝，老年筋力賴扶持。雪中拄去餘香在，月下携來瘦影隨。生長冰霜憐硬骨，摩挲苔蘚露蒼皮。仙人九節休相笑，也欲看山入武夷。

携得南枝拄白雲，天寒時復出柴門。交頭共倚春風力，到手還疑夜月痕。禹廟星霜空自化，葛陂雷雨未應存。老來只爲尋詩苦，踏雪明朝過遠村。

綠玉[三]新裁節節方，老年與爾共行藏。游山鹿豕休相訝，倚壁蛟龍恐欲翔。不用虛心隨石轉，自來直幹拂雲長。扶持莫問顛崖遠，但愧微踪久雪霜。

伐竹爲笻共我長，不煩繩削自然方。端形祇是生來少，直節誰憐老幹剛。拄過蒼苔窺鳥迹，踏殘黃葉出羊腸。此君盡力扶衰朽，一日平安不可忘。

【校】

[一] 光緒刻本題爲"賦梅杖、竹杖"。

[二] 健：四庫本作"舊"。

[三] 玉：四庫本作"竹"。

劉俊民鎮撫[一]自京回，趨會不及，詩以寄意

聞道回轅宿武夷，巾車晨出赴襟期。平安已驗從龜吉，進退誰

言履虎危。水驛梅花題壁處，山營柳色候門時。清談不肯留今夕，目送南雲有所思。

【校】

[一] 鎮撫：光緒刻本作“撫軍”。

題黃獻可所藏《魚樂圖》

春雲漠漠水平湖，掉尾揚鬐羨爾魚。自笑山林霅目短，不知江海萬形殊。桃花浦口鈎虛擲，蘆葉磯邊網自疏。歲久只愁頭角异，風雷相送上天衢。

寄陳德甫<small>三山府學訓導</small>

携手琅邪飲釀泉，別來書札罷流傳。三山海水連春樹，九曲仙岩隔暮烟。風景不隨人事异，老懷肯作冷灰然。何時烏石山邊屋，重看題詩憶惠連。

荒園有感

一片荒園戰伐餘，主人流落未安居。春來謾擬桑麻長，歲久誰將蔓草除。慨想農功難自弃，静看人事不如初。道傍[一] 時有栽瓜者，烟雨纔分半畝鋤。

【校】

[一] 傍：四庫本作“旁”。

卷　六

七言長篇

酬劉蘭室題墨菊扇寄惠

白團誰寫秋風曲，寄我茅齋掃炎燠。新紈皎潔一尺冰，濃墨淋漓數枝菊。摩挲雙眼老復明，興入東籬餐落英。蘇仙筆下雲霧濕，劉侯句裏烟霞清。一丘養拙南山側，敢擬柴桑舊時宅。清節雖[一]憐白髮翁，壯懷不倚黃金色。故人嘉惠[二]不可忘，永日清風吹我裳。長隨懷袖送月影，更入篋笥生虹光。

【校】

［一］雖：四庫本作"誰"。

［二］惠：四庫本作"會"。

題《秋山訪隱圖》

遙峰蒼蒼白雲白，紅樹黃花間秋色。三徑曾尋蔣詡居，一區尚憶楊[一]雄宅。十年不見鶴田翁，遠水長山入夢中。涼飆散策遠林靜，微雨濕衣空翠濃。先生見客幡然出，髮短眉長眼如漆。窮高極厚作千年，虛往實歸凡幾日。畫圖絕似鶴田秋，不許同行祇獨游。黃綺正須天子召，巢由底用世人求。

題歐陽楚翁《梅竹》畫

道人下筆天機熟，宋末元初寫梅竹。琅玕個個起中林，瓊樹娟娟在空谷。三花五蕊天然好，直節虛心^{［一］}肯相保。花光老可費經營，和靖子猷驚絶倒。兵戈流落存者稀，展玩茅屋生光輝。羅浮月色忽在手，渭川白雲隨我飛。此翁亦是英雄輩，事异時非聊自晦。百年翰墨可流傳，開圖静與儀形^{［二］}對。

【校】
［一］虛心：四庫本作"心虛"。
［二］形：四庫本作"刑"，光緒刻本作"型"。

題《春雨藍澗圖》

雲烟慘慘春林裏，風雨瀟瀟澗聲起。荷笠宜耕桑柘村，持竿欲釣桃花水。吾弟俊年多讀書，生怕軒冕來相拘。布衣擬就澗邊老，草坐似習山中癯。朝廷偶説通賢路，州縣臨門逼人去。秋天嶺海下鷹鸇，落日川源肅狐兔。清才直氣不入時，坐守古道衝危機。無人更掃藍澗屋，有墓已題春雨碑。

三山王子慶爲小兒作《藍原野牧圖》，題以長句

吾家舊號多牛翁，藍原水清春草豐。行鳴卧食各有趣，三三五五西復東。生兒十歲在空谷，未學詩書先學牧。鞭繩不廢亦不拘，

小笛能吹太平曲。浮雲千變世事殊，平坡遠近一牛無。官窺筋角盜窺肉，豈有風景如此圖。昨日買牛復耕計，一寸山田入租稅。農家漸少兵漸多，農兮牛兮竭爾力，既耕且種休蹉跎。

候劉蘭室不至

送君上京師，懷君來武夷。黃花開口向我笑，不肯握手趨東籬。草堂正在藍澗底，年年風雨花如此。架上殘編落蠹魚[一]，尊中濁酒軋浮蟻[二]。期君逾月君不來，日日鞍馬驅[三] 塵埃。軍符侯印生白髮，石田茅屋荒蒼苔。世上功名休便得，有子況能傳父職。倘入廬山訪社蓮，爲報陶潛久相憶。

【校】

[一] 落蠹魚：底本"落"字缺佚，"蠹魚"兩字漫漶不清，其中清抄本、光緒刻本僅存"□蠹魚"，僅四庫本完整，現據補。

[二] 濁酒軋浮蟻：底本漫漶，清抄本、光緒刻本作"濁酒乾□蟻"，僅四庫本完整，作"濁酒軋浮蟻"，現據補。

[三] 驅：底本漫漶，現據四庫本、清抄本、光緒刻本補。

《醉歌》一首送劉蘭室還建溪兼問蘇明遠椿桂

憶昔下馬扣我門，惠連種豆歸南村。脫巾漉酒共一醉，秉燭題詩期再論。人生安得長相見，世事誰知回首變。惆悵鴒原負急難，淒涼鶴髮甘貧賤。清尊重對黃花前，更爲後會知何年。菟裘問地君思隱，蛻骨名山吾欲仙。霞洲玉洞秋風老，更有何人拾瑤草。因君爲我問三蘇，墨池霜菊年年好。

余復嬰近以方壺所寫《大王峰》轉惠，暇日展玩，殊有幽趣，因題長句[一]

方壺畫山世有名，生紙一幅塗縱橫。孤峰倚天旭日上，危石拔地秋風生。壯游曾來拾瑤草，夢裏武夷青[二] 未了。紫陽五曲石門荒，金老三間茅屋小。興來放筆起層巒，萬仞嵯峨咫尺間。龍洞雲烟含宿雨，鶴壇星月滿空山。武林道士余三一，來謁[三] 松根講《周易》。十年不出鬢垂絲，九轉將成眼如漆。新圖千里寄神交，東南一柱青天高。願授神方服石髓，共聽仙樂鳴雲鏊[四]。閒窗持贈深有意，念我衰年住污[五] 世。便欲呼兒挽鹿車，從此相隨入蒼翠。

【校】

[一] 因題長句：四庫本作“因題”。

[二] 青：四庫本作“清”。

[三] 謁：四庫本作“憩”。

[四] 鏊：四庫本、光緒刻本作“璈”。

[五] 污：四庫本作“塵”。

范伯剛爲予作《翠屏別墅圖》，因賦《雲林茅屋歌》

我昔結屋依雲林，開窗正對浮雲岑。山花爛漫散春色，崖木慘淡垂秋陰。藍輿欲往空費力，十步五步還坐息。日斜又向茅屋歸，惆悵三年登未得。范寬生紙寫作圖，中堂忽見遥峰孤。白雲黃霧自舒卷，濕翠晴嵐時有無。半空石壁懸飛瀑，下有良田藝桑竹。買牛春雨早歸耕，莫遣兒孫忘鄉曲。

蘆[一] 峰絶頂阻雪，書寄雲松

昨日藍[二] 輿不得上，今日藍[三] 輿不得下。天花萬點散長空，白雲一片[四] 包青野。山空雨[五] 霽日色微，風前猶作落梅飛。閬風玄圃在人世，夜景若晝騰光輝。茅屋閉門愁出入，履破衣穿寒轉襲。揮豪[六] 三復白雪吟，手足凍僵才思澀。張老屏山賞又新，應披鶴氅對嶙峋。長篇短幅述清語，定有瓊瑤報故人。

【校】

[一] 蘆：四庫本作“廬”。

[二] 藍：四庫本、清抄本作“籃”。

[三] 藍：四庫本作“籃”。

[四] 片：四庫本作“月”。

[五] 雨：四庫本作“雪”，當是。

[六] 豪：四庫本作“毫”。

次國學生朱士堅《游武夷》韵[一]

春風吹船泛中流，千岩萬壑開滄洲。空林濕翠散晴旭，絶頂爽氣生清秋。皇華諮訪成幽趣，水木蒼蒼遠參互。鷗[二] 起如驚使節來，猿啼似怨山人去。隱屏峰下本[三] 林路，漁[四] 父壇邊文杏樹。草[五] 生書帶不多春，空與山麋野鹿鄰。杖藜或可共避世，拂衣誰是真知津[六]。羽人稀少雲邊住，迴首人間障塵霧。半夜松聲遠浦潮，終朝嵐氣前峰雨。金雞啼月響仙機，四海秋風豈不知。乘槎徑欲問織女，杼軸常空終自疑。靈芝仙草[七] 迷荒蘢，盡日盈襜采新綠。興盡重尋洞口回，詩成尚憶山中宿。清溪從此别漁樵，六翮仍

196

看上九霄。歸朝應傍薇花立，在野難歌桂樹招。故人張籍同官舍，倘問山林衰病者。食力非邀谷口名，灰心已入廬山社。

【校】

［一］四庫本題爲“又次國學生朱士堅《游武夷》韵”。

［二］鷗：底本、清抄本漫漶，光緒刻本作“鶴”，四庫本作“鷗”，似以“鷗”字爲佳，現據四庫本補。

［三］本：四庫本、清抄本、光緒刻本作“平”。

［四］漁：底本漫漶，現據四庫本、光緒刻本補。

［五］草：光緒刻本作“山”。

［六］誰是真知津：四庫本作“誰許是知津”。

［七］草：光緒刻本作“山”。

題雲松《九江秀色圖》方壺畫

淵明柳，太白松，九江千載生清風。後來張籍學稽古，志操却與前賢同。早年侍宦游閩中，白頭不歸鄉井空。長思故業勞夢寐，舊攬秀色延中胸[一]。琵琶亭，香爐峰，傷離恨別不足較，尋幽望遠將誰從？題書報[二] 小宋，揮筆煩壺公。青山白雲負輕策，落霞秋水浮孤蓬。昨日携圖來叩户，品題愧我非才雄。江山如此游不到，惆悵一生田舍翁。

【校】

［一］延中胸：四庫本作“積幽衷”。

［二］報：四庫本作“扱”。

雪中候雲壑不至，書懷兼柬雲松昆仲

卧病空山連日雪，崖谷平沉高石没。朝暉倚杖坐茅檐，夜氣擁爐消榾柮。兵選三丁壯者稀，衹餘翁媼守柴扉。秋霜早殺空晚稼，寒機盡用無冬衣。聽説誅求愈凄惻，轉憶承平樂耕織。暖入狐裘念苦寒，飽分玉食憐飢色。九折危途一道溪，故人相望阻攀躋。惜乏藍[一]輿度雪水，安得青鞋踏雪泥。

【校】

[一] 藍：四庫本、光緒刻本作“籃”。

白 雪 歌

南州大雪從來少，數日山莊三尺厚。一點游塵著處無，四檐明月連宵有。瓊樹應迷谷口樵，玉簑不脱溪邊叟。清池片石叠寒氈，遠岫疏松桰[一]禿帚。鳶肩獨聳費吟哦，鶴髮相輝惜衰朽。梅清竹瘦轉憑陵，鳥僕猿僵罷飛走。孤烟冷舍自無聊，横寶當途誰得取。宜消瘴癘拯群黎，忽報豐登隨衆口。高士軒中愛煮茶，將軍帳下催斟酒。種石辛勤璧在田，照書爛熳珠盈斗。陰崖北向雲影開，旭日東來澗聲吼。眼前光景漸消磨，石門天柱長迴首。

【校】

[一] 桰：四庫本、光緒刻本作“排”。

野 鷹 謡[一]

野鷹栖老江邊樹，整刷毛衣矜爪距。深林未見攫妖狐，近市且知爭腐鼠。天生羽族謂爾雄，爾德不肖形軀同。雲霄真骨死炎瘴，來者如斯往者空。

【校】

[一] 四庫本題爲“野鷹”。

198

惜 猫 怨

山人養貓俊而小，畏渴憐飢惜於寶。一鳴四壁鼠穴空，臥向花陰攫飛鳥。鄰家畜犬老更狂，狹路相逢力不當。吁嗟貓死難再得，惡物居然年命長。

重題虛白道院并序

吾弟虛白，居西山學道之七年，歲在庚寅，八月初四日，有羽士相過，蓬頭眇目，弊[一]衣破笠，杖懸藥瓢數十，鏗戛有聲。既至門相見，揖讓周旋之禮頗疏，供茶與粥俱不入口，翩然即辭而去。明日，鄉鄰有至山者云："昨日有一道人云自海上來，問西山路，去訪藍道人，投機一宿，不投機即行，沿途施藥，請服之者，病輒愈。"詢之數十里，聞同日俱見。[二]遂遍訪求之，竟無及矣。虛白不勝悵然，蓋其志勤於慕道，仙者特來觀察焉。後數年，虛白仙去，其事少知之者。暇日重過林下，有感前事，遂題長句，俾有志於道者，知學仙之不妄也。時戊午三月，藍山拙者書。

吾弟再來人，弱齡志神仙。師事月間老，辛苦二十年。丹書墨符役神鬼，白日青天致風雨。元陽真火分濟人，不俾世間羸瘵苦。西山松柏裏，先[三]人有舊廬。白雲長芝草，青霞護道書。林居圜屋奠八卦，草衣木食參玄化。宴坐靈龜息漸微，空歌白鶴飛初下[四]。青春三十功纍成，名列丹臺玉署深。蓬萊官府案行蜜[五]，特遣仙者來中林。瓢笠過門日當午，一語不合幡然去。杖藜揮袂風飄飄，迴首雲深不知處。微言至理豈易逢，仙緣尚隔一塵中。前程悵望鸞鳳遠，遺蛻偶與蛇蟬同。學仙求道難如此，拔宅徒勞慕劉許。我來撫景重興懷，滿林白石空延佇。

《放歌》一首效蘇仲簡

萬方一日綱紀新，四夷重譯來稱臣。白頭山癯驚且喜，托身兩代耕桑田[一]。桑田海水千年改，霜木晨星幾人在。老馬空嘶皁櫪間，驚鴻已出虞羅外。旁求郡[二]邑及山林，兵選三丁儒一丁。裂荷焚芰別山谷，帶牛佩犢趨邊庭。萬人坑平百草綠，風雨年年寡妻哭。縱有生還老退身，疾痰傷殘形不足。我生不預[三]功名期，先朝未壯今衰羸。夕陽漸挂首丘樹，當歌一放誰能悲？

悲 流 人

爲農未免租調瘝，從軍可辭刀箭痕。布衣一日任民社，鞭撻不救肌膚完。足兵足食萬世計，征衣戰甲無寧歲。但知城郭倍光輝，誰問閭閻久凋弊[一]。深機巧宦何爲者，暴虐施民自寬假。山頭白石城下泥，已有行人先問答[二]。前車後車相繼摧，滿山枯骨白成堆。

嗚呼！古人不可作，自書下考真賢哉！

盆栽海棠灌溉極力，秋後一花甚佳，因賦長句

海棠奇品生空谷，盆盎移栽近茅屋。春來稠疊試新花，秋去凋
零似枯木。化機偶出人力爲，甘雨不及流泉滋。老柯更潤轉青色，
新葉漸長含朱蕤。閑庭秋草萋更綠，一點猩紅耀晨旭。戲蝶頻驚榴
火然，飢禽側想櫻桃熟。野人病起霍目眵，終日對坐憑烏皮。禪窗
清净寶珠現，仙竈微茫丹粒遺。風吹露濕看更好，仿佛林塘殘月
曉。社日那無燕子來，早春合有游蜂繞。祇恐芳菲又變衰，西郊灝
氣重淒其。白頭惜花亦自惜，更有紅顔能幾時？

題南山秋色

憶昔弱冠心冥頑，趨庭侍訓溪南山。彩衣朝日動春色，[一] 蕙帳
秋風生夜寒。三年奔走衡湘間，候問寢食通平安。歸田在念竟莫
遂，陟岵引領空長嘆。結廬新阡植[二] 松柏，捧上[三] 涕淚垂泛瀾。
仙人怪我久不返，畫圖寄示青巑岏。雲霞隱映[四] 石崖紫，霜露點
染楓林丹。舊時猿鶴良有待，向夕漁樵相與還。催呼僮僕輿[五] 老
母，杖藜入谷尋柴關。躬耕力學企先志，絕頂爽氣窮躋攀。

[二] 植：四庫本作“陟”。

[三] 上：四庫本、光緒刻本作“土”。

[四] 隱映：四庫本作“映隱”。

[五] 輿：四庫本作“與”。

題馬大使《青城山圖》[一]

青城丈人高入雲，野老未識應先聞。畫圖朝開拭我目，興入深谷窮其源。四川號雄觀，五嶽爭推尊。在昔[二] 漢季老仙伯，燒丹井竈今仍存。二十四治屬呵禁，鬼魅不得侵人群。後來肥遁更多士，采芝斸藥深林裏。樵夫誤到老人村，世代流傳[三] 長孫子。馬卿食祿東南隅，思山願乞明年歸。祇今聖代重養老，春風會送斑斕衣。

【校】

[一] 四庫本題爲“題馬大使《青城圖》”。

[二] 在昔：四庫本作“昔在”。

[三] 流傳：四庫本作“傳流”。

附録一

《明史・藍仁藍智傳》

藍仁，字静之。弟智，字明之。崇安人。元時，清江杜本隱武夷，崇尚古學，仁兄弟俱往師之，授以四明任士林詩法，遂謝科舉，一意爲詩。後辟武夷書院山長，遷邵武尉，不赴。内附後，例徙濠梁，數月放歸，卒。智，洪武十年被薦，起家廣西僉事，著廉聲。

附録二

明張槃藍山詩集序[一]

崇安自元初以來，宿儒遺老頗從事於詩學，其體製音節猶不能脫晚宋之習。至清碧杜先生隱居平川，敦尚古學，登其門而一變者，邑人藍靜之先得之。靜之早年即好吟咏，長篇纍牘不吝於作。及見先生，先生授以四明任松鄉詩法及德機、仲弘諸大家機軸，歸而焚弃舊稿，屬志盛唐以歸於老杜，刻苦煅煉，不合於尺度不止。四方文士過是邑者必之靜之氏，與之倡和，無不許可。予初入閩，首與靜之定交，俱事杜先生。予方事科舉，不得相從於是，而亦未嘗不歆羨之也。及亂作兵興，靜之纍經險阻，凡時事之乖離，景物之變遷，每憤惋感激，發於歌咏，又不偶于時，獨與其弟明之，更相切磋林壑之間，塤箎迭奏，宮商相宣，自有其趣也。乾旋坤轉，而靜之有遠行之役。隨群逐隊，出閩關，歷吳楚，入淮泗，止於琅琊者，數月始得放還。往返數千里間，山水[二]之美惡，城郭之是非，丘墟榛莽，蒼烟夕曛，虎嘯猿啼，悲笳戍鼓，觸目感懷，形於聲嗟氣嘆者，不少矣。由是，其詩騰踔汗漫，幽眇盤鬱，回視昔日，胸中何啻吞八九雲夢耶！歸來故園，遺遠塵事，角巾藜杖，往來于山南山北，登山臨水以自適，而獨於詩尤酷嗜不置。予以衰老抱病，志氣萎薾，無復留意于文墨間。間獨與靜之會合，必出所作，相與諷咏而評之。其用意淑婉，人莫能測。而予以舊好未忘，頗能識其仿佛，而靜之亦以予爲知音。其子仲穆，好學不倦，能世其業，嘗裒輯乃父平昔所作，以類成編，携以示余，令識其端。予喜而誦之，爲之擊節，終卷而言曰："靜之之詩，居平時則優柔而冲澹，處患難則憤激而憂思，交朋友則眷戀而情深、箴規而意篤，不怒罵，不諛諂，不蹈襲以掠美，不險怪以求奇，麗則而不苟，雋永而有餘，深得詩史之遺意，而時人豈能盡識之耶！"仲穆謹櫝而藏之，以俟夫好者而傳焉。敬三復而題其後，歲在旃蒙單閼中秋月，雲松樵者張榘序。

明蔣易藍山集序[一]

詩之爲用，大可以歌頌功德，小可以吟咏性情。若夫美教化，移風俗，猶詩之近效。至於動天地，感鬼神，則詩之極功也。夫豈小道哉！亦豈易言哉！孔子曰："小子何莫學夫《詩》？"則《詩》之爲教，至切且要。故又興《詩》居禮樂之先，可不務乎？然古《詩》三百篇，不皆作于公卿大夫，《考槃》《衡門》，則賢人窮處；《鴇羽》《蓼莪》，則孝子思養；《谷風》《綠衣》，則夫婦失道；《東山》《采綠》，則男女怨曠。雖所感不同，而比興兼有。至於"發乎情，止乎禮義"，則先王之澤浹乎人心，此所以非後世之所能及也。後世不能及，則先王之澤斬矣。友人藍靜之，自予未相識時，清辭麗句，人已傳誦。及既定交，則知昆仲切磨，塤篪迭奏，和平雅淡，辭意融怡，語不雕鎪，氣無脂粉，皆出乎情性之正，而召太平之風。又惜其不列承明著作以歌頌功德，而止于登山臨水，長嘯興懷，美景良朋，賡歌互答也。今其弟明之，方爲朝廷登用，持節廣海，所歷益廣，所著益多，予嘗序其行稿。而靜之浮湛閭里，傲睨林泉，有達士之襟懷，無騷人之哀怨。雖屢更患難而心恒裕如，則先王之澤深，而君子之德弘矣。孔子所謂“可與言《詩》者”，其在斯人歟！靜之往年[二]，以《藍山集》來示，讀之有契於予心。予固喜吟者，然景迫桑榆，年侵耄耋，無復曩時之情思。靜之年猶未艾，進猶未止，雖不獲歌《鹿鳴》，頌《清廟》，鳴榔《擊壤》，要皆治世之音也。橘山真逸蔣易序。

【校】

[一] 此標題爲整理者所擬。底本、清抄本均無標題，四庫本、光緒刻本未收本序。

[二] 年：清抄本作“舉”。

明倪伯文武夷藍静之先生詩集序[一]

吾嘗愛杜甫氏之言曰：“讀書破萬卷，下筆如有神。”又曰：“許身一何愚，竊比稷與契。”未嘗不然[二] 其志之大，言之高，宜爲百代詩人之宗也。觀其際唐升平，未久遽遭離亂，恨不得身爲稷契，致君堯舜，使綱倫大明於天下，而四海皆豐富之民，則唐之天下又安有亂亡愁苦之患哉！其志不遂，乃以破萬卷如神之筆，發而爲變風變雅之大音遺響，以鳴其忠君愛國思古傷今之情。其志大言高蓋如此哉！前乎杜者，自楚騷以及兩漢、魏、晉、宋、齊、梁、陳、隋諸作，此少陵之所以取材者也。後乎杜者，唐宋迄金，數百家之體製，各擅所長，多取則於少陵者也。元興，而趙子昂氏之詩倡其始，虞、楊、范、揭躡其後，諸作雖互有涉灑得失，而皆無愧於盛唐仙酒之才，超宗太白大家之什，規準少陵聲音之道，與政通而知者鮮矣。

予寓武夷之九載，一日，有藍氏之四賢良曰榦、顧、栻、操者，袖其先祖靜之先生詩集一編，揖余而請曰："先君子仲穆不幸，思世家學而早亡。嘗類集先祖之詩，分爲五七言絕句與律古，選長歌六百餘篇，欲刊而未果。榦也，敢忘繼述？將鋟諸梓以續先志於無窮，亦孝子慈孫之所當爲者也。願干一言爲之序。"予受而熟味之，則灑[三]有得乎杜之情[四]律，而能參錯諸家者。念靜之際元盛時之日淺，而遭其兵亂之日多，獨能顯其詩聲以鳴其不幸。其關涉世運，有補風化甚多。詩可以興，可以觀，不其信歟？且與杜甫氏所值夷險之時，有不約而合者。先生之詩用意精苦，而各造乎平淡，鍛煉老健而一本真淳，高簡而蘊美麗之風，幽深而寓疏散之趣，亦山林有志之士而不偶於時者也。傳播寰中，自有警語以膾炙人口，奚竢余評？特重榦之諸昆季能以顯親揚名爲孝，則靜之先生必含笑於九泉之下曰"吾有孫矣！"，而能發潛德之幽光於我皇明，煥敷治教，惟新之日，斯豈無所待歟？且夫嗇於前者，必有豐於後。晦於始者，必有顯於終。干星之劍終必出豐城而爲人間之寶玩也。況聞先生二弟，曰宜之者，妙仙學而坐解于[五]西庵之一圈；曰明之者，富儒聲而仕終于[六]廣西之僉憲。一家英氣於斯見之。而先生心迹已概見於蔣、張二遺老之文，乃書是語於集端，以歸諸先生四賢孫以成其顯揚之志云。時大明洪武庚辰[七]歲花晨日武夷文學西江老吉水倪伯文序。

【校】

[一] 此標題爲整理者所擬。四庫本未收本序。

[二] 然：光緒刻本作"知"。

[三] 瀾：光緒刻本作"深"。

[四] 情：光緒刻本作"法"。

[五] 于：光緒刻本作"於"。

[六] 于：光緒刻本作"於"。

[七] 洪武庚辰：考洪武無"庚辰"，時已爲"建文二年"。

明陳璉武夷藍靜之先生詩序[一]

詩自三百篇至于盛唐，幾二千餘載，而其體之變不一，有《離騷》，有漢魏六朝，有盛唐。唐之詩人無慮數百家，而以杜少陵爲首。稱者以其能兼衆體，有一飯不忘君之忠也。後世言詩，必欲如《風》《雅》，如《離騷》，如漢魏，如六朝，如盛唐，有能得其彷彿者幾人哉？然作詩之道，要歸乎可興、可觀、可群、可怨而已，不必論其世也。建寧崇安藍先生靜之，學行甚高，夙有用世之志，與其弟明之，俱有詩名。後登清碧杜先生之門，獲聞先輩作詩之法，大有所悟，遂弃舊習，力追盛唐而宗少陵。無何，遭元鼎之沸，八閩繹騷，絕意仕進。與明之栖遁岩谷，更倡迭和，消遣世慮，凡風雲、雨露、烟霞、雪月、林泉、木石、魚蟲、鳥獸，以及動作、食息、人事、世故，與悲歡、憂樂、忠憤、感激一於詩發之，猶梓匠斫輪規圜矩方，靡不合乎度；猶伶倫調律，宮宣商協，靡不應乎節。由其學之審，蓄之厚，故發之無不平，蓋有少陵遺風。讀其詩者，亦足以知其志之所存，術之所至，而惜其時之不遇也。明之在國朝洪武初應詔擢廣西僉憲，得以吐胸中之奇以鳴盛治，殆無負平昔所學。而靜之已志不獲少展，厥志以隱淪終，然而詩名章章[二]，豈不足以傳世乎？其子仲穆嘗彙所作，得六百餘首，未及板行而歿。諸孫幹等始克鋟梓以傳，[三] 而蔣易、張榘、倪伯文諸先輩序之已詳。今崇安邑宰麗水金君懷復以書來請序其端，可謂不沒人善，而知所重，皆可書也。是爲序。

正統二年丁巳秋八月朔

嘉議大夫、禮部左侍郎羊城陳璉

【校】

［一］此標題爲整理者所擬。四庫本未收本序，清抄本僅收部分内容。

［二］章章：光緒刻本作“彰彰”。

［三］“宮宣商協”至“諸孫幹等始克鋟梓以傳”，清抄本未載録。

附録三

底本所存提要

朱竹垞云：二藍學文於武夷杜清碧，學詩於四明任松卿，其體格專法唐人，間入中晚。蓋十子之先，閩中詩派實其昆友倡之。藍澗仕而藍山隱。

藍山、藍澗爲元遺逸，詩筆超妙，凡選元明人詩，皆采擷，爲閩人之冠。惜刻本流傳甚少，世目所見，僅於選本誦讀。此爲明刻本。又文瑞樓舊藏，後歸李嘗生教授，尤可寶也。

四庫全書總目藍山集提要

藍山集六卷永樂大典本

明藍仁撰。仁，字静之，崇安人。《明史・文苑傳》附載陶宗儀傳末，稱元末杜本隱居武夷山，仁與弟智往師之。授以四明任松卿詩法，遂謝科舉，一意爲詩。後辟武夷書院山長，遷邵武尉，不赴。又稱其明初内附，隨例徙臨濠，則必嘗仕張士誠。又集中有《甲寅仲冬攝官》詩，甲寅爲洪武七年，則放歸又嘗仕宦，特其始末不可考耳。仁詩規摹唐調，而時時流入中晚。蔣易作是集序稱其"和平雅澹，詞意融怡，語不雕鏤，氣無脂粉，出乎性情之正，而有太平之風，惜其不列承明著作，浮湛里闬，傲睨林泉，有達士之襟懷，無騷人之哀怨，即屢更患難，而心恒裕如。要其所作，皆治世之音也”。雖推之稍過，實亦近之。閩中詩派，明一代皆祖十子，而不知仁兄弟爲之開先，遂没其創始之功，非公論也。《明史·藝文志》載仁集六卷，朱彝尊作《明詩綜》時猶及見之，今外間絶少傳本，杭世駿言吳焯家有之。語詳《藍澗集》條下。然吳氏藏書，今進入書局者未見此本，其存佚不可知，恐遂湮没。謹從《永樂大典》中采掇裒輯，得詩五百餘篇，仍釐爲六卷，以符原目，著之於録焉。

清朱彝尊《静志居詩話》卷四“藍仁”条

藍仁，字静之，崇安人。明初内附，隨例徙濠。尋放還。有《藍山集》。

二藍學文於武夷杜清碧，學詩於四明任松卿，其體格專法唐人，間入中晚。蓋十子之先，閩中詩派實其昆友倡之。藍澗仕而藍山隱。其《戲題絶句》云：“朝野文章自不同，壞歌何敢敵黄鐘。山林別有鈞天奏，長在松風澗水中。”然其《述懷詩》云：“無才甘下位，有識笑庸人。”又云：“何事漁磯弃，空煩鵲印隨。”又有《甲寅仲冬攝官》詩題，則静之亦不終於山林者也。集有蔣易、張棨二序。易字師文，自號橘山真逸，嘗選《皇元風雅》，予有其書。棨字孟方，自號雲松樵者，静之贈詩云：“文宗曾子固，篆逼李陽冰。”惜其著作罕傳矣！

又云網巾之制：相傳明孝陵微行，見之於神樂觀，遂取其式頒行天下。冠禮加此，以爲成人，三百年未之改。然題咏者寡，獨藍静之有三詩，予録其一焉。其詞云："白頭難掩雪霜踪，纖手穿成絡索同。映帶暮年微矍鑠，遮藏秋色久蓬鬆。牽絲衹訝蛛臨戶，覽鏡翻愁鶴在籠。便與黃花相見好，不愁破帽落西風。"其二詩《謝劉蘭室見惠而作》，一云："故人於我最相親，分惠青絲作網巾。鏡裏形容加束縛，眼中綱目細條陳。少遮白髮安垂老，轉襯烏紗障俗塵。更與簪冠藜杖稱，世間還有葛天民。"一云："故人念我鬢毛疏，結網裁巾寄敝廬。白雪盈簪收已盡，烏紗著紙畫難如。門臨寒水頻看鏡，籬掩秋蓬不用梳。昨日客來應怪問，衰容欲變少年餘。"

藍澗集

〔明〕藍智 著 王志陽 點校

目　録

卷　一

五言律詩

郊居 ………………………………………………… 235

山中作 ……………………………………………… 235

草堂群木爲亂兵所伐 ……………………………… 235

雲壑見訪 …………………………………………… 236

九日病中 …………………………………………… 236

宿靈峰館 …………………………………………… 236

徐雪舟爲畫《藍澗草堂圖》 ……………………… 236

經石堂追懷盧使君 ………………………………… 237

春日憶延平舊游寄嚴漢村 ………………………… 237

春日感懷 …………………………………………… 237

兵後歸西山二首 …………………………………… 237

贈黄道士 …………………………………………… 238

復歸西山作 ………………………………………… 238

復古道院作 ………………………………………… 238

秋雨 ………………………………………………… 238

晚步 ……………………………………………………… 239

秋夕懷雲松先生 ………………………………………… 239

山中夜坐懷鶴田先生 …………………………………… 239

在野 ……………………………………………………… 239

藍澗草堂雜詩四首 ……………………………………… 240

聞藍山兄寓滁州 ………………………………………… 240

登鳳林寺鐘樓作 ………………………………………… 240

懷藍山兄淮上 …………………………………………… 241

夜歸西山 ………………………………………………… 241

山中漫題五首 …………………………………………… 241

山中作 …………………………………………………… 242

秋日游石堂奉呈盧憲簽五首 …………………………… 242

雪後舟泊武夷 …………………………………………… 243

贈程芳遠入山 …………………………………………… 243

題芳遠所藏《秋江濯足圖》 …………………………… 243

建溪 ……………………………………………………… 244

順昌道中 ………………………………………………… 244

送別趙子將 ……………………………………………… 244

秋夕懷張山人 …………………………………………… 244

讀虞范詩有感 …………………………………………… 245

暮雨 ……………………………………………………… 245

雪中送舒文質歸廣信 …………………………………… 245

挽趙子將三首 …………………………………………… 245

送別歐陽雪舟 …………………………………………… 246

寄題余復嬰茅屋 ………………………………………… 246

挽黃存齋先生 ⋯⋯⋯⋯⋯⋯⋯⋯⋯⋯⋯⋯⋯⋯⋯ 246

寄雲松先生隱居五首 ⋯⋯⋯⋯⋯⋯⋯⋯⋯⋯ 246

懷川晚立 ⋯⋯⋯⋯⋯⋯⋯⋯⋯⋯⋯⋯⋯⋯⋯⋯⋯ 247

下梧州作 ⋯⋯⋯⋯⋯⋯⋯⋯⋯⋯⋯⋯⋯⋯⋯⋯⋯ 247

宿蘇橋驛 ⋯⋯⋯⋯⋯⋯⋯⋯⋯⋯⋯⋯⋯⋯⋯⋯⋯ 248

柳城道中作 ⋯⋯⋯⋯⋯⋯⋯⋯⋯⋯⋯⋯⋯⋯⋯ 248

早春寄同志 ⋯⋯⋯⋯⋯⋯⋯⋯⋯⋯⋯⋯⋯⋯⋯ 248

秋憶西山草堂二首 ⋯⋯⋯⋯⋯⋯⋯⋯⋯⋯⋯ 248

宿嚴灘作 ⋯⋯⋯⋯⋯⋯⋯⋯⋯⋯⋯⋯⋯⋯⋯⋯⋯ 249

發錢塘江上 ⋯⋯⋯⋯⋯⋯⋯⋯⋯⋯⋯⋯⋯⋯⋯ 249

將泛湖南還鄉，不遂，悵然有作 ⋯⋯⋯⋯ 249

浮大江之廣西途中作 ⋯⋯⋯⋯⋯⋯⋯⋯⋯ 249

浮江望淮上作 ⋯⋯⋯⋯⋯⋯⋯⋯⋯⋯⋯⋯⋯ 250

書懷酬孟原僉憲 ⋯⋯⋯⋯⋯⋯⋯⋯⋯⋯⋯⋯ 250

采石和孟原僉憲作 ⋯⋯⋯⋯⋯⋯⋯⋯⋯⋯⋯ 250

采石舟中寄子正僉憲 ⋯⋯⋯⋯⋯⋯⋯⋯⋯ 250

過太平州作 ⋯⋯⋯⋯⋯⋯⋯⋯⋯⋯⋯⋯⋯⋯⋯ 251

觀音岩 ⋯⋯⋯⋯⋯⋯⋯⋯⋯⋯⋯⋯⋯⋯⋯⋯⋯⋯ 251

霆劍峰 ⋯⋯⋯⋯⋯⋯⋯⋯⋯⋯⋯⋯⋯⋯⋯⋯⋯⋯ 251

宿蘭溪口 ⋯⋯⋯⋯⋯⋯⋯⋯⋯⋯⋯⋯⋯⋯⋯⋯⋯ 251

恭城縣 ⋯⋯⋯⋯⋯⋯⋯⋯⋯⋯⋯⋯⋯⋯⋯⋯⋯⋯ 251

晚立懷友 ⋯⋯⋯⋯⋯⋯⋯⋯⋯⋯⋯⋯⋯⋯⋯⋯⋯ 252

曉起 ⋯⋯⋯⋯⋯⋯⋯⋯⋯⋯⋯⋯⋯⋯⋯⋯⋯⋯⋯ 252

雪曉 ⋯⋯⋯⋯⋯⋯⋯⋯⋯⋯⋯⋯⋯⋯⋯⋯⋯⋯⋯ 252

過雲洞嶺 ⋯⋯⋯⋯⋯⋯⋯⋯⋯⋯⋯⋯⋯⋯⋯⋯⋯ 253

溪橋晚立 ……………………………………………………… 253

宿賀州黃家洞瑞岩寺，清溪茅屋悠然，有故山之景 ……… 253

賀州道中 ……………………………………………………… 253

題道傍樹 ……………………………………………………… 254

旅寓 …………………………………………………………… 254

夜雨 …………………………………………………………… 254

贈隱者 ………………………………………………………… 254

溪上 …………………………………………………………… 255

雨中 …………………………………………………………… 255

藍澗雜詩五首 ………………………………………………… 255

蒼梧夜坐 ……………………………………………………… 256

分巡柳慶，出城，別憲司諸公 ……………………………… 256

入慶遠江上作 ………………………………………………… 256

柳隘嶺上 ……………………………………………………… 257

曉行望山上人家 ……………………………………………… 257

曉發江上 ……………………………………………………… 257

下融江 ………………………………………………………… 257

柳城縣 ………………………………………………………… 258

出雲藤驛 ……………………………………………………… 258

遷江道中作 …………………………………………………… 258

賓州九日作 …………………………………………………… 258

憶鵝湖寺 ……………………………………………………… 259

宿陽朔山寺 …………………………………………………… 259

象州江上 ……………………………………………………… 259

來賓縣曉發 …………………………………………………… 259

秋盡 ·· 260

柳州道中 ·· 260

過諸葛古城 ·· 260

平南江上作 ·· 260

望江上人家作 ··· 261

秋夕懷武夷舊業 ·· 261

江上別故人 ·· 261

寄衡山曹伯大茂才 ·· 261

雨中同孟原僉憲登嘉魚亭 ··· 262

挽盧使君 ·· 262

時事 ·· 262

寄鉛山詹九夫二首 ·· 264

題武季遠《竹木圖》 ··· 264

所業《春秋》經傳皆爲兵燹，有感而作 ································· 264

卷　二

七言絶句

紀事 ·· 265

莫春懷李孟和 ··· 265

山行雨中 ·· 265

溪上 ·· 266

旅邸偶成 ·· 266

題《篁棘幽禽圖》 ·· 266

風雨驢上三首 ··· 266

山中 …………………………………………… 267

題李息齋《墨竹》 ……………………………… 267

題《蜀江雨霽圖》 ……………………………… 267

題《湖山秋意圖》 ……………………………… 268

江上對雨 ………………………………………… 268

姑蘇河上作 ……………………………………… 268

丹陽縣道中 ……………………………………… 268

江上看晚山憶方壺高士 ………………………… 268

戲題臨賀公館檿樹 ……………………………… 269

元日賀州公館 …………………………………… 269

秋江雲樹圖 ……………………………………… 269

桂林見梅 ………………………………………… 270

春日試筆 ………………………………………… 270

春日融州城南省風俗 …………………………… 271

春日草堂 ………………………………………… 271

癸丑元夕柳州見梅憶澤 ………………………… 271

憶故園叢竹 ……………………………………… 272

憶橘樹 …………………………………………… 272

春日憶草堂 ……………………………………… 272

江上望群山十首 ………………………………… 272

江上晚景 ………………………………………… 274

江上夜作 ………………………………………… 274

折杜鵑花 ………………………………………… 274

懷山中 …………………………………………… 275

題《宣和御馬》 ………………………………… 275

題藤州江月樓 ································· 275

雨中上龍門江 ································· 275

爲任濩題《墨梅》 ···························· 276

卷　三

七言律詩

武夷道中寄山中道友 ····················· 277

九日西山懷虛白先生 ····················· 277

寄張孟方 ··································· 277

題屏山劉氏 ································· 278

奉寄陳景忠都司 ··························· 278

同程芳遠游東林寺 ························· 278

寄武夷張郭二山人 ························· 279

幔亭峰 ····································· 279

舟次北津，奉寄李復禮、葛元哲二先輩 ······· 279

春日 ······································· 279

莫春奉懷李葛二先生 ····················· 280

中秋之夕有懷天游舊游并郭山人 ··········· 280

寄張茂叔 ··································· 280

偶題二首 ··································· 281

游東林寺 ··································· 281

送野士弘狀元扶侍還京 ··················· 281

送王仲京航海趨京 ························· 282

莫春雨中偶成 ····························· 282

望止止庵雪舟高士 ……………………………… 282

秋夕懷王長文 ……………………… 283

岩居雨中答黃仲言 ……………………… 283

游天壺道院呈周叔亮憲僉 …………………………… 283

寄李謹之 ……………………………… 283

福州道山亭即景 ……………………… 284

送王共之歸永嘉 ……………………… 284

送盧憲副持節海南 …………………… 284

挽盧憲付卒于海北 ………………… 285

癸卯元日試筆 …………………… 285

藍原道中 ………………………… 285

謝賈參政薦儒職 ………………… 285

送京學危提舉奉旨代祀文公祠墓加封齊國文公 …………… 286

檢舊書有感 …………………… 286

答蕭子仁 …………………………… 286

兵後窺小園 ……………………… 287

拜虛白塔 ……………………… 287

寄陳朝玉 ……………………… 287

寄余員外從善 ………………… 287

病中作 …………………………… 288

病中懷李孟和 ………………… 288

寒夜作 …………………………… 288

題董氏野亭 …………………… 289

舟泊延平懷劉仲祥 …………… 289

答劉仲祥見貽之作 …………… 289

懷三山舊游三首 ·············· 290

破屋二首 ·············· 290

寄伯穎元帥并問訊鄭泉州 ·············· 291

寄嚴漠材買鹽南劍 ·············· 291

七月廿八夜，同巢翁、石父燕集玄都道院。是日，雷雨晝晦，
　　既夕，星月爛然，席上作 ·············· 291

懷友人 ·············· 292

和友人見寄 ·············· 292

巢雲亭 ·············· 292

寓秦石村作 ·············· 293

喜南鄰携酒至 ·············· 293

贈劉彥炳典籤從軍南劍 ·············· 293

書田舍壁 ·············· 294

三月晦日追餞劉典籤，舟發不及見，賦詩代簡 ·············· 294

游井水原寄劉士元、熊孟秉 ·············· 294

秋日酬李孟和廣文并問候鶴田先生 ·············· 295

山中答友人 ·············· 295

經杜徵君故居 ·············· 295

九日西山燕集，次靖之韵追懷虛白高士 ·············· 295

寄劉仲祥山長 ·············· 296

送夏志衡檢校赴省兼柬藍仲晦 ·············· 296

寄黃慎之提舉 ·············· 296

乙巳春日寄呂海月宣慰、董天麒二帥 ·············· 297

寄野士弘、壽南山二左司 ·············· 297

次梁天《與峻德郎中游武夷》韵三首 ·············· 297

寄陳景忠提舉 ················· 298

經郭先生平川舊居 ············· 298

寄劉典籤 ··················· 298

秋陰嘆 ···················· 299

答海月大師貽詩問訊 ··········· 299

雨中喜劉俊民、孔克遜相過 ······· 299

七月廿八日待詔奉天門下 ········· 300

八月二日觀祠后土，和鄭士文韵 ····· 300

客舍雨中 ··················· 300

八月十三日早，上御奉天門選注儒士。是日，膺廣西之命 ···
··· 301

送霍拱辰歸建安 ··············· 301

金陵望鳳皇臺 ················ 301

送鄭士文僉憲山東 ············· 301

送陳孟隆僉憲廣東 ············· 302

泊舟九江 ··················· 302

廬山咏懷古迹 ················ 302

九月八日巴河阻風，答孟原僉憲 ····· 302

九日黃州作并懷建上二友 ········· 303

懷鶴田先生 ················· 303

正月二日答諸公見贈之作 ········· 303

姑蘇懷古 ··················· 303

江上懷二兄 ················· 304

夜泊武昌城下 ················ 304

漢江晚望有懷藍山伯兄 ·········· 304

金州上湘原作寄張觀復、李子上 …………………… 304

湘山寺飛來石 ……………………………………… 305

過雲洞嶺宿莫村田家 ……………………………… 305

望廣東附家書不至 ………………………………… 305

桂林官舍奉寄雲壑山人 …………………………… 305

蒼梧虞帝廟 ………………………………………… 306

嘉魚亭 ……………………………………………… 306

答藍山兄 …………………………………………… 306

五夫新阡圖 ………………………………………… 307

吳山懷古 …………………………………………… 307

同袁景升經歷游武夷 ……………………………… 307

平林精舍同劉彥炳賦 ……………………………… 307

過杜先生草堂 ……………………………………… 308

寄余煉師居玉蟾丹室 ……………………………… 308

寄牛牧子 …………………………………………… 308

武夷答鍾僉憲二首 ………………………………… 308

送張伯升回桂林 …………………………………… 309

封陽驛 ……………………………………………… 309

懷川道中 …………………………………………… 309

宿開建江上懷閩中故人 …………………………… 310

分巡梧州，奉簡王胡二僉憲 ……………………… 310

吕仙亭 ……………………………………………… 310

老君洞 ……………………………………………… 310

梧州歸，至龍門驛作寄諸同志 …………………… 311

風雨上馬峽寄孟原僉憲 …………………………… 311

莫春憶草堂示澤 ……………………………………… 311

夜坐憶西山草堂寄彭山人 ……………………………… 312

崖頭神女廟祈雨，同明遠憲使登劉仙岩賦 …………… 312

桂林病中作 …………………………………………… 312

懷西山草堂二首 ……………………………………… 312

寄衡山李中卿 ………………………………………… 313

聞危太樸大參閑居淮西 ……………………………… 313

題茅山道士張伯雨詩卷 ……………………………… 313

寄贈璋上人 …………………………………………… 314

寄歐陽雪舟高士 ……………………………………… 314

寄方壺高士 …………………………………………… 314

寄泉峰純一處士 ……………………………………… 314

懷草堂二首 …………………………………………… 315

入義寧山中 …………………………………………… 315

三月晦日江上作 ……………………………………… 315

再經蒼梧，雨中 ……………………………………… 316

柳州懷古 ……………………………………………… 316

聞張志道學士旅櫬自安南回 ………………………… 316

秋夕誦杜先生詩 ……………………………………… 316

七夕垂月下懷遠江作 ………………………………… 317

十月五日夜柳城夢草堂 ……………………………… 317

入古縣望群峰作 ……………………………………… 317

天河作 ………………………………………………… 318

鄂渚泊舟 ……………………………………………… 318

蒼梧遇葉僉憲 ………………………………………… 318

煉藥齋中，喜明遠憲使相過 ································· 318

出南寧留別子啟僉憲、楊經歷 ························· 319

陽朔江上 ··· 319

昭潭雨中作寄同志 ······································· 319

《對海樓圖》一首 ··· 320

寄張雲松 ··· 320

莫春江上看白髮 ··· 320

潯洲道中寄葉王二僉憲 ··································· 320

到梧州知子啟僉事已先上平樂寄此 ················· 321

余家草堂前手植叢竹已生二笋，別來三載，今想成林矣。客中
感物而作 ··· 321

懷西山草堂奉柬山中二兄 ······························· 321

元日新春試筆 ··· 322

《麻原歸隱圖》爲程伯崇提學賦 ······················· 322

鶴田先生壽日客中有詩寄賀 ···························· 322

寄謝王翰林子充 ··· 322

答黃彥美總帥 ··· 323

送劉典籤歸武夷 ··· 323

九日建安開元寺登高得“微”字韵 ···················· 323

西山修竹已爲軍兵所伐 ··································· 323

畬陳道原見寄山居詩韵 ··································· 324

春日懷蕭抱灌 ··· 324

倪仲豈編修、陳景忠教授有約不至，以詩寄之·········· 324

贈壽南山邑長 ··· 325

寄賈樞密 ··· 325

寄董僉樞 ·· 325

挽張執中煉師 ·· 325

龔士顯招飲，云有歸意，偶成一律寄謝，并呈庭實掾史 ······
··· 326

寄程伯萊教授 ·· 326

卷　四

五言古詩

《德齋》詩爲林左司賦 ································ 327

伯氏南浦運糧未歸 ···································· 327

擬貧士二首 ·· 328

述懷二首 ·· 328

秋山懷友 ·· 329

《述懷》一章贈李孟和文學 ···························· 329

少年行 ·· 329

客建上將歸山中，留別劉典籤 ························ 330

歲飢 ·· 330

宿田家望武夷山 ······································ 331

莫宿田家作 ·· 331

奉寄龍虎外史雪舟 ···································· 331

正月十四日西山感興 ·································· 332

題劉立道都事《光塵隱居卷》 ························ 332

述懷 ·· 333

贈青蓮居士 ·· 333

奉酬一上人病中見寄 ┈┈┈┈┈┈┈┈┈ 334

贈南山進士赴邵武録事 ┈┈┈┈┈┈┈┈ 334

飲酒 ┈┈┈┈┈┈┈┈┈┈┈┈┈┈┈┈ 335

風雨不已，川流渺漫，感事叙懷柬我同志 ┈┈┈ 335

舟泊滄峽，期南山貢士不至 ┈┈┈┈┈┈┈ 335

題張仲純《易卦圖》後 ┈┈┈┈┈┈┈┈ 336

《樵隱》詩贈李則文 ┈┈┈┈┈┈┈┈┈ 336

廢井 ┈┈┈┈┈┈┈┈┈┈┈┈┈┈┈┈ 337

莫秋懷鄭居貞 ┈┈┈┈┈┈┈┈┈┈┈ 338

感舊答倪子原 ┈┈┈┈┈┈┈┈┈┈┈ 338

送危嗣周尋遠祖晋刺史墓 ┈┈┈┈┈┈┈ 339

借鶴軒詩 ┈┈┈┈┈┈┈┈┈┈┈┈┈ 339

宿橘山田家懷蔣先生 ┈┈┈┈┈┈┈┈┈ 340

題《雲谷讀書圖》 ┈┈┈┈┈┈┈┈┈┈ 340

曉起 ┈┈┈┈┈┈┈┈┈┈┈┈┈┈┈┈ 340

雲壑見訪 ┈┈┈┈┈┈┈┈┈┈┈┈┈ 340

西山莫歸 ┈┈┈┈┈┈┈┈┈┈┈┈┈ 341

題黄道士《仙岩茅屋圖》 ┈┈┈┈┈┈┈ 341

莫歸山中 ┈┈┈┈┈┈┈┈┈┈┈┈┈ 341

贈女醫謝氏母 ┈┈┈┈┈┈┈┈┈┈┈ 341

題汪思原耕讀軒 ┈┈┈┈┈┈┈┈┈┈ 342

宿蕪湖十八韵 ┈┈┈┈┈┈┈┈┈┈┈ 342

八月廿三日溯大江遇風雨作 ┈┈┈┈┈┈ 343

過安慶城懷故元帥余闕廷心 ┈┈┈┈┈┈ 343

廬山 ┈┈┈┈┈┈┈┈┈┈┈┈┈┈┈┈ 344

《草窗》詩爲衡陽周宰作 ················· 345

湘江晚泊簡孟原僉憲 ················· 345

泛湘江 ························· 346

白石 ························· 346

莫經零陵望愚溪懷柳司馬 ··············· 347

君山 ························· 347

平樂道中 ······················ 348

富川縣父老言猺人劫掠事 ··············· 348

《書懷》十首寄示小兒澤 ··············· 348

午熱南軒作 ····················· 351

河池縣險路 ····················· 352

忻城公館 ······················ 352

東江曉起 ······················ 353

蒼雪軒 ························ 353

李母志節 ······················ 353

桂林道中懷澤，想已過衡州 ·············· 354

述懷 ························· 354

舟中望長洲田家 ··················· 355

早發黃丹驛作，贈江上老父 ·············· 355

潯州觀風作 ····················· 355

梅公井 ························ 356

昭潭學勉諸生詩 ··················· 356

鳴鳳 ························· 357

古意寄鄭邦彥提舉二首 ················ 357

山中述懷效韋體 ··················· 358

冬日賈公見訪山中兼題佳什，率爾奉酬 …………………… 358

題木石居 ………………………………………………………… 358

卷　五

五言長律

小姑山 …………………………………………………………… 360

黄陵廟 …………………………………………………………… 360

湘江舟中賦紅葉寄友人 ………………………………………… 361

石鏡 ……………………………………………………………… 361

投贈倪仲愷提舉五十韵 ………………………………………… 362

過巢雲故亭 ……………………………………………………… 363

題《江山小影》屏風 …………………………………………… 363

奉贈張尚書四十韵 ……………………………………………… 364

卷　六

七言古詩

題《清江碧嶂集》追懷清碧杜先生 …………………………… 366

爲陳叔原題《漁樵圖》 ………………………………………… 366

題雪景寄偰原魯應奉 …………………………………………… 367

《秋堂圖》爲陳原謙賦 ………………………………………… 367

謝吳子樞醫病 …………………………………………………… 368

爲吳元鼎賦謝醫士葉彦康 ……………………………………… 368

雨中東王幼度 …………………………………………………… 369

題鄭德彰員外所藏高彦敬畫《楚江春曉圖》 ················· 369

送閩憲史丘子胤回三山 ······························· 370

全真黄無盡持故人歐陽雪堂《墨梅》求賦詩，并贈《遠游》。
　是時，雪堂已没三年 ···························· 370

爲丁知事賦《平林精舍圖》 ··························· 371

春夜宴伯穎元帥宅，題《雲林茅屋圖》 ················· 371

題《羅浮日觀圖》 ·································· 372

題璋上人所藏温日觀《墨葡萄》 ····················· 373

《雲峰秋霽圖》爲方焕賦 ····························· 373

題方方壺《垂綸圖》 ································· 374

送吴宗德歸三山 ·································· 374

程氏之祖世居鵝湖，嘗題其讀書之室曰“湖山清隱”，芳遠既
　居武夷，乃以所得况肩吾山水扇面請余賦詩，爲歌長句 ···
　　　　　　　······························· 375

題程芳遠所得方方壺寫《大王峰圖》 ··················· 376

贈危進 ··· 377

題林士衡所畫《揭學士方壺歌圖》并寄葛原哲經歷 ········· 377

《海上行》送舒文質之京赴危大參之招 ················· 378

題《閩山遐覽圖》送陳仲彬歸龍虎山，并問訊方壺煉師 ······
　　　　　　　······························· 378

送芳遠高士游龍虎山訪方壺仙伯，并問訊歐陽雪舟真逸 ······
　　　　　　　······························· 379

送郭按察還朝 ···································· 379

贈武夷魏士達 ···································· 380

送鄭彦斌歸新安 ·································· 380

題《聽雪舟卷》 …………………………………… 381

《水南山房》詩爲任立本賦 ……………………… 381

《相逢行》贈徐剛中之建寧，兼柬黃彥美總帥 ………… 382

《攬秀樓》詩爲九江陳仲文作 ……………………… 382

赤壁 ………………………………………………… 382

泛洞庭湖作 ………………………………………… 383

磨崖碑 ……………………………………………… 384

湘江舟中望衡山作 ………………………………… 384

丹崖歌 ……………………………………………… 385

全州多奇峰叠嶂，湘水曲折其下，竹林茅舍翛然有桃源之趣

　　…………………………………………………… 386

秋曉，南熏亭望隔江群峰，初日宛然如畫，不知興之所至，斐

　　然成章 …………………………………………… 386

風雨孤帆圖 ………………………………………… 387

韶音洞 ……………………………………………… 387

七星岩 ……………………………………………… 388

老君洞詩 …………………………………………… 388

銅雀臺效劉彥炳賦 ………………………………… 389

爲董生題補之《墨梅》 …………………………… 389

題李遵道《枯木圖》爲建安朱炯作 ……………… 390

送春詞 ……………………………………………… 390

題子陵圖贈嚴伯新 ………………………………… 391

聞浙西賊退有感 …………………………………… 391

西山夢二親 ………………………………………… 392

寄錢允吉 …………………………………………… 392

七月十四夜，宴集巢雲左轄山莊，席上分得“轄”字韵 ……

…………………………………………………………… 393

送陳原性茂才赴中臺，就歸吳門覲省，簡其鄉青城王處士。陳

　　乃福建按察崔使君之客也，豪宕不羈，以詩自適 ……… 394

題劉商《觀奕圖》 …………………………………… 394

《風雨歸舟圖》爲黄煉師賦 ………………………… 395

落花怨 ………………………………………………… 395

天涯路 ………………………………………………… 396

附録一

元張昶藍澗詩集序 …………………………………… 397

明張楘藍澗詩集序 …………………………………… 398

明蔣易藍澗詩集序 …………………………………… 399

附録二

四庫全書總目藍澗集提要 …………………………… 402

清抄本《藍澗集》所收胡惠孚《藍澗集》提要 ………… 403

光緒刻本《二藍集》所收藍蔚雯跋《藍澗集》文 ………… 404

光緒刻本《藍澗詩集》宣敬熙書後 ………………… 405

清朱彝尊《静志居詩話》卷四“藍智”條 ………………… 405

卷 一

五言律詩

郊 居[一]

郊居頗岑寂，疏懶諧愚性。雨過茅屋涼，蟬鳴晚山静。坐來塵慮空，始覺心源瑩。月出樵牧還，松風答清馨[二]。

【校】

[一] 四庫本將此詩收錄於"五言古詩"之中。

[二] 馨：光緒刻本作"磬"。

山 中 作

喪亂[一]來空谷，蹉跎又一年。不才淹草澤，無食望山田。失路慚懷寶，多門[二]橫索錢。春秋二三策，深覺負前賢。

【校】

[一] 喪亂：四庫本作"地遠"。

[二] 門：四庫本作"關"。

草堂群木爲亂兵所伐

朝朝持斧入，個個采樵歸。野徑行應熟，松林望轉稀。蛟龍春已化，烏鵲莫^[一]何依。静想榮枯理，看山自掩扉。

【校】

[一] 莫：光緒刻本作"暮"。底本"莫"，語意相通時，光緒刻本均作"暮"，下文遇此情况不再出校。

雲壑見訪

地僻門常掩，庭荒草欲交。故人來谷口，落日在林梢。村釀初開甕，江魚遠入庖。且終今夕興，不惜卧雲巢。

九日病中^[一]

伏枕山林遠，閉門風雨深。一秋貧轉甚，九日病兼侵。落葉荒三徑，窮愁折寸心。細看黄菊蕊，空感白頭吟。

【校】

[一] 四庫本亦有此詩題，但詩歌内容與此首完全不同，其内容是"茅屋黄花共寂寥，病容詩思總無聊。山童夜静分松火，道士天寒送藥苗。落木荒陂秋澹澹，鳴鷄空館雨瀟瀟。仙家瑶草年年長，弱水蓬萊路更遥"。

宿靈峰館

獨夜愁無寐，四更風露寒。茅亭下殘月，松子落空山。世亂英雄隱，途窮跋涉難。欲尋黄綺輩，長嘯白雲間。

徐雪舟爲畫《藍澗草堂圖》

碧草連書屋，蒼山對畫圖。鶴巢秋樹小，漁艇夕陽孤。野色晴初遠，溪雲澹欲無。浮槎倚盤石，把釣任潛夫。

經石堂追懷盧使君

舊隱仙人館，曾陪使者車。那知滄海別，不返白雲居。山雨荒樵徑，窗塵污道書。傷心庭外竹，清影謾扶疏。

春日憶延平舊游寄嚴漢村[一]

疏雨溪南寺，青春劍外天。維舟思別日，覽鏡惜流年。羈旅今何適，微官亦可憐。乾坤一杯酒，出處共茫然。

【校】

［一］村：光緒刻本作“材”。

春日感懷

道路今如此，山林何所之。鄰人依草莽，歸鳥戀茅茨。風雨兼貧病，乾坤有亂離。花枝看總好，人事自堪悲。

兵後歸西山二首

東郊戎馬後，西谷轉鶯初。重到看花地，還尋種樹書。茅茨春雨積，野竹晚烟疏。門徑荒蕪久，清晨獨荷鋤。

亂後歸茅屋，晨興步石田。客愁空日日，春色自年年。風雨啼鶯外，江湖去鳥前。囏難思故舊，回首意茫然。

贈黃道士

嗜酒年應長，餐霞術更微。青山司馬隱，白石牧羊歸。鶴夢游三島，禪關轉一機。人間未可往，滄海正塵飛。

復歸西山作

旅寓初回棹，幽栖暫閉關。桑麻林下宅，樵牧雨中山。小徑看花入，孤雲共鳥還。時清甘屏迹，黃綺在商顏。

復古道院作[一]

長懷丹竈訣，遠訪赤松居。石室多靈草，雲林得异書。松風生晝静，竹露下秋初。即此除寒熱，清虚故有餘。

【校】

[一] 四庫本題爲“復古道院”。

秋　雨

林雨秋逾潤，川雲晚更停。遠峰明白塔，古木暗蒼屏。野老營茅棟，山僧寄茯苓。于[一]將塵土餌[二]，猶有氣冲星。

【校】

[一] 于：四庫本、光緒刻本作“干”，當是。

[二] 餌：四庫本、光緒刻本作“蝕”，當是。

晚　步

伏熱草木焦，微凉竹林晚。天清[一]一鶴高，波静群鷗遠。散策不知疲，臨流亦忘返。月出林影昏，疏鍾[二]閉山館。

【校】

[一] 清：光緒刻本作"青"。

[二] 鍾：光緒刻本均作"鐘"，二字通，下文此種情況不再出校。

秋夕懷雲松先生

夜永倦孤眠，竹凉宜小立。荒林獨鶴栖，破屋疏螢入。萬壑共秋聲，四山惟月色。清賞恨不同，晤言念兹夕。

山中夜坐懷鶴田[一]先生

老厭蟲魚技，貧甘鹿豕群。殘燈昏夜雨，落木響寒雲。烽遠驚時見，鐘疏坐不聞。道南猶可仰，天未喪斯文。

【校】

[一] 鶴田：四庫本作"田"，誤。

在　野

慕榮非素心，在野甘自晦。泉分九井注，門掩千峰對。犬吠秋草根，鶴鳴白雲外。茅檐有濁醪，田翁夜相會。

藍澗草堂雜詩四首

三峰青入戶，一室净無塵。橘隱圍棋叟，樵逢采藥人。白雲常帶雨，瑶草自生春。似入桃源路，那知漢與秦。

橘井雲山北，茅齋澗水西。聽猿秋樹近，捫虱夕陽低。樵子知愚谷，田翁伴醉泥。興來時得句，自向竹間題。

翠微春雨潤，虛白野堂清。道士留丹訣，鄰僧問藥名。龍歸時化劍，鶴過夜聞笙。亦是忘機者，真堪托此生。

一榻容高卧，荒林晝掩扉。風塵滄海變，川雨白鷗歸。秫熟還酤酒，荷衰未製衣。弟兄分散住，歲莫往來稀。

聞藍山兄寓滁州

番水初傳信，滁山想定居。秋吟兼蟋蟀，晚飯得鱸魚。落月滄江闊，涼風白髮疏。兵戈關塞隔，不敢問何如。

登鳳林寺鐘樓作

樓憑青嶂迴，人到上方稀。古寺愁春雨，疏鐘送落暉。雲林孤鳳遠，法界一塵微。坐久松風動，飛花落客衣。

懷藍山兄淮上

南京初下詔，北客久懷歸。清夜孤舟泊，滄江一雁飛。淮雲迷遠道，楚雨滿征衣。茅屋空山裏，秋風老蕨薇。

夜歸西山

郭外雲山晚，荒林恐路迷。草寒聞蟋蟀，月淡過招提。遠火明依谷，疏鍾暗度溪。茅齋知漸近，瀑布石門西。

山中漫題五首

平生江海興，閉户老巖阿。晚景寒山净，秋聲落葉多。詩成樵客和，酒熟羽人過。叢菊蕭疏甚，其如蔓草何？

乾坤千古事，風雨百年心。野興供高臥，窮愁費苦吟。荷衣秋色老，茅屋夜寒深。蓬鬢看霜葉，蕭蕭不自禁。

讀書期有用，閉户耻無能。落葉空山雨，疏鍾獨夜燈。人稱樗里子，住近石門僧。靜坐觀詩妙，須參最上乘。

偶依松石坐，閑咏草堂詩。宿鶴林中靜，歸雲川上遲。千峰秋似水，多難鬢成絲。自識盈虚理，浮生更不疑。

寥落三冬學，栖遲十載心。寒雲龍戰野，莫雪鳥歸林。狂客歌徒苦，愚公谷自深。匣琴流水調，歲晚念知音。

山中作

風雨鷄聲亂，雲山鶴夢清。自非諸葛臥，誰有魯連名。碧海堪垂釣，黃河未洗兵。鏡中看短髮，種種負平生。

秋日游石堂奉呈盧憲簽五首[一]

萬壑分雲樹，巘崖共石門。乾坤山寺改，風雨草堂存。野水通樵徑，林花覆酒尊[二]。仙丹[三]自來注[四]，清景似桃源。

名山餘石室，勝地得高人。門掩千峰莫，茶分五馬春。傳[五]岩淹日月，嚴瀨動星辰。爲報青雲侶，如何白髮新。

明時驄馬客，高興寄林巒。萬里曾持節，三峰早挂冠。水涌[六]仙掌動，天入幔亭寒。浩蕩風雲際，蒼生憶謝安。

荒郊通徑僻，野竹閉門深。白日羲皇世，青山綺皓心。潛蛟多在壑，宿鳥獨歸林。知爾荷鋤倦，時爲梁甫吟。

萬古神仙宅，清秋御史家。玉壺開綠酒，金鼎出丹砂。巢許名終隱，松喬迹未賒。卜鄰如有地，小築傍烟霞。

【校】

[一] 盧憲簽：光緒刻本作“盧僉憲”，當是。五首：底本、清抄本作

"十首"，光緒刻本作"五首"，現據其數量當爲五首。

　　[二] 葂：清抄本作"尊"，光緒刻本作"樽"。

　　[三] 丹：光緒刻本、清抄本作"舟"。

　　[四] 注：光緒刻本作"往"。

　　[五] 傳：光緒刻本作"傅"。

　　[六] 涌：光緒刻本、清抄本作"涵"。

雪後舟泊武夷

　　泊舟青嶂下，回首翠微間。殘雪孤村樹，歸雲何處山。石門無犬吠，松徑有僧還。書劍嗟漂泊，山林未得閑。

贈程芳遠入山

　　落日雲歸壑，微風雨滿川。久耽茅屋趣，還憶竹林眠。爐閉燒丹火，囊餘賣卜錢。差科幸無擾，避地即神仙。

題芳遠所藏《秋江濯足圖》[一]

　　客有倦游者，濯足長松下。脫蓰[二] 臨清流，忘機在中野。乾坤正澒洞，雲水共瀟灑。有耳自不聞，誰能效由也。

　　【校】

　　[一] 四庫本題爲"題芳遠藏《秋江濯足圖》"。

　　[二] 蓰：四庫本、光緒刻本作"屣"，當是。

建　溪

建溪三百里，勢若建瓶奢[一]。石觸波濤惡，山連霧雨昏。蛟龍餘舊窟，豺虎但空村。行路難如此，生涯未敢論。

【校】

[一] 瓶奢：四庫本、光緒刻本作"瓴奔"。

順昌道中

蓐食鳴雞曉，空山啼鳥春。遠鍾何處寺，殘月獨行人。書劍嗟黃髮，江湖起戰塵。南游未得意，北望正傷[一] 神。

【校】

[一] 傷：四庫本作"凝"。

送別趙子將

故人川上別，風雨送行舟。歲莫歌黃鵠，江清見白鷗。青雲懷楚璧，秋水佩吳鈎。看爾飛騰志，周南豈滯留。

秋夕懷張山人

鼓角邊聲壯，林塘夜色幽。涼風動疏竹，明月在高樓。久客形容老，孤城戰伐愁。不眠懷魏闕，長嘯拂吳鈎。

讀虞范詩有感

風雅千年盛，文章一代尊。雄辭排海嶽，高興動乾坤。李杜才名并，高岑體製存。夜深歌古調，幽意與誰論。

暮　雨

莫雨何蕭瑟，秋山正寂寥。澗寒無宿鳥，谷響有歸樵。衣破裁荷葉，園荒徙藥苗。山林多暇日，擊壤咏唐堯。

雪中送舒文質歸廣信

積雪千峰迥，空林一鳥歸。客愁南浦樹，鄉夢北山薇。風雨荒茅屋，兵戈老布衣。飢寒兼盜賊，出處寸心違。

挽趙子將三首

四十身先死，才名奈爾何。山川千里隔，風雨九原多。已負雲霄志，空傷《薤露》歌。無書問妻子，有泪逐江波。

北闕諸公薦，西江一命榮。窮途淹疾病，造物忌才名。牢落逢兵甲，暌離异死上[一]。天長鴻雁去，揮涕望江城。

短棹浮滄海，清詩滿翰林。幽人中夜泣，壯士百年心。白日人間盡，黃泉地下深。秋風歌楚些，山雨應猿吟。

【校】

［一］上：光緒刻本、清抄本作“生”，當是。

送別歐陽雪舟

已是三年別，那知一笑俱。相看歌白雪，獨往住玄都。畫馬塵生壁，籠鵝雨滿湖。松門清夜月，還念故人無？

寄題余復嬰茅屋

嘉遁依岩穴，清齋飯蕨薇。花原隨水入，茅屋共雲歸。夜鼎芙蓉火，秋山薜荔衣。沙頭饒白鳥，知爾久忘機。

挽黃存齋先生

不識樵川路，空聞處士名。文宗周大雅，道重魯諸生。國待徵遺逸，人皆敬老成。秋風歌楚些，西北莫雲橫。

寄雲松先生隱居五首

風雨論交舊，林塘卜築新。幽栖兼令弟，高臥愧時人。竹日明書帙，溪雲覆釣緡。林居無俗客，麋鹿自相親。

濟世須豪杰，斯人老澗阿。亂離知己少，辛苦著書多。村晚收粳稻，天寒製芰荷。南山今夜月，誰聽飯牛歌。

蜀郡文風盛，屏山道學[一]高。承顏[二]勤菽水[三]，壯志耻蓬蒿。春[四]日營三徑，秋風嘆二毛。時危見烽火，轉覺寸心勞。

前賢已淪落，古學更誰知。臨遍鍾王帖，吟成魏晋詩。青燈懷舊雨，白首戀明時。亦有山林興，何時共采芝？

立雪平川日，同門最老成。干戈拼死難，釣築負平生。力盡追風雅，時危念弟兄。遺編共朝夕，應見百年情。

【校】

［一］山道學：底本漫漶，現據光緒刻本、清抄本補。

［二］顏：底本、清抄本漫漶，現據光緒刻本補。

［三］勤菽水：底本漫漶，現據光緒刻本、清抄本補。

［四］春：底本漫漶，現據光緒刻本、清抄本補。

懷川晚立

清川繞縣衙，小立共汀沙。暝色催歸鳥，春愁對落花。江湖頻戀闕，風雨更思家。出處成何事，唯添雨鬢華。

下梧州作

峽擁山如簇，江迴崖若流。清風生桂檝，落日下梧州。已忝明時薦，須分聖主憂。蠻荒雖僻遠，民瘼在詢諏。

宿蘇橋驛

桂嶺愁人地，梅花歲莫天。孤雲寒雨外，獨鳥暝鍾前。牢落空雙鬢，驅馳又一年。觀風愧無補，爲客記山川。

柳城道中作[一]

霜氣晚凄凄，荒岡恐路迷。孤雲桂嶺北，落日柳城西。地暖蛇蟲出，林昏鳥雀栖。蠻鄉經戰伐，問俗愧遺黎。

【校】

[一] 四庫本題爲"柳城道中"。

早春寄同志

别離凡幾日，江海又生春。同是飄零客，都非少壯人。青燈偏感舊，白髮漸添新。歸夢南山下，猶疑洽隱淪。

秋憶西山草堂二首

一室生虛白，千峰入翠微。丈人能說法，野老盡忘機。書榻松杉冷，齋厨笋蕨肥。移文或不愧，白首訪柴扉。

山接藍田近，泉分橘井清。誅茅成小隱，煉藥問長生。一徑看松入，千峰共鶴行。誰言江海上，歲晚戀虛名。

宿嚴灘作

水宿傍嚴灘，風燈語夜闌。黿鳴潮信早[一]，龍過雨聲寒。病喜江山好，貧嗟道路難。故園三四口，書札報平安。

【校】
[一] 早：四庫本作“急”。

發錢塘江上

落日滄江上，凉風白雁初。誰憐千里客，徒有萬言書。漸覺形容老，相看骨肉疏。扁舟今夜月，欲發更躊躕。

將泛湖南還鄉，不遂，悵然有作

江漢從兹涉，雲林阻一辭。家憐驥子小，秋憶雁書遲。細雨孤舟晚，凉風落葉悲。草堂猿鶴在，千里寄相思。

浮大江之廣西途中作

拜命辭京闕，携書附客舟。江迴楊子晚，山入桂林秋。漢日南夷地，蠻風近海州。蕭霜鷹隼勢，萬里敢淹留？

慘澹西門別，蒼茫廣海行。微風孤棹遠，落日大江清。雁帶還家夢，雲留戀闕情。悲歌一迴首，出處念浮生。

浮江望淮上作[一]

萬古長江險，秋風短棹經。天連一水白，山入兩淮青。摷[二]酒須明月，乘楂[三] 豈使星？雲霄望不極，鴻鵠正冥冥。

【校】

[一] 四庫本題爲"浮江望淮上"。

[二] 摷：四庫本、光緒刻本作"把"。

[三] 楂：四庫本作"槎"。

書懷酬孟原僉憲

一官辭殿陛，萬里越江湖。暝色青楓近，秋聲白雁孤。書題懷故舊，藥裹愧妻孥。王事兼詩興，虛稱二妙俱。

采石和孟原僉憲作

紅葉淮南少，青山夏口多。孤舟懷李白，落日吊江波。采石豈無酒，滄浪亦有歌。悠悠萬里道，解纜意如何？

采石舟中寄子正僉憲

共醉黃爐酒，還登采石舟。澄江晴吐月，獨樹晚生秋。去國一身遠，懷鄉半夜愁。明朝陪使節，一上岳陽樓。

過太平州作

帶雨辭京口，觀風出廣西。江吞淮樹小，城壓楚雲低。湖冷三秋雁，山寒半夜鷄。宦情兼旅思，遠愧鹿門妻。

觀音岩 在湖口縣

石色依廬阜，潮音接普陀。江雲晴自遠，水月夜還多。鳥爲銜花至，龍因問法過。辨香瞻彷佛，帆影拂嵯峨。

霾劍峰

百煉藏丹壑，雙尖倚碧虛。氣騰龍虎窟，光動斗牛墟。白日層雲斷，清秋落木疏。江湖驅魍魎，萬里插匡廬。

宿蘭溪口

天闊浮孤嶼，潮平露淺沙。江聲連鼓角，海氣雜雲霞。行色悲寒雁，歸心愧莫鴉。明朝逢九日，何處對黃花？

恭城縣

在萬[一]山間，環邑皆猺洞，平樂屬邑，十一月十四日也。
十室黃茅邑[二]，千峰紅葉村。喧卑[三]蠻俗異，質樸古風存。

雞犬連猺洞，牛羊到縣門。殘年歷荒徼，遥布聖明恩。

薄俗山川异，窮邊井邑空。桂林冬少雪，茅屋夜多風。不寐愁聞柝，無家信轉蓬。長懷戢奸宄，隨處問疲癃。

晚立懷友

野曠行人絕，林空墮葉聞。客愁當落日，詩思入寒雲。草暗防蛇毒，山昏過虎群。梅花萬里道，歲晚正思君。

曉　起

村白雞鳴早，山空月落遲。殘星窺户牖，積雪冷茅茨。案牘疲王事，關河阻夢思。愁容對塵鏡，短髮漸成絲。

雪　曉

老樹依茅屋，寒山對縣門。愁雲連五嶺，積雪在孤村。燈影雞鳴[一]亂，林光宿鶴翻。關河一萬里，歲晏復何言。

【校】

［一］雞鳴：四庫本作“鳴雞”。

過雲洞嶺

路出千林迥，山連五嶺遙。石崖懸度棧，野樹臥通橋。澗飲猶防蠱，畬耕盡屬猺。夕陽驅瘦馬，鬢影漫瀟瀟[一]。

【校】

[一] 瀟瀟：光緒刻本作"蕭蕭"，底本、清抄本缺後一"瀟"字，作"瀟□"，現據光緒刻本將"瀟"作"蕭"的情況，徑補"瀟"。

溪橋晚立富川作[一]

天闊浮雲盡，山昏落日微。鳥栖當野樹，人語共柴扉。歲月且雲莫，鄉關何處歸。鄰家響機杼，遠客嘆無衣。

【校】

[一] 富川作：四庫本無。

宿賀州黃家洞瑞岩寺，清溪茅屋悠然，有故山之景[一]

怪石分群壑，清溪共幾家。衡門散鷄犬，古寺入桑麻。薄宦知無補，浮生信有涯。白鷗藍澗曲，春水繞桃花。

【校】

[一] 四庫本題爲"宿賀州黃家洞瑞岩寺"。

賀州道中

茫茫跋[一]路間，塵土損容顏。落葉渾疑雨，孤雲不在山。殘年附書札，盡日望鄉關。苦被虛名累，驅馳鬢已斑。

【校】

［一］跂：四庫本作"岐"，光緒刻本作"歧"。

題道傍[一] 樹

空山搖落盡，見爾歲寒心。節共風霜古，根疑雨露深。支離終玩世，蕭瑟自成陰。有分甘樗散，無勞問陸沈。

【校】

［一］傍：四庫本作"旁"。

旅 寓

旅寓真如此，空堂思悄然。秋聲一葉下，暝色數峰連。涉世方知命，清心已悟禪。鏡中窺短髮，蕭颯感流年。

夜 雨

多病西風客，空堂獨夜愁。燈殘江上雨，木落嶺南秋。黃卷知何用，丹砂不易求。君恩無補報，悵望惜淹留。

贈 隱 者

風雲蛇陣將，山水鹿門居。報國曾留劍，歸田始讀書。雁秋湖水落，蟬露柳條疏。別夢關山遠，松窗夜月虛。

溪　上

落日蒼茫霧，寒潭瀲灩波。鳥栖渾不定，龍臥欲如何。菡萏秋風老，蒹葭夕露多。慚非垂釣者，聊咏濯纓歌。

雨　中

黯黯雲垂野，瀟瀟雨滿林。晚山歸鳥盡，秋草閉門深。落葉蕭條樹，空城斷續砧。煩憂兼獨立，誰識此時心。

藍澗雜詩五首

郭外茅亭小，門前澗水清。諸生時問字，野老盡知名。移竹須春雨，看山待晚晴。年來疏懶甚，著述苦無成。

碧草雲連屋，黃山莫入簾。養生思橘井，曝背戀茅檐。雪爲觀書積，泉因洗藥添。懶從閑轉甚，貧與病相兼。

蘚徑沿溪滑，柴門倚樹欹。看雲行自遠，臥雪起常遲。白日蹉跎過，玄經寂寞爲。不才甘在野，非是傲清時。

寂寞楊雄宅，荒蕪董子園。生涯謀轉拙，儒述[一]道空存。野竹鈔書盡，清池洗墨渾。唯應門外水，花發似桃源。

避人常獨臥，借地遂幽居。多病勤栽藥，無言懶著書。山光兼落日，竹色共寒蔬。故舊如相過，体[二]嗔禮法疏。

【校】

[一] 述：光緒刻本作"術"。

[二] 体：光緒刻本作"休"，當是。

蒼梧夜坐

天闊蒼梧夜，江清碧草春。殘花宜對酒，明月暫隨人。白雪知音少，青山入夢頻。還鄉恐未遂，魚鳥謾相親。

分巡柳慶，出城，別憲司諸公

芳草古城東，飛花映酒紅。千峰初過雨，五嶺自生風。雕鶚雲霄迥，豺狼道路通。獨慚風紀重，勛業賴群公。

入慶遠江上作[一]

荒林延[二]暝色，積雨帶秋陰。白水浮江闊，黃茅入峽深。老思千[三]思[四]驥，清羨九皋禽。厚祿知無補，遲回愧此心。

【校】

[一] 四庫本題爲"入慶遠江上"。

[二] 延：底本、清抄本漫漶，四庫本、光緒刻本作"延"，現據補。

[三] 千：底本、清抄本漫漶，四庫本、光緒刻本作"千"，現據補。

[四] 思：四庫本作"里"，當是。

柳隘嶺上

黎村雲洞北，柳隘石門西。萬木秋初落，千峰曉更迷。猿垂深澗飲，馬入白雲嘶。攬轡炎荒外，恩疑雨露低。

曉行望山上人家

荒林居更僻，暗谷路縈分。燈影依青嶂，雞聲入白雲。衡門和月掩，流水隔溪聞。傍舍人相語，乘涼已出耘。

曉發江上

官船催曉發，浦鳥暗驚飛。殘月低清渚，疏鐘隔翠微。晨光初辯[一]樹，秋色已生衣。萬里慚張翰，鱸魚未得歸。

【校】

[一] 辯：四庫本、光緒刻本作"辨"。

下　融　江

回風吹畫舸，落日下蠻溪。野迥千峰出，天空一鳥低。客愁難自遣。秋興不堪題。今夕山中月，清蓴[一]誰與攜？

【校】

[一] 蓴：四庫本作"尊"，光緒刻本作"樽"。

柳城縣

青山入縣庭，小邑但荒城。竹覆茅茨冷，江涵石壁清。草蟲當戶墮，水鳥上階行。問俗知無事，松風一舸輕。

出雲藤驛

又出雲藤峽[一]，扁舟更向東。地蒸秋有瘴，江闊夜多風。旅夢驚啼狖，鄉心托斷鴻。天涯看月色，不與故園同。

【校】

[一] 峽：四庫本作“驛”。

遷江道中作[一]

渺渺川雲白，蕭蕭木葉黃。羸驂秋日短，倦鳥莫天長。不學疏儒術，無才愧憲綱。清風肅蠻徼，千古想虞唐。

【校】

[一] 四庫本題爲“遷江道中”。

賓州九日作

三年頻客路，九日又賓州。野圃黃花晚，空江白雁秋。無錢從止酒，有賦倦登樓。迴首關山遠，蕭蕭落葉愁。

憶鵝湖寺

鷲嶺開蘭若，鵝湖接稻田。松風生静晝[一]，花雨遍諸天。壞壁餘唐刻，孤亭表宋賢。疏鐘燈影裏，猶想上方眠。

【校】

［一］晝：四庫本作"畫"。

宿陽朔山寺

晚景孤村僻，松門試一登。秋山黄葉雨，古寺白頭僧。壞壁穿新竹，空床覆舊藤。宦[一]情與禪意，寂寞共寒燈。

【校】

［一］宦：四庫本作"官"。

象州江上

山川空歷歷，舟楫更遲遲。落日江如練，清秋鬢欲絲。孤雲晴自遠，獨鳥晚多疑。未敢辭王事，蒼茫問路岐[一]。

【校】

［一］岐：光緒刻本作"歧"。

來賓縣曉發

宦游同逆旅，侵曉逐征途。空館殘燈小，長江落月孤。鄰鷄催去馬，城柝起栖烏。物色兼人事，匆匆歲欲徂。

秋　盡[一]

萬里秋將盡，三年客未歸。寒雲愁桂嶺，落月夢柴扉。野迥[二]清猿急，江空白雁稀。鄰家響砧杵，歲莫嘆無衣。

【校】

[一] 四庫本題爲“秋日旅感”。

[二] 迥：四庫本、光緒刻本作“過”。

柳州道中

窮荒持憲節，侵曉策征驂。落月千峰外，清霜五嶺南。草寒初息瘴，林曙欲浮嵐。巡歷知無補，艱難頗自諳。

過諸葛古城在河池縣東五里

諸葛舊屯兵，東郊尚古城。山餘駐馬迹，江有臥龍名。怪石疑戈甲，高雲想斾旌。秋風吹大樹，蕭瑟獨含情。

平南江上作[一]

春江移棹穩，洲渚共縈迴。花送微風過，鷗衝細雨來。遠山詩思入，高枕客懷開。欲把魚竿去，長年坐石苔。

【校】

[一] 四庫本題爲“平南江上”。

望江上人家作^[一]

夕照明江閣，春流净客衣。樹幽啼鳥近，風細落稀稀^[二]。酒熟山瓢送，魚肥野艇歸。桃源應可問，稚子候荆扉。

【校】

[一] 四庫本題爲"望江上人家"。

[二] 落稀稀：四庫本、光緒刻本作"落花稀"，當是。

秋夕懷武夷舊業

客路西風晚，懷山獨夜愁。露寒仙掌月，天遠幔亭秋。落葉他鄉夢，啼鳥何處樓。歸心似江水，千里向東流。

江上別故人

天涯芳草色，對酒惜餘春。此日滄江別，東風白髮新。落花晴傍馬，野鳥冷窺人。共勉持風紀，驅馳莫厭頻。

寄衡山曹伯大茂才

洞庭霜信早，鴻雁有餘音。江晚蒹葭净，天寒岣嶁深。病多生白髮，賦好賣黃金。出處知誰是，茫茫歲莫心。

雨中同孟原僉憲登嘉魚亭

高閣流鶯外，荒城駐馬前。江寒三月雨，春老百蠻天。折柳悲橫笛，飛花落釣船。乾坤總羈旅，把酒意茫然。

城空花爛熳，樓迴雨蕭條。毒草春生瘴，蠻江晚上潮。魚肥堪把釣，鳳去不聞韶。萬里霑持節，恩波賴聖朝。

挽盧使君

落落千年志，飄飄萬里身。清風臺閤[一]盛，直道子孫貧。別夢江湖晚，歸魂嶺海春。故交多特達，銘德屬何人？

【校】

[一] 閤：光緒刻本作「閣」。

時　事

燕薊開王業，河山壯帝京。六龍迴斧[一]座，萬雉壓金城。世復唐虞理，功垂禹稷名。千年根本地，深見祖宗情。

玉帛徵賢急，苞茅入貢遙。八荒開郡縣，四海聽簫韶。陳粟家家腐，凶兵處處銷。邊塵自無警，不用霍嫖姚。

大府城隍廢，疲民井邑空。舞干非舜日，斬木有秦風。烽火蒼茫外，江山感慨中。悲歌看古劍，激烈想英雄。

兵革頻爲患，朝廷屢出師。未通秦郡邑，空望漢旌旗。使者徵求急，將軍戰伐遲。似聞哀痛詔，不獨問瘡痍。

巨猾仍封爵，將軍自凱歌。乾坤兵甲滿，道路虎狼多。值^[二]以升平久，其如喪亂何？漢廷頻選將，何日拜廉頗。

關塞三^[三]千里，兵戈五六年。日輪閩地粟，秋待直沽船。奉使須經海，逢人更問燕。中原消息斷，回首意茫然。

詔從南海至，使共北風來。紅粟還輸爵，黃金漫築臺。士須輕馬革，世已賤龍媒。群盜連江漢，淹留賈傅才。時盧起先憲副隱石堂，宋向^[四]及之。

近傳蘄水寇，遠陷豫章城。相國非無策，司徒況有兵。旌旗當落日，鼓角動秋營。克復煩公等，千門草已生。

盜賊何充斥，君王本聖明。近徵蕭相國，遠慰晉蒼生。氣感風雲會，威行海岱清。腐儒無補報，歌咏答升平。

【校】

[一] 斧：四庫本作"黼"。

[二] 值：四庫本、光緒刻本作"直"。

[三] 三：四庫本作"二"。

[四] 宋向：光緒刻本作"末句"。

寄鉛山詹九夫二首

聞君尚衰経，一榻卧雲蘿。客路音書少，秋山涕泪多。湖光涌[一]白鳥，峰影倒青荷。落日門生散，空齋咏《蓼莪》。

詹子茅爲屋，城南杏作林。問人多施藥，留客自鳴琴。枸杞秋風老，鵝湖莫雨深。韋編三絶後，深見[二]古人心。

【校】
[一] 光涌：四庫本作“波涵”。
[二] 見：四庫本作“得”。

題武季遠《竹木圖》

輕紈剪霜素，妙墨寫秋林。修竹霜華潤，石崖雲氣深。鳳栖淇水暮，龍化渭川陰。載美武公德，永懷單父琴。

所業《春秋》經傳皆爲兵燹，有感而作

被褐趨場屋，論文愧草萊。白頭窮魯史，青簡厄秦灰。記誦元非學，功名不論才。亂離思故物，飄泊轉堪哀。

卷　二

七言絶句

紀　事[一]

荒林茅屋絶炊烟，秋草當門盡廢田。野老無牛無子息，里胥猶索贍軍錢。

【校】

[一] 四庫本題爲"感舊"。

莫春懷李孟和

春雨霏霏映茅屋，空庭無人芳草緑。相思何故不成眠，一夜南風笋成竹。

山行雨中

疏林野水白鷗閑，細雨濃雲杳藹間。若得扁舟載春酒，畫圖都是米家山。

溪　上

青裙婦女采茶苦，白髮老人燒笋甘。松寺雨晴宜晚步，杏花風暖重春酤。

旅邸偶成

今日雨晴雙燕歸，野橋茅店^[一]又斜暉。便須買酒酣春色，莫放桃花樹樹飛。

【校】

［一］店：四庫本作"屋"。

題《篁棘幽禽圖》

春山啼鳥雜花香，叢棘修筠各自芳。何似梧桐西掖樹，千年鳴鳳向朝陽。

風雨驢上三首

風雨南山跨蹇驢，清溪走訪野人居。林花未落須沽酒，春水初生好釣魚。

處處江湖行路難，東風鼓角滿雲端。蹇驢破帽青山下，翠木蒼藤莫雨寒。

山雲故作今朝雨，湖水新添昨夜痕。細草幽花俱有意，青山相對已忘言。

山　中

舍南水落沙徑成[一]，塹北笋高山鳥鳴。[二]幸有罇罍供晚酌，不愁風雨阻春晴。

【校】

[一] 徑成：四庫本作“成塹”。

[二] 塹北笋高山鳥鳴：四庫本作“北笋山高鳥自鳴”。

題李息齋《墨竹》

蕭蕭晴影動秋風，春老湘江碧玉叢。夜半酒醒吹短笛，起看栖鳳月明中。

題《蜀江雨霽圖》[一]

瞿塘[二]雨過[三]起春瀾，空翠樓臺杳藹間。萬里橋西花似錦，暮雲依舊隔巫山。

【校】

[一] 四庫本題爲“蜀江雨霽圖”。

[二] 塘：四庫本作“唐”。

[三] 過：四庫本作“霽”。

題《湖山秋意圖》

白水青山澹澹秋，晚涼同醉木蘭舟。西風無限江南意，楊柳芙蓉不解愁[一]。

【校】

[一] 愁：四庫本作“秋”。

江上對雨

北辭京國秋將晚，南望鄉關路轉遙。倦客長江對疏雨，荻花楓葉正瀟瀟。

姑蘇河上作

楊柳青青河水渾，野橋茅店水邊村。官船三日姑蘇道，處處青山似故園。

丹陽縣道中

丹陽郭外山無數，茅屋松林下夕陽。絕似武夷秋雨後，野橋流水稻花香。

江上看晚山憶方壺高士

秋樹連雲日色殘，晚風初定綠波閒。方壺老去空能畫，不見長江雨後山。

戲題臨賀公館霉樹[一]

空庭老樹并蒼蒼，密葉曾經使者霜。南國久無王化及，好留春
色比甘棠。

【校】

［一］樹：四庫本作"柏"。

元日賀州公館

雪消公館日遲遲，綠樹微風動鬢絲。山鳥下庭人吏散，獨看幽
草立多時。

秋江雲樹圖[一]

草閣柴扉入翠微，碧雲紅樹晚依依。美人何事秋江上，采得芙
蓉未肯歸。

老樹晴雲半有無，雨餘秋色滿江湖。扁舟也欲投簪去，何處青
山似畫圖。

【校】

［一］四庫本題爲"題《秋江雲樹圖》"。

桂林見梅

嶺南兩度見梅開，遠客空驚白髮催。忽憶繁花藍澗曲，好山無數夢中采[一]。

忽見羅浮萬鶴群，水邊林下玉繽紛。嶺南自古無霜雪，喜有寒香壓瘴雲。

冷蕊疏花自不禁，長松修竹共蕭森。高標迥[二] 立風霜表，始見平生鐵石心。

曾託[三] 寒窗爲寫真，東風彩筆自生春。江南萬點花如雪，落月空梁夢故[四] 人。

清池老樹落花稀，雪滿仙岩獨鶴歸。十二樓臺天似水，空香散作白雲飛。

【校】

[一] 采：四庫本、光緒刻本作“來”，當是。

[二] 迴：四庫本、光緒刻本作“迥”。

[三] 託：四庫本作“記”。

[四] 故：四庫本作“古”。

春日試筆

四海車書已混同，萬年歷數帝王功。山川草木知多少，總在風

270

雲雨露中。

曾瞻日月御階明，豈有風霜嶺激[一]清？只好南山對春雨，老農擊壤頌升平。

偶從江海踏星楂，萬里逢春正憶家。唯有君恩深似雨，東風草色滿天涯。

又看庭草換年華，最憶痴兒未到家。白髮倚門望春信，好風開遍杏桃花。

春日融州城南省風俗

雪晴江路少塵埃，瘦馬觀風偶獨來。應是山家春色早，夭桃穠李一時開。

春日草堂

水色山光澹澹清，池塘雨過草初生。東風茅屋春多少，喜聽流鶯第一聲。

癸丑元夕柳州見梅憶澤[一]

忽見繁花亂客愁，東風寂寞古龍州。故園稚子無消息，坐對寒江月滿樓。

【校】

［一］四庫本題爲"癸丑元夕柳州見梅憶澤兒"。

憶故園叢竹

舊栽叢竹蔭衡門，想見春風長子孫。書閣無人栽蠹簡，清池科斗共黄昏。

憶 橘 樹

橘樹新移近草堂，開軒時愛午陰凉。春來應是花如雪，吹落蘇耽井水香。

春日憶草堂

草閣臨池絶四鄰，碧桃紅杏一時新。東風莫遣花狼籍，留取春光待遠人。

滄江風雨落花稀，倦客天涯正憶歸。不似故園雙燕子，銜泥還入草堂飛。

江上望群山十首

疏篁古木雨模糊，峭壁懸崖萬仞孤。白髮方壺稱畫手，只圖衡嶽與匡廬。

272

金蓮玉笋自相依，空翠濛濛欲濕衣。絕似扁舟仙掌曲，澹烟疏雨白鷗飛。

怪石層巒一萬重，彩雲高擁玉芙蓉。更添瀑布三千丈，絕勝東南五老峰。

華山九叠真堪畫，柘木孤村亦可居。縱得扁舟歸去好，清江處處有鱸魚。

江[一]轉千峰錦繡開，便如流水入天臺。桃花不與春風老，留待山楂八月來。

金銀佛寺雲霄上，丹碧人家水木中。細草幽花俱有意，倚蓬[二]隨處玩春風。

天空樓觀通玄圃，日出雲霞繞赤城。江上三年來往慣，好山未到已知名。

萬丈江雲擁翠樓，青鸞紫鳳繞丹丘。少陵若到沅湘外，詩興何須[三]入海求。

石壓[四]中天積雪高，朝陽照見鳳凰毛。瑤臺更在空青外，好向秋風望海濤。

閬風玄[五] 圍挹中天，方丈蓬萊紫翠連。願借峰頭住千歲，坐看滄海變桑田。

【校】

［一］江：底本、清抄本漫漶，現據光緒刻本補。

［二］蓬：光緒刻本作"篷"。

［三］詩興何須：底本漫漶，現據光緒刻本、清抄本補。

［四］壓：底本漫漶，現據光緒刻本補。

［五］玄：光緒刻本作"元"。

江上晚景

疏雨殘雲共晚風，長髥烏帽獨掀蓬[一]。江山絕似元暉畫，浦樹沙禽慘澹中。

【校】

［一］蓬：光緒刻本作"篷"。

江上夜作

晚風吹雪散晴雲，移棹滄江入白蘋。夢覺不知天在水，却疑楂影上星辰。

折杜鵑花

對江松樹兩三家，背立東風數暝鴉。草綠故園歸未得，臨流愁見杜鵑花。

懷山中

久別山中鸞鶴群，清齋自禮武夷君。滄江明月扁舟夜[一]，渾似松窗臥白雲。

【校】

[一] 夜：四庫本作"後"。

題《宣和御馬》

千里龍媒不受羈，雪深黃竹到瑤池。壁間空對宣和畫，世上難逢伯樂知。

題藤州江月樓東坡遺疏[一]

清江明月夜團團，海上飛雲共倚闌。應有黃州清夢在，洞簫鳴鶴九天寒。

【校】

[一] 疏：光緒刻本作"迹"。

雨中上龍門江

沙頭新水綠無痕，茅屋孤烟已近村。嶺海三年心力倦，臥聽春雨上龍門。

爲侄濩題《墨梅》

春暖藍田玉一枝，清江萬里慰相思。茅檐自有調羹具，莫怨東風結子遲。

卷 三

七言律詩

武夷道中寄山中道友

丹山碧水漾清暉，盡日經行徑路微。野老築場收稼早，溪翁舉網得魚肥。青天萬里飛雲盡，黃葉千峰獨鳥歸。爲報西山彭道士，月明今夜扣柴扉。

九日西山懷虛白先生

羽人曾共住丹丘，風雨重來又莫秋。紅葉閉門山寺静，白雲留客野亭幽。千年海鶴無消息，九日山蕁[一] 有獻酬。日莫鷓鴣飛去急，玉笙何處恨悠悠。

【校】

[一] 蕁：四庫本、光緒刻本作“蕁”。

寄張孟方

屏山喬木翠參天，共愛風流長史賢。古篆龍蛇金作刺[一]，遺經科斗竹爲編。慈親鶴髮垂霜柏，道士鵝群戲墨泉。今代法書稱趙杜，他年重見筆如椽。

題屏山劉氏

高士山中習隱居，猶聞著論托潛夫。每懷李愿歸盤谷，空擬知章賜鑒湖。諸老文章多散逸，百年亭館易荒蕪。欲從二客觀陳迹，定有賢孫致酒壺。

奉寄陳景忠都司

清名浙右文章伯，白髮閩南憲椽曹。六月鵾鵬乘海運，九天雕鶚與秋高。榕城日暖尊罍静，蓮幕風生案牘勞。定有故人傳賦頌，漢廷從此重王褒。

青衿自愛工文史，白帽終當隱武夷。屢辱山公封啓事，敢從鄭老赴襟期。乾坤千古知音少，風雨孤村得句遲。欲采芙蓉度江去，水光山色不勝思。

同程芳遠游東林寺

東岡石上松林青，偶與白雲來此行。老僧下榻雨花散，古寺閉門秋草生。八月風高萬籟急，霅溪日落千山明。歸去橋西一迴首，重林杳緲隔鐘聲。

寄武夷張郭二山人

天壺峰頂日月轉，星渚橋畔雲烟垂。青溪道士騎黃鶴，白髮老翁歌紫芝。濁酒欲謀他日醉，丹砂須作後天期。塵埃滿眼不歸去，洞裏桃花空夢思。

幔 亭 峰

兩崖離立陰陰然，上有喬木高參天。仙家樓臺鷄犬静，石潭雲霧蛟龍眠。漁人樵子時相見，水鳥山花亦可憐。《九曲棹歌》誰和[一]得？千年遺響墮蒼烟。

【校】

［一］和：清抄本作“知”。

舟次北津，奉寄李復禮、葛元哲二先輩

清晨行李出西郭，日午泊船當北津。白沙翠竹自成徑，紫燕黃鶯時近人。五年戎馬未休息，九曲樵漁甘隱淪。安得比鄰如李葛，狂歌痛飲度青春。

春 日[一]

隔水黃鸝時一鳴，近人胡[二]蝶亦多情。孤城莫雨絲絲細，高閣春雲片片輕。杜甫自知詩作祟，陶潛深仗酒爲名。未傳江漢休兵甲，厭聽東風鼓角聲。

莫春奉懷李葛二先生

廣文好客能賒酒，令尹休官尚轉蓬。獨鶴不歸滄海上，霾鼇猶在白雲中。仲舒經術傳三策，杜甫文章跨數公。獨立晴沙最相憶，落花飛絮滿東風。

中秋之夕有懷天游舊游并郭山人^[一]

十年不到天游上，五夜長歌月影中。玉宇有時餐沆瀣，金丹無術住崆峒。海波滉瀁三山日，鶴背飄蕭萬里風。忽憶舊游如夢寐，詩成題寄紫芝翁。

寄張茂叔

黃岡處士舊知名，似爾文章老更成。芸簡蠹魚當夜永，蘭苕翡翠共秋清。滄江有酒延漁父，白髮無人薦馬卿。春晏蓬萊消息近，斗南時有劍光橫。

偶題二首[一]

須信文章千古事，向來編簡幾人知。荒山宿雨蘭茗静，老屋秋風蟋蟀悲。前輩風流難并駕，後生述作更宗誰。親逢舜代賡歌日，不廢堯民擊壤詞。

【校】

[一] 偶題二首：光緒刻本作"偶題"，各本均僅有一首詩。

游東林寺

隔溪蘭若有雲住，背郭草堂無酒賒。秋色琅玕亭外竹，天香檐蔔座[一] 中花。千年龍像[二] 當山殿，八月鱸[三] 魚上釣槎。一二老僧皆舊識，松根敲火試春茶。

【校】

[一] 座：四庫本作"坐"。

[二] 像：四庫本、光緒刻本作"象"。

[三] 鱸：光緒刻本作"驢"，誤。

送野士弘狀元扶侍還京

曾叩中天虎豹關，遥瞻華蓋覲天顔。春風彩筆金鑾殿，曉日宮花玉笋斑[一]。兵甲十年爲客久，樓船五月侍親還。明年驄馬來南國，肯訪茅茨過北山。

【校】

[一] 斑：四庫本、光緒刻本作"班"。

送王仲京航海趨[一]京

樓船萬里赴京師，滄海澄清白日遲。龍御九霄開帝[二]闕，鵬飛六月息天池。王褒獻頌終持節，賈誼封書在濟時。却向五雲瞻北極，祇慚孤鶴戀南枝。

【校】

〔一〕趨：光緒刻本作"赴"。

〔二〕帝：四庫本作"鳳"。

莫春雨中偶成

干戈擾擾青春莫，雲霧紛紛白日迷。千里江淮誰飲馬，五更風雨獨聞雞。徒勞劍氣冲牛斗，無復星文聚壁奎。九曲桃花春水綠，白鷗還許共清溪。

望止止庵[一]雪舟高士

落日維舟石鼓村，道傍茅屋幾家存。雲開玉女支機石，雨過金公種橘園。鷄犬曾聞升碧落，豺狼欲出傍黃昏。山陰道士遥相憶，乘興何由一叩門。

【校】

〔一〕止止庵：四庫本作"三山庵"。

秋夕懷王長文

月落秋山夜正中，飛雲廖落海天空。攬衣誰念聞雞舞，拔劍終期汗馬功。河漢星辰連北斗，蒹葭霜露滿西風。憂時王粲頭如雪，却憶《登樓賦》最工。

岩居雨中答黃仲言

茅齋喜與故人連，草澤愁聞羽檄傳。五月烟塵迷道路，九天雷雨洗山川。思家夢繞西江[一]外，戀闕心馳北斗邊。賴有清尊酬暇日，莫因黃髮感流年。

【校】

[一] 江：四庫本作"湖"。

游天壺道院呈周叔亮憲僉[一]

偶向武夷尋道士，還如劉阮入天台。漁舟日莫桃花雨，仙館春深竹葉杯。千歲丹砂龍虎伏，五雲簫管鳳皇來。醉歌更挹浮丘伯，并坐中天百尺臺。

【校】

[一] 憲僉：四庫本、光緒刻本作"僉憲"，當是。

寄李謹之

露下梧桐爽氣浮，天低河漢近高樓。西風鼓角凄凉夜，落日山川慘澹秋。尚憶鹿門堪避世，祇慚燕頷未封侯。海波東去三山遠，劍氣徒勞望斗牛。

福州道山亭即景[一]

江國涼風白雁初，道山秋色野亭虛。天連海水蓬萊近，霜落汀洲橘柚疏。北望每懷王粲賦，南游空上賈生書。四郊但願休戎馬，獨客何妨老釣魚。

【校】

[一] 四庫本題爲“題道山亭”。

送王共之歸永嘉

仲宣爲客倦登樓，季子還家祇弊[一] 裘。南極青山連雁蕩，北風黃葉下漁舟。江湖淪落才名晚，鄉井凄涼戰伐秋。莫向時人論出處，英雄投筆便封侯。

【校】

[一] 弊：光緒刻本作“敝”。

送盧憲副持節海南

三年獨愛山居好，萬里今傳使節來。南極風霜清嶺海，中天日月照蓬萊。州連銅柱山多瘴，水接朱崖地有雷。從此遐荒重裳裒，文星早晚近三台。

挽盧憲付[一] 卒于[二] 海北

繡衣萬里按炎荒，白髮中宵隕瘴鄉。夢斷玉樓江月冷，魂飛銅柱海天長。樓船歲晚迎歸櫬，松桂春陰閉野堂。欲向滄浪歌楚些，山空猿鶴易悲傷。

【校】

[一] 付：四庫本、光緒刻本作“副”。

[二] 于：光緒刻本作“於”。

癸卯元日試筆

海國風雲氣象和，江淮黎庶息干戈。天旋北極星辰近，春入南山雨露多。共喜鳳書通紫闕，復聞牲璧祀黃河。野人但願升平樂，擬續康衢《擊壤歌》。

藍原道中

青山西上是藍田，野草殘花共愴然。春日園林非舊主，夕陽丘隴有新阡。百年喬木今猶在，先代遺書許共傳。欲向空林薦蘋藻，斷碑無字臥寒烟。

謝賈參政薦儒職時兼樞帥二職

內府黃金鑄虎符，彤廷湛露錫宮壺。詩書禮樂三軍帥，天地風雲八陣圖。蓋世才名稱耿賈，經邦事業佐唐虞。鷹揚更待驅群盜，鶚薦何煩記腐儒。

送京學危提舉奉旨代祀文公祠墓加封齊國文公[一]

聖主崇文禮大賢，儒臣持節過林泉。太公舊履山河在，宣父遺
經日月懸。玉瓚曉分仙掌露，石門晴散御爐烟。清朝盛典于今見，
勒石名山頌萬年。

【校】

[一] 齊國文公：四庫本作“齊國公”。

檢舊書有感

高閣藏書半不存，數編零落更堪論。閉門風雨黎[一] 花盡，壞
壁塵埃竹簡昏。鳴鳳徒勞思盛世，獲麟何用記空言。文章漫爾疲心
力，陋巷如愚道自尊。

【校】

[一] 黎：光緒刻本作“梨”。

答蕭子仁

每憶詩篇共封[一] 論，更煩書札[二] 致[三] 殷勤。西風一葉瀟瀟
雨，落日三山渺渺雲。碧海魚龍秋正蟄，空江鴻雁夜多聞。茅檐寂
寞黃花晚，欲采寒香遠寄君。

【校】

[一] 封：四庫本、光緒刻本作“討”。

[二] 札：四庫本作“梨”。

兵後窺小園

已無籬落護莓苔，時有鄰人共往來。桑柘總因斤斧廢，菊花空對草堂開。雲橫關塞餘兵氣，水落城池盡劫灰。況是荒郊多白骨，天陰鬼哭轉堪哀。

拜虛白塔

石徑松林入翠微，門人卜此窆空衣。流沙幾日青牛度，滄海千年白鶴歸。山鬼夜驚丹氣吐，洞雷晴挾劍光飛。久知生滅元無礙，目斷鴒原下夕暉。

寄陳朝玉

經年不見陳文學，孤負茅檐濁酒杯。尺書千里鴻雁至，黃葉滿窗風雨來。[一] 世亂固應爲士賤，好懷那得爲君開。正思春水扁舟好，擬看扶桑海上回。

【校】

［一］尺書千里鴻雁至，黃葉滿窗風雨來：四庫本作"黃葉滿窗風雨來，尺書千里鴻雁至"。

寄余員外從善

嫋嫋秋風江水波，碧雲千里奈愁何。空山落葉黃昏雨，深谷幽人白石歌。舉目漸驚豪杰少，論心偏恨別離多。官船不得閩清便，采采金花滿澗阿。

病 中 作[一]

茅屋黃花共寂寥，病容詩思總無聊。山童夜靜分松火，道士天寒送藥苗。落木荒陂秋澹澹，鳴雞空館雨瀟瀟。仙家瑤草年年長，弱水蓬萊路更遥。

【校】

[一] 四庫本題爲“九日病中”。

病[一] 中懷李孟和

熱病數日不能起，凉天一蟬徒自悲。無衣但恐霜雪盛，有酒不憂筋力衰。綠苔晚雨荒書屋，黃葉秋風動鬢絲。頗訝故人音問絶，經旬不見李侯[二] 詩。

【校】

[一] 病：四庫本作“雨”。

[二] 李侯：四庫本、光緒刻本作“李陵”。

寒 夜 作

歲云莫矣嘆無衣，霜落蕭條木葉稀。天遠星辰皆北拱，夜深鴻雁更南飛。朔方兵馬何時動，《禹貢》山河未盡歸。明月一尊難獨醉，故人千里久相逢。

題董氏野亭

野老瀼西一茅屋，將軍南塘第五橋。龍氣丹崖雲黯黯，鶴巢松樹雨瀟瀟。圍棋或遇橘中叟，伐木遠聞溪上樵。喜有右丞能載酒，秋風同泛木蘭橈。

舟泊延平懷劉[一] 仲祥

秋日泊船鐔津口，城上[二] 高閣風泠泠。潛蛟在澗水常黑，疏雨隔溪山正青。何人望氣求雙劍，處士閉門談六經。文公精舍倚南郭，一薦芳洲蘋藻馨。

【校】

[一] 劉：底本作"鎦"，四庫本、光緒刻本作"劉"，當是，據改。下文作姓氏時均徑改。

[二] 上：四庫本作"頭"。

答劉仲祥見貽之作[一]

平生識君殊恨晚，老去才名誰復過。窗前柿葉書漢隸，江上竹枝聞楚歌。漁洲[二] 細雨白鷗净[三]，藥圃暖云瑶草多。尊酒相逢又相別，山青水碧奈愁何。

【校】

[一] 四庫本題爲"答仲祥見貽之作"。

[二] 洲：四庫本作"舟"。

[三] 净：四庫本作"静"。

懷三山舊游三首

日出三山烟霧開，梵宮樓閣繞崔嵬。魚龍大地江濤轉，犀象諸蕃海舶來。歲貢尋常登橘柚，天顏咫尺近蓬萊。安邊莫倚山川險，重鎮須求俊乂村。

畫棟朱甍倚碧霄，翠榕丹荔映河橋。海門曉見三山日，江閣秋聞半夜潮。落葉西風心悄悄，扁舟明月夢迢迢。不堪戎馬淹南國，空向山林老聖朝。

古榕城下草堂存，楊柳青青啼鳥聞。枕簟晚涼禪浦雨，琴書朝潤道山雲。客窗臥病深秋後，野老論詩靜夜分。十載未能酬一飯，江聲月色總思君。

破屋二首[一]

壞壁[二]頹垣藤蔓垂，書簽藥裹亂蛛絲。茅茨又費三年築，風雨應煩一木支。野老許分林屋住，故人誰寄草堂資。玄經自笑楊[三]雄苦，門掩寒雲有所思。

破屋三間不自聊，西風籬落草蕭蕭[四]。圖書滿座嗟撩亂，車馬何人問寂寥。四壁秋聲連蟋蟀，一枝寒雨共鷦鷯。欲知環堵家家樂，願見兵戈處處銷。

【校】

[一] 四庫本題爲"破屋"。

［二］壁：四庫本作"屋"。

［三］楊：四庫本、光緒刻本作"揚"。

［四］蕭蕭：光緒刻本作"瀟瀟"。

寄伯穎元帥并問訊鄭泉州[一]

細柳營新列戰艘，刺桐花暖映征袍。風行瀚海鯨波静，雲壓秋城鳥陣高。澤國微霜催橘柚，管弦清夜送莆菊[二]。風流太守如相問，爲説山林已二毛。

【校】

［一］四庫本題爲"寄伯穎元帥"。

［二］莆菊：四庫本、清抄本作"葡萄"，光緒刻本作"蒲萄"。

寄嚴漠材[一] 買鹽南劍[二]

最憶高人池館静，圖書四壁風泠泠[三]。曾趨虎帳懷秋雨，誰向羊裘占客星。日出鹵花當户白，天寒榕樹入簾青。謝庭蘭玉多春色，欲寄神農《本草經》。

【校】

［一］材：清抄本作"村"。

［二］南劍：光緒刻本作"劍南"，疑是。

［三］泠泠：清抄本作"冷冷"。

七月廿八[一] 夜，同巢翁、石父燕集玄都道院[二]。是日，雷雨晝晦，既夕，星月爛然，席上作[三]

偶與高人宴武夷，天空山水漾清[四] 輝。金盤曉露莆[五] 萄酒，玉女秋風薜荔衣。雷起石堂龍未蟄，月生滄海鶴初歸。瑤臺自有長生錄，莫嘆尊前往事非。

懷 友 人

露下高城一葉飛，懷人千里思依依。丹鳳碧梧真瑞世，白鷗滄海自忘機。秋風欲贈蒼玉佩，明月忽墮黃金徽。弦中白雪我所愛，水遠山長知者稀。

和友人見寄

憂國長懷心悄悄，讀書空笑腹便便。西風粳道雲連屋，秋水兼葭月在船。黃葉閉門霙樹老，清溪落日數峰連。藍田丘壑題詩處，喜有高人住輞川。

巢 雲 亭[一]

門前豫樟[二] 大十圍，野橋流水相因依。天清[三] 茅竹數峰出，冬[四] 暖桃花雙燕飛。風高隱几聞《伐木》，日暮杖藜歌《采薇》。杜陵舊業無處問，溪上草堂今是非。

寓秦石村作

磐石垂蘿一徑分，野橋流水數家村。人烟橘柚寒連屋，仙掌芙蓉晚對門。屢辱故人留藥價，空煩漁夫問桃源。多情唯有南溪竹，春雨年年長子孫。

喜南鄰携酒至[一]

柴門地僻長蒼苔，慚愧比鄰數往來。四壁蓬蒿貧士宅，孤村風雨故人杯。書籖藥裹應成癖，水鳥山花莫漫猜。萬事形骸俱撥[二]置，百年懷抱爲君開。

贈劉彦炳典籖從軍南劍[一]

二月山城逢故人，野亭杯酒共情親。江湖戎馬艱難日，風雨啼鶯寂寞春。照夜藜光浮蠹簡，衝星劍氣動龍津。坐陪元帥清南海，應有新詩寄隱淪。

書田舍壁

桑麻曉色連南浦，松桂春陰覆北窗。翠石琅玕分個個，晴沙鸂鶒并霶霶。桃花浪暖收魚罟，竹葉香濃倒蟻缸。況有老翁將稚子，居人疑是鹿門龐。

三月晦日追餞劉典籤，舟發不及見，賦詩代簡

杖藜柳外跣鳴珂，如此青春奈別何。野水孤舟行客遠，滄烟疏雨落花多。驊騮已戀將軍幕，烏鵲空瞻織女河。最憶城南官酒綠，畫堂紅燭夜聞歌。

游井水原寄劉士元、熊孟秉

連山西來群馬奔，下有流水如桃源。故家尚想衣冠盛，喬木徒悲丘壟[一]存。天際斷雲橫翠黛，沙頭疏雨送黃昏。廬峰隱者相鄰并，松菊蕭疏[二]對掩門。

秋日酬李孟和廣文并問候鶴田先生

兵塵處處廢弦歌，嘆息儒冠滯澗阿。苜蓿荒齋秋色澹，梧桐村巷雨聲多。百年禮樂嗟淪缺，一代文章費琢磨。雲暖鶴田瑤草碧，夫君白首意如何？

山中答友人

空煩尺牘致殷勤，豈有文章托隱淪。何處桃花堪避世，中林藥草漫輕身。蠨蛸在戶山多雨，科斗藏書壁有塵。壯志消磨知己少，劍光長望斗牛津。

經杜徵君故居

廢宅重過[一]憶隱君，閑門秋草漫紛紛。翰林一日承丹詔，文冢千年閟白雲。壞壁塵埃封鳥篆，空山風雨失龍文。子孫零落遺書盡，何用清名後代聞。

【校】

［一］過：清抄本作“迴”。

九日西山燕集，次靖之韵追懷虛白高士

九日重登臥月臺，西風愁對菊花開。空聞玉女賓雲曲，不見銅仙白露杯。葛井丹成龍自化，楓江霜冷雁空哀。杜陵老去多詩興，不待尊前急雨催。

寄劉仲祥山長

南州誰識少微星，白髮山中煮茯苓。春草閉門神助句，天花繞座[一]佛談經。蒼龍劍氣時時黑，太乙黎[二]光夜夜青。十載相思不相見，西風鴻鵠故冥冥。

【校】

［一］座：四庫本作"坐"。

［二］黎：四庫本、光緒刻本作"藜"。

送夏志衡檢校赴省兼柬藍仲晦[一]

風塵一劍靜邊隅，松菊空山尚隱居。入幕共推毛義檄，專門自守夏侯書。秋高島嶼潮聲壯，日落江湖雁影疏。若見吾宗賢檢校，爲言疏懶寄樵漁。

【校】

［一］四庫本題爲"送夏志衡檢校赴省兼柬仲晦"。

寄黃慎之提舉

故人獨愛黃叔度，久客還如王仲宣。俎豆正須歌在泮，簿書何用賦歸田。四明春樹連滄海，雨鬢秋風近暮年。南雁不來音問絕，碧雲凉月思茫然。

乙巳春日寄吕海月宣慰、董天麒二帥

五夜春回北斗邊，東風江上雨連天。干戈未息龍蛇歲，日月空催犬馬年。藥石豈能裨世用，山林何待起遺賢。諸公戮力扶王室，獨向茅簷理斷編。

寄野士弘、壽南山二左司

久無書札問平安，獨向雲霄望羽翰。潮落魚龍三島近，月明烏[一]鵲一枝寒。斗南[二]共識張華劍，林下空彈貢禹冠。一別滄江秋又晚，黃花紅葉露溥溥。

【校】

[一] 烏：光緒刻本作"烏"。

[二] 南：光緒刻本作"牛"。

次梁天《與峻德郎中游武夷》韵三首

一夕仙橋架彩虹，千年洞府閟神縱[一]。清秋沆瀣金人掌，明月芙蓉玉女峰。霧雨至今藏虎豹，風雷何日化魚龍。山中尚有長生藥，安得桑[二]雲獻九重？

紅葉黃花倚棹看，幔亭仙掌莫雲端。石門飛瀑時時雨，丹井泠風夜夜寒。華表千年歸白鶴，瑤池七夕降青鸞。神仙浩蕩終難遇，莫向明時便挂冠。

平林五曲舊精廬，井竈猶存隱者居。俎豆衣冠三代後，山川草木百年餘。曾聞諸老談經術，又見清朝表里間。日莫停舟薦蘋藻，還思枉駕問樵漁。

【校】

［一］縱：光緒刻本作“蹤”。

［二］桑：光緒刻本作“乘”，疑是。

寄陳景忠提舉

風雨蕭條南澗阿，歲云莫矣奈愁何。黃精自試輕身術，白石誰聽扣角歌。屢辱故人騰鶚薦，甘隨野老覓漁簑。王師未報清淮甸，西北浮雲日日多。

經郭先生平川舊居

皓首明時祇布衣，孤墳宿草又斜暉。塵埃几杖遺書盡，風雨園林舊業非。九曲月明猿自吊，三山秋晚鶴空歸。多情唯有門前水，春色年年上釣磯。

寄劉典籤

武夷山水净無塵，數畝林堂[一]卜築新。溪上浣花逢杜甫，洞中采藥憶劉晨。蘭苕翡翠滄波晚，芝草琅玕碧澗春。風雨兼旬妨載酒，題詩先寄入山人。

東南積翠武夷峰，載酒高歌恨不同。茅竹洞深衝莫雨，芰荷衣老怯秋風。夢回仙掌蒼茫外，興入漁舟浩蕩中。病枕豈能陪羽駕，玉簫吹徹海天空。

秋 陰 嘆

連日秋陰不作雨，疾風吹暗沙洲渚。空令野老嘆茅茨，誰與田家救禾黍。玄雲白霧晝冥[一] 濛，夜瞻[二] 星月當晴空。腐儒且説堯舜世，十日一雨五日風。[三]

答海月大師貽詩問訊

柴門屢枉故人車，草澤元非隱者廬。方士許傳鴻寶訣，名山自讀馬遷書。十年兵甲皇威遠，二頃山田歲計疏。賴有忠良扶社稷，不勞音問到樵漁。

雨中喜劉俊民、孔克遜相過

茅簷高臥養微痾，遠辱將軍并轡過。山色更兼微雨好，鶯聲偏傍落花多。慚無雞黍頻供給，喜有漁梁共嘯歌。孔氏諸孫尤好學，古書科斗[一] 近如何？

七月廿八日待詔奉天門下[一]

鳳皇臺枕御河流，閶闔風生禁樹秋。日轉東華臨萬國，星環北極會中洲。鵠袍并列趨金殿，雉扇齊開過玉樓。忝後儒臣陪顧問，願陳讜議贊皇猷。

【校】

［一］四庫本題爲“待詔奉天門下”。

八月二日觀祠后土，和鄭士文韵

仙仗通宵出禁城，卿雲瑞露共秋清。禮祠后土千官集，國報豐年百穀成。野老遥瞻龍御過，史臣先賀泰階平。金門待詔楊[一]雄宅，願賦河東頌聖明。

【校】

［一］楊：光緒刻本作“揚”。

客舍雨中

鳳皇臺北御河東，客舍孤烟四壁空。江上兼葭連雨莫[一]，天涯絺綌動秋風。五湖波浪迷歸雁，兩鬢塵沙感斷蓬。回首故山松桂晚，夢魂猶在白雲中。

【校】

［一］雨莫：光緒刻本作“暮雨”。

八月十三日早，上御奉天門選注儒士。是日，膺廣西之命

金門詔下選英髦，側席深知聖主勞。奎壁圖書雲漢近，蓬萊宮殿日華高。黃麻曉露濡宸翰，玉節秋風照海濤。自顧草茅承聖澤，愧無賦頌擬王褒。

送霍拱辰歸建安

文星光彩動皇州，博士曾同萬里游。曉日蓬萊丹鳳闕，西風苜蓿紫霞洲。船經吳越千峰雨，木落瀟湘一雁秋。兩地相思各迴首，殘蟬衰草共離憂。

金陵望鳳皇臺

金陵曉日望層臺，雙闕嵯峨寶殿開。六代江山龍虎踞，千年城郭鳳皇來。瑤池夜月吹簫下，玉樹秋風步輦回。白鷺三山何足賦，明時空想謫仙才。

送鄭士文僉憲山東

故人持節過山東，御筆題名選注公。江上荷衣衝莫雨，濟南木葉動秋風。林間孔廟遺書在，山頂秦碑古篆工。按部倘能詢故迹，詩成須寄北飛鴻。

送陳孟隆僉憲廣東

故人同日被恩榮，豈料俱爲兩廣行。鷹隼北來霜氣肅，鱷魚南避海波清。三山莫雨孤舟興，五嶺秋風萬里情。共向天涯各迴首，莫將勳業負平生。

泊舟九江

今日泊船九江口，昨日泊船彭浪磯。木葉風高雁初下，蓼花水生魚正肥。荒城隔浦晴吹角，明月誰家夜搗衣。南望故園秋色晚，青山有意待人歸。

廬山咏懷古迹

匡廬山色枕寒流，晋代衣冠尚古丘。三徑清風陶令宅，九江明月庾公樓。波吞故園魚龍晚，草沒荒城虎豹秋。聞有東林僧舍近，欲尋五老共清游。

九月八日[一] 巴河阻風，答孟原僉憲

江湖萬里喜同游，漫向巴河滯客舟。茅屋誰家還白酒，菊花明日又黃州。故園風雨生秋夢，上國雲山入莫愁。賴有故人相慰藉，燈前談笑亦風流。

【校】

[一] 九月八日：四庫本作"八月九日"。

302

九日黃州作并懷建上二友

黃州九日繫扁舟，何處登高散客愁。茰菊漫懷荊楚客，風烟猶阻洞庭秋。飄蕭短髮欺烏帽，爛熳清尊對白鷗。獨念故人滄海上，去年今夕記同游。

懷鶴田先生

清名一出動江淮，白髮多情戀草萊。盛世文章金石刻，深山松柏棟梁材。六經豈爲秦灰廢，四皓終因漢幣來。自愧升堂稱晚達，獨將書劍傍塵埃。

正月二日答諸公見贈之作

雨餘草色映江沙，又見新年換物華。萬里東風懷棣萼，一杯香露醉桃花。丹崖舊種神仙藥，碧海虛隨奉使槎。自愧題詩勞弱翰，故人相對在天涯。

姑蘇懷古

故國城池豈闔廬，西風臺榭尚姑蘇。歌催越女酣春宴，兵散吳江失伯[一]圖。輦路草生空走鹿，女墙月落更啼烏。可憐猶自矜紅粉，十里荷花繞太湖。

【校】

[一] 伯：光緒刻本作“霸”。

江上懷二兄

萬里驅馳荷聖恩，草堂迴首愧諸昆。松楸落日懷新壟，桑苧秋風隔故園。鴻寶漫傳丹竈術，玄經空負子雲言。歲寒倘遂歸田興，三徑猶堪托子孫。

夜泊武昌城下

蒼山斜枕漢江流，自古東南重上游。巫峽秋聲連戍角，洞庭月色在漁舟。白雲黃鶴悠悠思，落木啼烏渺渺愁。獨夜悲歌形勝地，燈前呼酒看吳鈎。

漢江晚望有懷藍山伯兄

扁舟九月溯滄波，漂泊其如感慨何。木落江淮秋色老，山連巴蜀莫雲多。草堂猿鶴關鄉夢，澤國魚龍入棹歌。白髮諸兄強健在，采薇空愧首陽阿。

金^[一] 州上湘原作寄張觀復、李子上

喬木蒼蒼覆古城，人家雞犬似升平。清湘一水涵秋色，黃葉千峰送晚晴。地接東溟瞻日近，天空南斗覺星明。輶車奉詔觀風俗，石壁題詩紀政成。

【校】

[一] 金：光緒刻本作“仝”。

304

湘山寺飛來石_{世傳羅浮飛至}

片石羅浮裂斷崖，飛空遥鎮梵王臺。千年虎豹疑星殞[一]，五夜蛟龍共雨來。錫響空山雲霧合，杯浮滄海浪波開。至今老衲翻經處，點點空[二]花護碧苔。

【校】

[一] 殞：四庫本作「隕」。

[二] 空：四庫本作「天」。

過雲洞嶺宿莫村田家

馬度危峰雪未乾，鴉鳴荒館日初殘。少陵自愛羌村好，太白空歌蜀道難。萬里敢辭王事苦，一杯聊放客懷寬。梅花相伴天涯遠，月色江聲對倚欄。

望廣東附家書不至

曾煩海客附鄉書，望斷天涯一字無。旅館屢占烏鵲喜，關山誰念鶺鴒孤。清燈疏雨中宵夢，積雪寒雲萬里途。迴首幔亭歸未得，草堂松菊久荒蕪。

桂林官舍奉寄雲壑山人

十年采藥住林丘，一入京華覲冕旒。遂別山中猿鶴侶，漫看天上鳳麟游。白雲遠壑[一]瀟瀟雨，黃葉空江[二]澹澹秋。爲覓方壺東海上，許圖茅屋近滄洲。

【校】

〔一〕遠壑：底本、清抄本作“遠壑壑”，第二個“壑”當屬衍字。光緒
刻本作“遠壑”，四庫本作“遠望”。

〔二〕江：四庫本作“山”。

蒼梧虞帝廟[一]

虞帝傳聞葬九疑，蒼梧遠在桂江湄。空山虉蔽瞻龍御，落日簫
韶想鳳儀。草木曾經巡狩地，風雲誰見陟方時。空遺二女瀟湘曲，
明月滄波萬里思。

【校】

〔一〕四庫本題爲“題舜廟”。

嘉魚亭

城南高閣與雲浮，幾度憑闌對白鷗。梧樹朝陽栖鳳館，桃花春
水化龍洲。地連百粤千峰出，天入三江萬里流。芳草東風無限思，
不堪迴首仲宣樓。

答藍山兄

寄來詩句清如水，思向山中拜老龐。總爲玄經生白髮，久知丹
訣出清江。秋風茅屋芝三秀，春雨藍田玉一雙。也欲論文重載酒，
何時剪燭共西窗。

五夫新阡圖

畫圖山色遠蒼蒼，中有先塋百世藏。一徑白雲留下馬，數峰晴雪對眠羊。芝蘭滿地香初遠，松柏參天節更長。自愧殊鄉淹薄禄，新阡誰與表龍[一] 崗？

【校】

[一] 龍：四庫本、光緒刻本作"瀧"。

吳山懷古

南渡山川王氣浮[一]，西風松柏認前朝。紫宸無復千官宴，滄海空餘半夜潮。龍去蓬萊曾駐輦，鳳歸寥廓不聞簫。上方樓閣依稀在，莫雨疏鐘送寂寥。

【校】

[一] 浮：四庫本、光緒刻本作"消"。

同袁景升經歷游武夷

青鸞白馬墮蒼茫，古殿荒臺轉夕陽。山雜雲霞開錦繡，洞鳴風水合宮商。滄溟又見桑田換，石室徒聞竹簡藏。野艇喜陪山簡醉，月明漁唱起滄浪。

平林精舍同劉彦炳賦

平林五曲草堂存，松桂春陰護石門。六藉文章兼述作，七閩師友自淵源。塵埃遺像衣冠古，風雨殘碑篆刻昏。幾欲溯流詢絕學，青山相對已忘言。

過杜先生草堂

明時共惜臥龍材，三詔頻煩顧草萊。宅近青山唯廢址，書藏壞壁有殘灰。當年奏稿何人見，落日寒鴉共客來。漠祚欲移遺老盡，松風澗水有餘哀。

寄余煉師居玉蟾丹室

湖海歸來挂一瓢，玉蟾丹竈待重燒。內經黃帝留針訣，三品神農辯[一] 藥苗。楓葉漁舟波澹澹，茶烟禪榻鬢蕭蕭。高秋擬借峰頭鶴，共爾吹笙溯沆寥。

【校】

[一] 辯：光緒刻本作"辨"。

寄牛牧子

聞向清溪隱太和，幔亭仙掌翠嵯峨。君臣藥就黃芽熟，道德書成紫炁多。屢許秋風分枸杞，長懷明月共漁歌。歸來檢點青囊秘，瑤草春深滿澗阿。

武夷答鍾僉憲二首

東南壯觀武夷山，一棹秋風九曲間。仙樂鳳皇來石壁，人家鷄犬隔松關。蓬萊雲氣中天見，河漢星楂八月還。信有金丹換毛骨，且將勛業靜人寰。

萬壑天清木葉乾，早梅花暖拂雕鞍。霜隨使者觀風節，月過仙人禮斗壇。鳳去彩雲簫韵遠，龍歸碧海劍光寒。石崖俯見扶桑日，一枕游仙夢未殘。

送張伯升回桂林

寒江同泛李膺船，歸路先揚祖逖鞭。南極青山殘雪夜，東風楊柳早春天。鳳情何待傳瑶瑟，燕尾猶堪托錦箋。雖[一]信天涯有知己，客窗塵榻爲君懸。

【校】

[一] 雖：光緒刻本作“誰”。

封 陽 驛

官船早發渡頭沙，迴首東風日又斜。千里雲山橫桂嶺，一江春水漲桃花。荒村鷄犬臨欹岸，細雨鳬鷺傍釣查。南望蒼梧烟樹晚，鳳韶何處吊重華？

懷川道中

茅屋松林度野橋，看山不惜馬蹄遥。暖風遲日新春好，青草黄茅舊瘴消。郡邑正須除吏弊，閭閻還待采民謠。纖埃豈足裨山嶽，要使蠻荒識聖朝。

宿開建江上懷閩中故人

東風嫋嫋泛鷗波，倚棹汀州近薜蘿。江上流鶯疏雨歇，天涯芳草落花多。莫雲尚隔蒼梧野，秋興空懷白苧歌。離別不堪頻悵望，美人南國意如何？

分巡梧州，奉簡王胡二僉憲

承恩萬里辭天闕，持節三春按海邦。五嶺雲山連象郡，一川風雨下龍江。滄溟正喜仙楂并，紫氣遙占寶劍雙。珍重明公司憲紀，神交已覺寸心降。

呂 仙 亭

洞庭萬里連滄海，石室千年隱翠微。華表月明笙鶴下，蒼梧雲濕劍龍歸。城南[一] 老樹名空在，枕上黃粱[二] 夢已非。倦客遠尋勾漏洞，丹砂未就與心違。

【校】

[一] 城南：四庫本作"南城"。

[二] 粱：光緒刻本作"梁"。

老 君 洞[一]

在融州。洞中有石，望之，宛然老君像。

老君洞前瑤草春，桃華吹雨紅紛紛。千年白髮化黃石，半夜王[二] 簫來紫雲。瓊林鸞鶴朝梵炁，丹井蛟龍護隱文。欲向峰頭掃明月，流霞招得武夷君。

【校】

[一] 四庫本題爲"題老君洞"。

[二] 王：四庫本、光緒刻本作"玉"，當是。

梧州歸，至龍門驛作寄諸同志[一]

江轉龍門一棹輕，歸心不爲杜鵑聲。斜風細雨催離別，剩水殘山管送迎。但使百蠻稱鎮靜，久知四海望澄清。碧雲日莫蒼梧遠，不盡懷人渺渺情。

【校】

[一] 四庫本題爲"梧州歸，至龍門驛寄諸同志"。

風雨上馬峽寄孟原僉憲

沙頭又報驛船開，江上冥冥細雨來。馬峽濤聲驅灩澦，龍門雲氣接蓬萊。天高已覺雙星轉，楂近何須八月回。後夜桂林相憶處，鳳簫明月步丹臺。

莫春憶草堂示澤

仙岩一別舊烟霞，客裏時時夢到家。茅屋秋風懷杜曲，漁舟春雨隔桃花。飛鴻不寄天涯字，獨鶴空隨海上楂。倘得聖恩憐草莽，便從野老問桑麻。

夜坐憶西山草堂寄彭山人

憶共幽人住石門，茅屋日高啼鳥聞。山氣濕衣涼似雨，松花吹簾輕作雲。諸生載酒問奇字，野老杖藜談隱文。丹砂無成頭又白，空對青燈愁夜分。

崖頭神女廟祈雨，同明遠憲使登劉仙岩賦

崖頭廟前江水迴，劉郎洞口桃花開。神女自騎龍上下，仙人曾化鶴歸來。溪雲送雨涼隨蓋，石乳流霞暖泛杯。古壁丹書磨滅盡，更須梯石掃莓苔。

桂林病中作

臥病十日不出門，落葉蕭索如荒村。僮倦晝眠芳樹下，馬飢時齧秋蔬根。每愁地偏藥餌少，更畏雨多井水渾。桂林南洞有丹訣，杖策擬從方士論。

懷西山草堂二首

草堂松樹皆十圍，我昔讀書依翠微。玉簫明月鳳時下，寶劍秋風龍夜歸。爐丹伏火黃芽細，治[一] 墨翻雲紅葉稀。仙岩一別客游倦，空望雲林歌《采薇》。

往年曾與白雲期，結茅正傍南山陲。靈書琬琰傳華蓋，翠石芙蓉出武夷。花露三更和玉液，松風一曲響金絲。塵埃迴首生華髮，自是還丹歲月遲。

【校】

［一］治：光緒刻本作“沼”。

寄衡山李中[一] 卿

謫仙歸去臥松巢，江上飛花送錦袍。細寫山川成《史記》，更吟蘭杜入《離騷》。洞庭萬里秋風落，衡嶽千峰夜月高。欲托瑤琴寄相憶，海天清露鶴鳴臯。

【校】

［一］中：四庫本作“仲”。

聞危太樸大參閑居淮西

蒲輪白髮步瑤街，詔許淮西臥草萊。太史文章雄兩漢，少微星象近三台。明時制作稱元老，舊日經綸倚大才。縱把魚竿休遠去，衡門定有鶴書來。

題茅山道士張伯雨詩卷

江東道士張伯雨，靈書曾授大茅君。瑤臺鶴夢三清露，玉洞龍文五色雲。碧落空歌來幼[一] 妙，黃庭梵氣結絪縕。武夷別有賓雲奏，不共清猿月下聞。

寄贈璋上人

曾飛錫杖出塵埃，又脱袈裟卧草萊。喜按星辰尋地脉，誤隨雲霧入天台。鹿門黍熟休持鉢，漁艇波生似渡杯。從此更無諸妄想，不須天女散花來。

寄歐陽雪舟高士

夜戴星辰覰紫微，曉裁雲霧作仙衣。共傳函谷青牛去，獨跨廬山白鶴歸。灑筆梅香翻墨沼，捲簾松翠落金徽。隱山茅屋扁舟小，定有高人款竹扉。

寄方壺高士

方壺東望隔滄溟，白髮猶傳隱者名。五嶽雲霞開小景，三天符籙注長生。虎龍氣合調金鼎，鸞鶴聲多送玉笙。爲問蓬萊清淺未，麻姑何處候方平？

寄泉峰純一處士[一]

白髮高居不出村，曾從師老探奇文。捲簾黃葉千峰雨，繞屋靈芝五色雲。丹鼎夜寒添石火，牙籤日暖換窗芸。幔亭時有仙人過，松下焚香望鶴群。

懷草堂二首

黃石橋西澗水流，避人自築草堂幽。蒲荷雨净白鷗晚，鳥雀霜清紅稻秋。南郭老人來隱几，東鄰稚子解操舟。孤雲一出關山遠，落木西風渺渺愁。

最憶草堂雲水閑，別來幾度夢憑闌。秋風蟋蟀蘼蕪晚，夜月芙蓉翡翠寒。白髮漸多慚遠客，黃金雖貴笑微官。何時自剪階前竹，遍寫仙經静處看。

入義寧山中

疏篁古木抱雲岑[一]，野店山橋入桂林。青草江山春瘴重，落花風雨夜寒深。一官便擬歸田計，萬里長懷戀闕心。却憶故人霄漢上，霜臺翠柏曉森森。

【校】

〔一〕岑：清抄本作“嶺”。

三月晦日江上作

杜鵑聲裏瘴雲低，江上輕寒透弊[一]衣。九十春光今夕[二]過，三千客路幾時歸。桐華門巷空殘雨，燕子樓臺又落暉。海内交游俱白髮，相思莫遣信音稀。

再經蒼梧，雨中

官船落日過蒼梧，海氣蒸雲瘴癘俱。芳草斷碑虞舜廟，亂山古木郭熙圖。汀花冉冉青春暮，江雨冥冥白鳥孤。今夜龍門不堪宿，峽深風急野猿呼。

柳州懷古

孤城流水落花新，今日登臨憶古人。柳子祠荒餘瓦礫，劉蕡墓近老松筠。江山淪落俱陳迹，風雨淒凉又莫春。獨有文章傳不朽，夜虹長貫斗牛津。

聞張志道學士旅櫬自安南回

兩朝翰苑擅揮毫，白髮蕭蕭撰述勞。使出海南金印重，文成天上玉樓高。孤舟恨別三春草，落月歸魂萬里濤。欲托瀧江將絮酒，幽蘭叢桂賦《離騷》。

秋夕誦杜先生詩

先生已矣尚才名，麗句清辭萬古情。江海風濤回白日，乾坤雷雨動蒼精。百年人物稱遺逸，一代文章屬老成。静夜高歌對凉月，梧桐蟋蟀總秋聲。

七夕垂[一] 月下懷遠江作

石門、鯉魚，皆灘[二]名，極險[三]。

清江[四]碧樹轉千峰，疏雨殘雲净晚空。銀漢槎迴烏鵲月，石門帆送鯉魚風。一時詩興來天外，半夜秋聲起夢中。絶似黃州游赤壁，翩翩孤鶴度遼東。

【校】

[一] 垂：光緒刻本作“坐”，四庫本作“乘”。

[二] 灘：底本漫漶，清抄本、光緒刻本作“灘”，現據補。

[三] 險：底本漫漶，清抄本、光緒刻本作“險”，現據補。

[四] 江：四庫本作“風”。

十月五日夜柳城夢草堂

落葉殘燈卧柳城，長江遠海隔柴荆。久淹客路頭俱白，暫想雲山夢亦清。黃鶴紫芝空谷晚，寒梅疏竹小窗晴。覺來枕上芭蕉雨，猶似松風澗水聲。

入古縣望群峰作

群峰玉立并青霄，絶壑懸崖徑路遥。金殿笋班趨曉仗，海門龍角涌春潮。赤城霞氣中天起，仙掌晴嵐近日飄。似有清風隨憲節，蠻烟瘴雨一時消。

天河作^[一]

牛渚秋高木葉飄，西風不待鵲成橋。玉樓雲霧千峰合，銀漢星辰一水遥。綠竹人家團小市，黃茅村峒雜群猺。南游虛忝觀風使，永夜乘槎溯沉^[二]寥。

鄂渚泊舟

鄂渚風高木葉零，扁舟日莫泊漁汀。人烟橘柚連山郭，秋水兼葭帶洞庭。江色遠分雙鳥白，天光倒影一峰青。夜凉直欲窺河漢，祗恐傍人訝客星。

蒼梧遇葉僉憲

還向蒼梧遇故人，扁舟落日望潯津。清江白鳥疏疏雨，芳草垂楊淡淡春。長路獨愁趨走數，异鄉偏感别離頻。歸來剩買藤州酒，留取花枝照眼新。

煉藥齋中，喜明遠憲使相過

日長煉藥坐空齋，遠荷高情枉騎來。兔搗玄霜天上劑，蟻浮清露掌中杯。春雲覆屋丹初熟，莫雨鈎簾鶴自迴。千歲崆峒未華髮，喜瞻南極近三台。

出南寧留別子啟僉憲、楊經歷

沙頭遠下擁鳴坷[一]，雪盡滄江生綠波。碧桃細雨春寒重，黃鳥東風恨別多。萬里驅馳心自赤，十年憂患鬢先皤。請看天際銜蘆雁，猶解冥冥避網羅。

【校】

[一] 坷：四庫本、光緒刻本作“珂”。

陽朔江上

東出桂林三百里，江水江花總勝游。石崖倒影紫碼磁[一]，野鳥對鳴黃栗留。山中茅屋有誰住，松下茯苓應可求。勾漏洞南瑤草碧，欲憑老鶴問丹丘。

【校】

[一] 碼磁：四庫本作“瑪瑙”。

昭潭[一] 雨中作寄同志

天涯留滯孤舟日，雲壑號呼萬木風。江上雨聲春作雪，斗間劍氣夜成虹。乾坤浩蕩看千古，嶺海澄清倚數公。明日蓬萊望雲炁，朝陽鳴鳳在梧桐。

【校】

[一] 潭：四庫本作“潯”。

《對海樓圖》一首[一]

萬里滄溟萬里天，高樓一望思茫然。秋風麟鳳通三島，春雨魚龍混百川。每對滄[二]茫初浴日，幾看清淺又成田。飛鴻點點雲帆小，猶似童兒采藥船。

【校】

[一] 四庫本題爲"題《對海樓圖》"。

[二] 滄：四庫本作"蒼"。

寄張雲松

白髮林居思不群，丹砂分得武夷君。梅邊玩易千山雪，松下籬燈一榻雲。紅葉臨池工鳥篆，青萍在匣秘龍文。草堂迴首慚逋客，猿鶴秋聲處處聞。

莫春江上看白髮

啼鵑江上落花初，倦客春深白髮疏。每嘆乘桴懷鳳鳥，獨慚把釣掣鯨魚。孤舟風雨三更夢，一羽雲霄萬里書。何日山陰尋賀老，清溪歸覓舊田廬。

潯洲道中寄葉王二僉憲

鬱林南去盡蠻村，椰葉蕉花鳥語聞。日出清江山似玉，白石洞天。天垂平野草如雲。彼中無高山。虹船夜泛黿鼉窟，霜節晨驅虎豹群。三月朔，溽卒愽[一] 虎於城門。每羨經行詩句好，高情還許故人分。

【校】

［一］愽：光緒刻本作“搏”，當是。

到梧州知子啟僉事已先上平樂寄此

吹笙曾約共蓬壺，興盡山陰返棹孤。夜月自憐烏繞樹[一]，朝陽空想鳳鳴梧。虹光圖畫應難見，河漢星楂未易呼。遲日清江牽百丈，綠尊雖好不同酤。

【校】

［一］繞樹：底本漫漶，四庫本、清抄本、光緒刻本作“繞樹”，現據補。

余家草堂前手植叢竹已生二笋，別來三載，
今想成林矣。客中感物而作

叢竹新移澗水西，喜添雙笋迸階泥。春雲繞屋蒼龍起，夜月臨軒翠鳳栖。石上琅玕當并長，壁間科斗[一] 待重題。他年五柳歸來好，三徑清風獨杖藜。

【校】

［一］科斗：四庫本作“蝌蚪”。

懷西山草堂奉柬山中二兄

昔年采藥問長生，野鶴孤雲入幔亭。夜雪梅花虛室白，秋風竹簡古書青。祇今遠道生華髮，何處空山長茯苓。喜有藍田霽璧在，每從南極望春星。

元日新春試筆

西山積雪未全消，又送東風上柳條。鳳曆頒春元正日，鷄籌報曉大明朝。近聞泰時仍遵漢，遠憶華封祇頌堯。柏酒一杯誰共醉，弟兄相對老漁樵。

《麻原歸隱圖》爲程伯崇提學賦

清名奕世荷君恩，白髮他鄉臥掩門。故國江山愁杜宇，孤村風雨憶麻原。紅泉釀酒分松腋[一]，翠石題詩雜蘚痕。歸去茅齋第三谷，玉田清露長蘭蓀。

【校】

[一] 腋：四庫本、光緒刻本作“液”。

鶴田先生壽日客中有詩寄賀

綠髮朱顏七十身，飄飄海鶴出風塵。蒼崖松柏冰霜晚，深谷芝蘭雨露春。北斗文章韓愈老，西京儒術仲舒淳[一]。晨星正爲斯文壽，蚤晚非熊載渭濱。

【校】

[一] 淳：四庫本作“醇”。

寄謝王翰林子充[一]

漳南佐郡半年餘，萬里歸乘駟馬車。典誥文章黃閣老，淵源道學白雲書。干戈未息呻吟際，禮樂尤觀制作初。遠愧衡門勞枉駕，自甘放浪狎樵漁。

答黄彦美總帥

壯氣橫飛隘九州，高材一出便封侯。身嬰白刃猶堅壁，家散黄金爲報仇。禹穴秋風探史記，幔亭涼月共仙舟。管寧老去非忘世，白帽飄飄賦《遠游》。

送劉典籤歸武夷

清溪歸把釣魚竿，秋樹當門卸馬鞍。鷗鳥晝隨蘭棹遠，蛟龍夜護寶刀寒。仙人近贈青藜杖，道士新裁綠籜冠。祇恐朝廷徵隱逸，鶴書早晚赴林巒。

九日建安開元寺登高得"微"字韵

古木寒溪入翠微，西風九日扣禪扉。金銀宫闕生秋草，錦繡山河下夕暉。陸羽泉荒龍已去，吕蒙祠古鳥空歸。諸公且盡登臨興，莫嘆尊前往事非。

西山修竹已爲軍兵所伐

朝來伐竹已千竿，始覺藩籬宇宙寬。照室丹光林外見，隔溪山色座中看。春秋豈信栽培易，風雨那愁出入難。鳳鳥不來龍已去，空山誰與報平安？

畣[一] 陳道原見寄山居詩韵

少年自許萬人雄，肯念林居野興同。飯顆詩成慚杜子，鹿門老去憶龐公。青山白水宜春日，紫燕黃鸝共晚風。興發會隨田父飲，放歌未覺酒尊空。

【校】

[一] 畣：四庫本、光緒刻本作“答”，二字古義同。

春日懷蕭抱灌

牢落空悲壯士心，淒凉猶憶草堂吟。西山夜雨懷人遠，南浦春波戰血深。紫燕青雲多適意，朱弦白雪少知音。干戈滿地風塵暗，抱甕唯堪老漢陰。

倪仲豈編修、陳景忠教授有約不至，以詩寄之

漢陽教授文章古，翰林[一]編修詩句清。二公高臥同客況，一日不來孤我情。東風繞屋百草綠，細雨捲簾雙燕鳴。如此風光宜一醉，典衣那得酒同傾？

【校】

[一] 林：四庫本作“院”。

贈壽南山邑長[一]

三年北闕登黃榜，一日南山臥白雲。誰信陶潛貧嗜酒，自知賈誼少能文。山城聞雁驚春早，客舍囊螢坐夜分。九曲桃花今爛熳，扁舟好訪武夷君。

【校】

[一] 四庫本題爲"壽南山邑長"。

寄賈樞密

東南獨立佩[一] 安危，十月山城戰勝時。八陳龍蛇隨部曲，四郊狐鼠避旌旗。關中父老留蕭相，江左衣冠望漢儀。夜雪早陳平蔡策，天河重賦洗兵詩。

【校】

[一] 佩：四庫本作"倚"，光緒刻本作"繫"。

寄董僉樞

西郊賊壘暗烽烟，決勝深知大將賢。落日黃埃愁虎穴，清秋紫氣望龍泉。七閩草木猶酣戰，千里關河更拓邊。復喜王師下吳楚，北風天塹渡樓船。

挽張執中煉師

壺中辟穀住多年，命盡人間亦可憐。血濺豺狼空落日，丹成雞犬自升天。蓬萊雲氣迷仙馭，松桂秋陰覆藥田。不待遼東歸化鶴，人民城郭總蕭然。

龔士顯招飲，云有歸意，偶成一律寄謝，并呈庭實掾史

滿城明月燈火市，繞屋東風桃杏花。青眼故人同把酒，白雲遠道[一] 正思家。防身自倚雙龍劍，渡海須乘八月槎。幕下如君年最少，豈容頻問邵平瓜。

【校】

[一] 道：四庫本作“路”。

寄程伯萊教授

廣文家住[一] 大江東，官冷時時嘆轉蓬。讀易夜分松寺月，鳴琴春度杏壇風。久知杜甫詩徒苦，應笑揚雄賦未工。翰墨交游今紀[二] 少，一生襟抱幾人同。

【校】

[一] 住：四庫本作“在”。

[二] 紀：四庫本、光緒刻本作“絕”。

卷　四

五言古詩

《德齋》詩爲林左司賦

君子慎明德，齋居静而深。諧以山水趣，契兹天地心。沈潜見至理，顯敞野[一]祥襟。列几有群書，當窗自鳴琴。推之方寸間，四海希德音。

【校】

［一］野：四庫本作“紓”。

伯氏南浦運糧未歸

亂世少安居，志士多慨慷。饋餉軍壘中，跋涉山路長。昔别庭樹秋，時節忽飄揚。俯視東逝波，仰慚明月光。春鴒[一]鳴在原，蟋蟀悲中堂。求道苦不早，鬢髮各已蒼。關塞日湏洞，烽燧寒蒼茫。久客南浦深，絺衣北風凉。歲晚粳稻收，斗酒足徜徉。歸來且慰意，高歌竢時康。

【校】

［一］春鴒：四庫本作“鶺鴒”。

擬貧士二首

蠨蛸網我户，蟋蟀號我壁。被褐不掩脛，采薇豈充食。歲有飢寒憂，巷無車馬迹。豈知曠達觀，不以貧病迫。昔聞孔顏聖，亦有陳蔡厄。澹然忘世慮，弦歌自朝夕。

蓬門有一士，被褐恒苦飢。朝飲南澗流，莫食西山芝。雖有二頃園，蕪穢亦不洽[一]。妻子共寂寞，彈琴咏書詩。荒林積雪深，古屋炊烟遲。高卧自有適，何必他人知。

【校】

[一] 洽：光緒刻本作“治”，當是。

述懷二首

明月何皎皎，零露亦溥溥。候蟲鳴更悲，庭樹葉已殘。俯念歲年莫，仰瞻天宇寬。芰荷不成衣，松柏那可餐。徒有文字苦，豈救飢與寒。誓欲涉山海，游說卿相間。上奉明主恩，下拯蒼生安。身微理不通，道遠情莫殫。孟軻困七國，顏氏貧一簞。永懷《東門歌》，從古《行路難》。

煩憂不自整，出門欲何之？遙登西北丘，悵望滄海涯。興隨積水極，心與浮雲馳。喬木無留葉，流光去如遺。昔感倉庚鳴，今聆蟋蟀悲。諒非金石軀，齒髮日夜衰。斗酒呼良朋，爲樂當及時。聖賢不得志，空言竟無施。徒有千載名，寂寞何所知。不如學神仙，形神長不離。路[一] 液足甘美，瑶草多華滋。遨游八極表，天地同等期。

秋山懷友

天寒草木疏，落日照平野。孤雲西北馳，獨鳥東南下。仰聆寒蟬悲，俯見驚湍瀉。物情自索寞，秋色正瀟灑。良朋久相違，離思何由寫。

《述懷》一章贈李孟和文學

古道日淪喪，漓風何由淳。六籍已不完，誰能究三墳。仲尼去我久，科斗亦失真。區區專門徒，掇拾灰與塵。幸因[一]未喪者，猶足見古人。束髮求至道，老大無所聞。我行不自逮，我力亦已勤。願守松柏堅，恥爲桃李新。不愛駟馬貴，寧甘一簞貧。念此同門友，不減骨肉親。積學乃有獲，立志當不群。鴛鴦豈不好，靈鳳不在文。

【校】

［一］因：光緒刻本作"爾"。

少 年 行

東家少年子，挺挺七尺軀。適遭風塵起，應募趨名都。明甲金鐵堅，寶刀冰雪如。朝隨霍嫖姚，莫逐李輕車。手挽二石弓，腰懸霍虎符。擊刺當萬人，飛揚凌八區。椎牛會賓客，考鼓吹笙竽。意氣擬卿相，光輝生里閭。西鄰有迂士，白首講玄虛。貪[一]無儋石儲，富有萬卷書。

【校】

［一］貪：光緒刻本作“貧”，當是。

客建上將歸山中，留別劉典籤

在山願遠游，出山願早歸。羈懷[一] 苦無悰[二]，芳序倏已非。彌彌江海流，紛紛花絮飛。清霜變玄鬢，游塵化緇衣。囏危迹易乖，少壯心轉違。雲鴻每獨往，梁燕當疇依。野樹滯殘雨，荒臺澹[三] 斜暉。浩歌淥[四] 水曲，空拂黃金徽。

【校】

［一］懷：四庫本作“旅”。

［二］悰：四庫本作“踪”。

［三］澹：四庫本作“淡”。

［四］淥：四庫本作“綠”。

歲　飢

壯年昧學稼，晚歲思力田。墾地二頃餘，買牛春雨前。加[一] 苗淒[二] 以綠，溉以南山泉。蟊蟘日夜起，灾傷一何偏。秋成既失望，歲計徒可憐。國當用兵日，豈暇憂民天。入門愧妻子，有室如罄懸。天寒井已冰，日晏厨無烟。落葉擁衡茅，四壁風蕭然。在陳絕糧者，從古稱聖賢。薇蕨尚可食，嘯歌首陽巔。

【校】

［一］加：四庫本、光緒刻本作“嘉”。

［二］淒：四庫本作“萋”。

宿田家望武夷山

仙崖蓄靈异，怪石盤空曲。一水隔花源，千峰入茅屋。金芝暖
逾秀，瑤草寒更綠。雲中武夷仙，一一顏如玉。白馬去不歸，玄猿
叫相逐。昔陪丹丘侶，酣歌紫霞谷。雞鳴洞天曉，落月在林木。空
瞻仙子高，舊夢那可續。荒林激悲風，日入對樵牧。佇立望歸雲，
解衣田舍宿。

莫宿田家作

木落寒天正，山空日將暮。荒林倦鳥歸，亂水行人渡。窮年滯
草莽，短褐被霜露。晚宿依田家，主人情亦故。汲井泉滿澗，燒竹
烟在户。鍾殘溪上村，月照階前樹。濁酒初潑醅，嘉蔬亦時具。且
慰飢渴懷，況諸村野趣。老翁八十餘，有子歿征戍。粳稻歲莫收，
官司日加賦。我願息兵戈，海宇重農務。愧乏經濟材，徒然守
章句。

奉寄龍虎外史雪舟

盧[一]陽有高士，嘯傲壺中天。黃石朝進履，雪溪夜回船。峨
峨龍虎山，矯矯蓬萊仙。瓊臺抱積雪，羽蓋浮青烟。梵氣空洞中，
神光黍珠懸。玄霜染綠髮，黃芽茁丹田。逍遙放八極，壽命逾千
年。昨騎幔亭鶴，把釣桃花川。遇我翠微雨，酌我清冷[二]泉。金
澗共游咏，石床同醉眠。歡娛興未終，鵝湖秋月圓。玉虛松柏盡，

鬼谷雲霞連。手持九節杖，載咏歸來篇。波迴台[三] 鷗净，亭古黃鶴旋。別久歲月改，時危憂患纏。清游竟寂寞，吾道何長邅。虛負青雲志，謬慚丹竈傳。采薇食不充，被葛衣屢穿。誓欲適樂土，自顧非仙緣。念此金蘭契，情逾金石堅。瑤池有青鳥，願寄書一篇。

【校】

［一］廬：四庫本作“廬”。

［二］冷：四庫本、光緒刻本作“泠”。

［三］台：四庫本、光緒刻本作“白”。

正月十四日西山感興

久曠山水游，今晨願無違。松林收殘雨，郊園澹朝暉。憩澗弄清泚，緣岡陟翠微。池魚暖始游，岩花寒尚稀。高人坐空堂，深竹對掩扉。山中聞犬吠，谷口見樵歸。心賞適有契，仙游詎能希。賴此一尊酒，暫然息塵機。古來朝市間，榮華多是非。所以首陽士，白首甘采薇。

題劉立道都事《光塵隱居卷》

劉侯天機深，磊落見高致。夙慕李老聃，云師柳下惠。大隱城市居，高齋静而閟。蓬蒿翳環堵，松竹連蒼翠。清江達者流，古色垂篆隸。載聞光塵訓，足示和同義。東方雜詼諧，梅福稱隱吏。出處俱逃名，俯仰聊玩世。君今佐大藩，盤錯當利器。兵戈滿東南，民力日凋弊。郎官非冗員，亦足展經濟。天子需賢良，蒼生賴恩惠。致身廟堂上，論列正治具。慎勿混薰蕕，終須別涇渭。功成却歸來，濁酒還共醉。

述 懷

丈夫重功名，時至亦易求。尋常閭巷子，世亂詫封侯。況我漁樵人，與世真寫[一] 儔。讀書不得力，寧免飢寒憂？種樹願成陰，種苗望有秋。中夜思古人，百季[二] 興悠悠。邵平青門瓜，季子黑貂裘。行藏各有意，酒至且長謳。

【校】

［一］寫：光緒刻本作"寡"。

［二］季：光緒刻本作"年"。

贈青蓮居士

騏驥伏櫪下，非無汗血姿。鴻鵠在泥途，其羽苦低垂。高賢昔未遇，多爲世俗蚩。況子謫仙裔，風流今在兹。悲歌氣雄壯，文彩光陸離。致身憲掾曹，綱紀實所司。苦節鬼神畏，正心[一] 天地知。調高聽者寡，道直[二] 眾皆疑。終然脱羈靮，浩蕩從此辭。西山小茅屋，秀色當武夷。子真居谷口，黃公歌采芝。往來每乘興，杯酒時共持。苦冷[三] 因病瘦，瘧鬼故相欺。有才日沉淪，乾坤正艱危。豺虎滿空村，蛟龍猶在池。我尚困衡門，十年坐書痴。濟世已無策，憂時空賦詩。國當用武際[四]，士選廉能爲[五]北闕高嵯峨，青雲行有期。若能據要路，先爲救瘡痍。

【校】

［一］正心：四庫本作"心正"。

［二］道直：四庫本作"直道"。

［三］冷：四庫本、光緒刻本作"吟"，疑是。

［四］際：四庫本作“士”。

［五］士選廉能爲：四庫本作“選廉何能爲”。

奉酬一上人病中見寄

一師禪林秀，老病荒山巔。如何清净身，亦受諸患纏。憶昔江湖間，杖錫凌飛仙。龜峰得寶地，龍象朝諸天。秋風動江漢，煞[一]氣吹戈鋋。避地復南來，筋力不及前。弟子四五人，散亂如浮烟。寓居山房幽，日晏猶高眠。松林晚色静，澗水秋花妍。稍遠車馬喧，聊以怡[二]高年。山深務[三]路集，地暖瘴癘偏。伏枕動經旬，閉門日蕭然。我本山澤人，賣藥當市厘[四]。緬想方外游，未了區中緣。往者一相見，晤語俱忘筌。儒釋雖异流，交情難弃捐。愧無肘後方，令爾沈屙痊。昨朝枉芳札，示我《白雲篇》。高論《神農經》，吐詞如涌泉。吾聞西來意，不以文字傳。是身本虚假，金石非貞堅。風雨有晦冥，太虚澹以玄。鶴鳴秋夜永，白月當窗懸。

【校】

［一］煞：四庫本作“殺”。

［二］怕：四庫本、光緒刻本作“怡”。

［三］務：四庫本、光緒刻本作“霧”。

［四］厘：四庫本作“廛”。

贈南山進士赴邵武録事

兵革久未息，乾坤正囏危。幽人多在野，志士思濟時。羡子英妙年，獻策白玉墀。仲舒天人學，賈生哀痛詞。縱横三千字，感激萬乘知。授官八品内，局促山縣卑。英英麻姑雲，日夕恒見之。上堂具甘旨，下堂咏書詩。南伯薦賢能，引用無嫌疑。樵川江閫會，録事煩劇司。藉爾才識良，綱紀慎操持。君實國右族，已具廊廟姿。況是科第出，豈徒刀筆爲。晨興理舟楫，江水清漣漪。天高霜露肅，日出寒山遲。豈無一尊酒，餞爾遠別離。黽勉古人訓，樹立當自兹。

飲　酒

鳳皇翔千仞，鷦鷯巢一枝。達士志常高，鄙夫懷其卑。富貴雖所願，貧賤亦所宜。聖賢有中道，千載誰與期。采采東籬菊，曄曄南山芝。我酒日已熟，我杯時一持。醉末[一]望白雲，朗咏貧士詩。

【校】

[一] 末：光緒刻本作“來”。

風雨不已，川流渺漫，感事叙懷柬我同志

雲雷中夜興，風雨達清旦。開門山木昏，隱几波瀾亂。鸛鶴下空庭，蛟螭上高岸。舟航遠樹杪，石壁中流半。黍豆或漂流，蓬蒿乃滋蔓。北風不掃除，南海盡瀰漫。乃知兵戈氣，鬱結久不散。珅[一]軸恐敧傾，陽烏失光燦。傷時轉凄涼，涉世正憂患。微躬愧烏鵲，何由塞天漢。

【校】

[一] 珅：光緒刻本作“坤”。

舟泊滄峽，期南山貢士不至[一]

春湍壯風濤，舟楫疾於[二]鳥。中流望落日，空闊衆山小。餘

霞澹明滅，遠樹晴縹緲。茅屋溪上多，行人晚來少。紅浮斷岸花，碧浸懸崖篠。游鱗喜深潛，困翮思退矯。夜宿倚前津，當歌得清醥。迴瞻南山色，河漢在林杪[三]。月暗洲渚空，美人烟霧杳。

【校】

［一］四庫本題爲"舟泊滄浪峽，期南山貢士不至"。

［二］於：四庫本作"如"。

［三］杪：清抄本作"秋"，四庫本、光緒刻本作"杪"。

題張仲純《易卦圖》後

龍圖出河中，羲畫傳天下。奇偶互參錯，陰陽交變化。高卑定乾坤，明晦兮晝夜。成書自周孔，贊辭匪游夏。秦以卜筮存，漢儒稱鄭馬。我懷無極翁，堯天實其亞。程朱語絕妙，補塞無漏罅。清江出新圖，前賢可方駕。窮經頗辛勤，吐論亦馴雅。灼龜固可徵，觀兔亦非假。忘言未書前，息心無懷野。欲爲漁樵問，余非負苓者。

《樵隱》詩贈李則文

則文，時[一]江人，嘗游邵庵之前[二]，避兵入閩，以"樵隱"自號。司馬苗公守禦南浦，辟則文從事，非真隱於樵者也。則文來徵詩，因慕虞公，興而有作。

青城有樵者，自謂葛天民。朝辭簪組流，莫與猿鶴親。白雲滿南山，荷鋤荒澗濱。憶昔承明廬，吐詞成經綸。文今班揚亞，筆古鍾蔡鄰。衆壑自崩奔，泰山鬱嶙峋。歸來衡門下，抗志巢許倫。至今大江西，清風餘隱淪。永懷哲人遠，喜識佳士[三]新。兵革尚充斥，江湖飛戰塵。看君磊落姿，非是蓬蒿人。如何山谷間，日晏行負薪。吾觀豐城劍，光射斗牛[四]津。況子富文采，揮灑如有神。皇華使者車，經略南海垠。苗公司馬官，跋涉王事勤。出鎮山縣小，氣奪戎馬群。甚哀瘡痍久，復睹賦斂均。擢子參贊間，欨然志意伸。秋風動江漢，殺氣吹甌閩。主將疲奔命，幽人滯荊榛。鼓枻武夷溪，荒林霜霰頻。石崖畏側足，雲山豈容身。我本漁樵徒，世亂甘賤貧。豈無畎畝憂，天高難具陳。子今遠行邁，道途多苦辛。鳳皇高其翔，林[五]虎未易馴。贈爾伐木章，歸哉問松筠。

【校】

[一] 時：四庫本作“旴”。

[二] 前：光緒刻本作“門”，當是。

[三] 士：四庫本作“句”。

[四] 斗牛：四庫本作“牛斗”。

[五] 林：四庫本作“豻”。

廢　井

靈源泄陰岑，古甃涵清樾。波濤逗海眼，疏鑿當山骨。陰凝龍蛇氣，冷浸黿鼉窟。餘潤滋稻梁[一]，清涼颯毛髮。豈知陵谷移，泉源有壅遏。非無涓滴流，竟爲沙泥汩。莓苔空青青，黽黽日相聒。轆轤臥枯桐，迴首腸內熱。況當朱鳥中，炎風驅旱魃。我圃就焦枯，嘉蔬[二]幾生活。憑軒望雲雨[三]，神物竟寥闊。安得神禹功，於焉引溟渤。當令顛崖人，自此無飢渴。

【校】

[一] 梁：四庫本作“粱”。

[二] 蔬：底本、清抄本均缺佚，現據光緒刻本補。

[三] 雨：四庫本作“南”。

莫秋懷鄭居貞

季秋霜露降，草木日已衰。莫登城門丘，遥望滄海涯。鳥[一]鳴求其群，况在遠別離。美人美如玉，夢寐恒見之。飄蕭[二]紫鳳毛，照耀珊瑚枝。海水不可越，丹砂詎能期。灎灎杯中酒，泠泠桐上絲。豈無一日歡，念子平何時。少壯難合并，流光倏如馳。悠悠逝川嘆，渺渺停雲思。

【校】

[一] 鳥：底本漫漶，現據清抄本、光緒刻本補。

[二] 蕭：底本漫漶，現據清抄本、光緒刻本補。

感舊答倪子原

昔子來武夷，喪亂戎馬後。爾翁翰林官，眉宇紫芝秀。清文動金石，健筆凌篆籀。賤子學荒蕪，煩君起孤陋。青燈鷄黍夜，春雨鶯花晝。窮巷鄰里問[一]，時能一相就。爾翁難久留，長歌紫烟岫。南浮海門棹，已縮提學綬。炎荒瘴癘地，久客抱沈疚。靈椿賈嚴霜，仁者胡不壽。今子來山中，茅齋莫春候。捫蘿石磴滑，煮茗山泉溜。時方尚甲兵，誰復談俎豆。計拙甘沈淪，才高合馳驟。青雲上雕鶚，落日號猿狖。報章匪瓊瑤，述懷因感舊。

【校】

[一] 問：四庫本、光緒刻本作“間”。

送危嗣周尋遠祖晉刺史墓

峨峨武夷峰，秀色連石村。重岡抱緑水，嘉木羅廣原。上通仙靈居，下蔭刺史墳。憶昔永嘉日，剖符入閩藩。十年建州牧，斯人豈無恩。隕身瘴癘地，旅櫬依丘樊。想當路祭時，春雨棠陰繁。清名播前史，令德垂後昆。臨川今人杰，球琳産清門。蜚英帝王都，位列卿相尊。手抉雲漢章，坐清風塵昏。恩榮被三代，紫誥書王言。考牒念遠祖，先塋隔南雲。仲也持使節，錦衣照華軒。錫封紫陽翁，遠溯九曲源。佳城宜有徵，遺碣今無存。野老識葬地，樵夫指荒園。建祠白雲下，設主秋樹根。芳筵列俎豆，清醪薦蘭蓀。山空霜露肅，野曠禽鳥喧。鄰里多再拜，高風邁前聞。永懷九原遠，慰此千載魂。事當著金石，戒爾賢子孫。飛鴻望幽燕，遲日思椿萱。載咏白華章，孝行古所敦。

借鶴軒詩[一]

華軒俯流水，緑樹鳴春禽。美人發商歌，燕坐弦[二]清琴。白鶴出瑶池，霜毛[三]映秋月。借爾塵外姿，充君眼中物。鶴鳴松風動，鶴舞松露晞。緱山落日聞[四]，華表千年歸。君家好兄弟，一一富文藝。時危萬里心，天遠九皋唳。南尋武夷君，吹簫上青雲。由來鸞鳳雛，耻與雞鶩群。烟塵暗江海，客鬢年年改。白鶴望不來，青山久相待。美人湖上亭，蕙帳風泠泠。嘯[五]煞王右軍，空書換鵝經。

宿橘山田家懷蔣先生

蒼峰落日微，白鶴秋風遠。客路入疏鐘，田家背山坂。孤烟桑柘寒，歸鳥茅茨晚。欲覓紫芝翁，山深白雲滿。

題《雲谷讀書圖》

群峰俯清川，空谷多白雲。結屋松桂間，放歌麋鹿群。朝霏散東崦，夕爽浮西軒。圖書列几案，歲莫子何言。

曉　起

鷄鳴庭樹寒，白露滿秋草。候蟲悲夜長，愁人起常早。出門衣裳單，悵望千里道。歸來守衡宇，藜藿猶可飽。

雲壑見訪

步屧扣林扉，蒼苔見行迹。荷池疏雨涼，茅屋流螢夕。以我久陸沈，煩君慰岑寂。風塵尚未清，明哲慎所適。

西山莫歸

涼葉墮微風，秋山正蕭爽。天寒獨鳥歸，日夕百蟄響。偶從桂樹招，遂有桃源想。石磴闃無人，山猿自來往。

題黃道士《仙岩茅屋圖》

仙岩正窅[一]窕，茅屋何蕭爽。道人日莫歸，瑤草春來長。雲氣自舒卷，鳥鳴時下上。渺渺武夷君，千峰入遐想。

【校】

[一]窅：光緒刻本作“窈”。

莫歸山中

莫歸山已昏，濯足月在澗。衡門栖鵲定，暗樹流螢亂。妻孥[一]候我至，明燈共疏飯。佇立松桂凉，疏星隔河漢。

【校】

[一]孥：光緒刻本作“孥”。

贈女醫謝氏母

榕城多佳人，母獨醫名世。朝啟金匱藏，夕授青囊秘。辛苦非織紝，疏通識文字。何須上池水，已辯百草味。搗藥桂樹陰，華軒靜而閟。門前車馬多，籠內參苓備。霞蒸林杏紅，雨溢堂萱翠。顏貌若春華，神仙豈難致。麻姑海上來[一]，王母瑤池至。應有黃金丹，寄之青鳥使。

【校】

［一］來：底本漫漶，僅能辨認該字下半部含“个”，清抄本作“個”，光緒刻本作“來”，據詩義作“來”較貼切，現據補。

題汪思原耕讀軒

南山多白雲，中有幽人廬。稽古志高尚，治生遂閑居。晨耕璽上田，夕咏窗間書。筋力豈不疲，性情聊自舒。嘉苗雨露深，蠹簡塵埃餘。耒耜慕伊稷，弦琴誦唐虞。鳥鳴布穀晚，螢聚下帷初。播殖乃有穫，研覃諒非迂。三冬編屢絕，卒歲瓶可儲。樂哉偶[一]耕人，允矣君子儒。

【校】

［一］偶：光緒刻本作“耦”。

宿蕪湖十八韵

持節出京華，揚舲越江縣。峰迴南天豁，浪轉北風便。飄颻葭葦亂，慘慘林木變。秋草入蕪湖，微陽隱淮甸。艱難水宿屢，漂蕩羈游薦[一]。懷鄉思悄悄，去國情戀戀。親承天子詔，實藉諸公薦。觀風五嶺外，問俗數州遍。勛名企前哲，才力慚群彦。奔走敢辭勞，登臨自忘倦。喬林俯茅茨，烟火眼中見。牛羊夕散漫，禾黍歲豐衍。因思在山樂，始覺爲士賤。關山值搖落，節序忽流轉。天高露如霜，月白江似練。煩憂感羈旅，往事徵記傳。衒蘆想冥鴻，巢幕戎危[二]燕。歸去掩雲關，黃金猶可煉。

342

八月廿[一] 三日溯大江遇風雨作

揚帆溯大江，八月風水壯。波濤東北駛，舟楫西南向。鷁首共飄颻，鴻毛自飛揚。俯窺積潦深，仰矚青冥曠。三山點微茫，七澤吞浩蕩。淮海亘長流，荆湘邐遠望。是時霜露秋，原野氣凄愴。啼烏古城曲，落木澄潭上。中流天色改，雲物忽異狀。飛雨灑長淮，驚焱駕高浪。群龍歘掀舞，萬馬齊奔放。崩[二] 騰注三峽，噴薄凌千嶂。大哉乾坤內，一氣浮泱漭。不睹疏鑿勤，焉知禹功廣。微名逐羈旅，萬里適炎瘴。已昧垂堂戒，恐罹曠官謗。臨深重兢業，吊古增惆悵。烟飛曹魏走，鳥散符秦喪。佳氣連濠泗，雄都歸帝王。兵戈久未息，險阻不可仗。玆行信寂寞，壯觀亦豪宕。鮮膾松江鱸，清尊采石釀。赤壁晴更登，黃樓晚須訪。擊楫歌遠游，滄浪起漁唱。

【校】

［一］廿：四庫本作"二十"。

［二］崩：四庫本作"奔"。

過安慶城懷故元帥余闕廷心

石城何巍巍，江水亦沄沄。野鳥悲戰場，崩沙餘血痕。在昔余元帥，仗鉞臨孤軍。兩淮獨控扼，群盜多崩奔。由來必爭地，極力相并吞。樓船西北來，殺氣吹轅門。烟火萬竈列，劍戟如雲屯。四鄰援既絶，六載功莫論。仰攻壁壘堅，苦戰風塵昏。如何麟鳳姿，竟殪豺虎群。兵催[一]地爲裂，鼓絶天不聞。烟飛睢陽城，星殞五仗原。至今死忠人，白骨纏草根。身爲大國將，名與長江存。六合已一家，青山猶故墳。悲歌對落日，一吊忠貞魂。

【校】

[一]催：四庫本、光緒刻本作“摧”。

廬　山

峨峨匡廬山，渺渺江湖區。下蘊龍虎氣，上通仙靈都。微雲出巨壑，飛雨遍海隅。崖瀑瀉銀河，隨風散明珠。五老何翩翩，蒼然古眉須。徘徊芝山翁，彷彿桃源徒。芙蓉落日净，白鶴秋風孤。靈境不可即，維舟增鬱紆。

古寺入東林，匡廬正崔嵬。當年阮陸流，净土無塵埃。載聞西方義，清池白蓮開。斯人不可作，寂寞遺蒿萊。至今送客處，古木猿聲哀。悠悠虎溪水，歲久生青苔。我欲往從之，輕舟絶沿[一]洄。秋風灑石壁，黃菊明高臺。淵明倘入社，日莫携酒來。

何年李謫仙，讀書石林下。雲巢雙青松，秋色正瀟灑。時登五老峰，獨酌壺中春。舉杯問淵明，誰是羲皇人？鸞鳳望赤霄，蛟龍卧空谷。蒼崖漱飛泉，咳唾成珠玉。顛倒雲錦袍，酣歌漫揮毫。文光一萬丈，更比廬山高。一落五湖上，秋風怨華髮。千古不歸來，長庚夜如月。

【校】

[一]沿：光緒刻本作“溯”。

《草窗》詩爲衡陽周宰作[一]

春草含碧滋，蘿[二]生滿幽砌。造化無停機，雨露有生意。車[三]哉濓溪翁，精[四]頤[五]探象繫。老屋如揚雄，四壁蓬蒿翳。人來或笑之，乃翁有佳致。弦歌自閑暇，風月共光霽。令德重前修，家聲垂後裔。三年宰衡陽，邑小稱善治。方期翦荆杞，有志植蘭蕙。户庭日幽深，閭里無雕弊。燕堂春風中，玩此圖書秘。乃知方寸間，自有一天地。題詩對湘江，目洗衡山翠。

【校】

[一] 四庫本題爲"爲衡陽周宰作"。

[二] 蘿：四庫本作"羅"。

[三] 車：四庫本、光緒刻本作"卓"，當是。

[四] 精：清抄本作"積"。

[五] 頤：四庫本作"賾"。

湘江晚泊簡孟原僉憲

山秋衡霍空，江晚瀟湘净。烟景澹蒼屏，芙蓉肅明鏡。澄波木葉下，落日餘霞映。仰聆幽鳥喧，俯覬文鱗泳。碧石榜[一]輕舟，蒼苔踏微徑。林昏出樵火，寺遠來僧馨。景晏傷旅懷，地幽慊愚性。迹慚箕穎[二]高，身際唐虞聖。三秋持使節，萬里奉王命。恩沾[三]雨露深，志仗風霜勁。敢辭道路遥，況接才華盛。静夜發商歌，劍光南斗并。

【校】

[一] 榜：光緒刻本作"傍"。

[二] 穎：光緒刻本作"潁"。

[三] 沽：清抄本、四庫本、光緒刻本作"沾"，當是。

泛湘江

逶迤湘水長，浩蕩蘭舟遠。野曠衡嶽秋，天空洞庭晚。夫容[一]覆清波，荔薜搖翠巘。徑轉松林深，崖傾菊華滿。依稀辯[二]村落，重叠見丘坂。蒼蒼林日微，悄悄墟烟斷。寒魚不妄動，栖鳥亦知返。旅泊愧倥惚，塵襟藉疏散。山林未如願，泉石空在眼。挂帆望南斗，中夜哀歌短。

【校】

[一] 夫容：光緒刻本作"芙蓉"。

[二] 辯：光緒刻本作"辨"。

白 石[一]

白[二] 零陵浙[三] 湘原皆石崖，色白如雪。

悠悠溯湘源，宵宵入崖谷。峰迴溪若斷，峽擁樹如簇。西崖秀玲瓏，石色映群玉。初疑雪在地，宛若冰分木。又恐巨蛇斷，如聞素靈哭。風翻遥海波，雨漲陰崖瀑。瑶臺下群仙，[四] 鶴駕紛在目。天空水容净，葉落金氣肅。孤石蓮花明，寒松翠如沐。仰瞻空洞中，足可營茅屋。空聞南山歌，自和[五] 紫芝曲。結托四皓徒，往來騎白鹿。

【校】

[一] 四庫本題爲"咏白石"。

[二] 白：光緒刻本作"自"，當是。

〔四〕瑤臺下群仙：四庫本作"臺下群仙集"。

〔五〕和：四庫本作"知"。

莫經零陵望愚溪懷柳司馬

湘川入零陵，百里盡崖石。野曠生夕陰，山空澹秋色。緬懷柳河東，微宦曾遠謫。才名一代雄，文藻萬人杰。朝游愚溪水，莫返愚溪宅。斯人豈真愚，悵望天地窄。當時嘯歌地，千古仰遺迹。草木含清芬，山川曜潛德。悠悠人世遠，悄悄王事迫。鼓枻[一]下中流，江清月華白。

【校】

〔一〕枻：清抄本作"杣"，四庫本、光緒刻本作"枻"。

君　山

君山在洞庭湖中，周回八十里，乃黃帝張樂地也。

日出洞庭空，君山正崔嵬。雲濤一萬頃，蕩漾金銀臺。恍如觀扶桑，六鰲駕蓬萊。又如侍虛皇，玉几無塵埃。山圍天柱孤，海涌地軸迴。蒼然虎豹姿，覆厭蛟龍堆。昔聞帝軒轅，張樂臨雲崖。至今空洞中，絲竹有餘哀。我欲東入海，移取蟠桃栽。上枝摩日月，下枝蟠風雷。志大竟無成，悵望空裴回[一]。掀髯一長嘯，孤鶴橫江來。

【校】

〔一〕裴回：光緒刻本作"徘徊"。

平樂道中十一月七日

桂林何茫茫，桂水亦浩浩。哀猿落日村，瘦馬荒山道。怪石危欲墮，蠻烟净如掃。民風在諮詢，行役無草草。

富川縣父老言猺人劫掠事

連峰抱清江，怪石當縣門。茅屋十餘家，蕭條但空村。訟[一]庭草不除，似減鞭撻煩。地遠租税輕，年豐黍稷蕃。蒼山幾百里，盡是猺獠原。此鄉本富庶，所憂盜賊喧。連年困劫敚[二]，鷄狗那能存。聖化大無外，始知王道尊。畬耕入版藉[三]，力役歸民屯。昨者桃川西，殺人屋亦焚。蠻俗易搔[四]動，長林蛇豕奔。我行觀民風，載感[五]父老言。朝綱肅霜露，枯朽焉足論。攬轡臨遐荒，志清瘴塵昏。素餐亦何補，持用扣天閽。

【校】

[一] 訟：四庫本作“松”。

[二] 敚：光緒刻本作“奪”。

[三] 藉：四庫本、光緒刻本作“籍”。

[四] 搔：四庫本、光緒刻本作“騷”。

[五] 載感：四庫本作“感戴”。

《書懷》十首寄示小兒澤

昔我南澗來，遂謀西園居。瀟瀟[一]桑柘陰，下有此[二]屋廬。交枝囀黃鳥，澄波躍文魚。花香入户牖，草色連階除。衡門閉白日，高咏古人書。目送遠山雲，心游天地初。貧賤固可樂，富貴將焉如？

我生本貧懦[三]，家無儋石儲。寂寞三十年，徒有數卷書。朝從聖賢游，莫與猿鶴居。嘯歌對南山，屢空恒晏如。於道固有適，與世良亦疏。山妻幸知此，怡然共蓬廬。

家貧頗好客，客至無所具。嘉蔬不待求，濁酒須盡醉。顧我非痛飲，古人有高致。好鳥流清聲，柔條擢新翠。物當天地春，人在羲皇世。客去自長吟，聊爲醉鄉記。

平生文字癖，斑白無所成。遂啓青囊秘，稍知草石名。醫國非良工，活人術頗精。汝性誠魯鈍[四]，志勤愚則明。賣藥當市門，聊以代躬耕。杏林春雨多，橘井秋露清。諒非屠龍技，庶廣及物情。

德由孝弟立，身以勤儉持。君子貴聞道，小人幸乘時。夭夭桃李花，落落青松枝。霜雪一以降，始知歲寒姿。苦學志慮耗，深耕筋力疲。書以盡性命，耕以充朝飢。

南山多流水，中有二頃田。深耕倘及時，亦足待豐年。軍興百斂加，在理有固然。筆耕可糊口，賣藥亦有錢。所重先人業，未敢輕弃捐。我今遠行役，在汝宜勉旃。荷鋤白雲下，驅年[五] 春雨前。竭力奉租稅，無厭粥與饘。

弊[六] 篋積塵埃，中有所讀書。我書雖不多，聖言則有餘。上下數千年，直窺結繩初。所貴性命精，豈徒章句迂。芸香幸未老，時得辟蠹魚。莫年思寡過，歸未[七]守玄虛。

閑居學種藥，遂買南溪園。甘辛十數品，愛惜同蘭蓀。青苗春雨滋，綠蔓秋露繁。采掇俟其時，洗濁[八]清水源。取徵《神農經》，載考方士言。既資湯液功，庶保性命原。我出亦已久，荆榛塞柴門。願加芟薙勤，無使迷本根。勿謂草木微，養生古所論。

貴賤命所定，賢愚習乃成。德以窮困立，智由憂患生。立[九]鼎[十]非所重，一瓢非所輕。落落天地間，聖哲垂其名。少有文字癖，稍稱鄉曲英。中年[十一]竟汩没，十載飢寒并。常恐志慮衰，不聞志[十二]道精。在汝宜努力，幸勿墜家聲。兩端慎所擇，慰我遠望情。

我今去汝遠，微宦極南荒。少小讀書時，立身必名揚。中歲涉憂患，始知少年狂。結托漁樵徒，放歌水雲鄉。竟煩天子召，玉階覲清光。持節越江湖，輕舟溯衡湘。桂嶺跕[十三]炎蒸，清嚴唯憲綱。職當屬鷹鸇，下搏豺與狼。常恐屢懦姿，未能效風霜。豈復念家事，於汝寧暫忘。願汝學古人，黽勉耕與桑。田廬倘有托，垂老慰所望。

【校】

[一] 瀟瀟：四庫本作"蕭蕭"。

[二] 此：四庫本作"比"。

[三] 懦：四庫本、光緒刻本作"儒"，疑是。

[四] 鈍：四庫本作"拙"。

[五] 年：四庫本、光緒刻本作"牛"，當是。

[六] 弊：光緒刻本作"敝"。

[七] 未：光緒刻本作"來"。

[八] 濁：四庫本作"濯"。

［九］立：四庫本作“五”。

［十］鼎：底本漫漶，清抄本、四庫本、光緒刻本均作“鼎”，現據補。

［十一］年：四庫本作“間”。

［十二］志：四庫本作“至”。

［十三］蹞：四庫本、光緒刻本作“雖”。

　　右友人藍明之所作《書懷》十詩也。性之，天賦淳美，學行超詣，尤長於詩。庚戌秋，以才賢薦授廣西僉憲。筮仕之初即膺重選，非素有抱負者孰能當此任耶！性[一]之持身廉正，處事平允，于[二]今三載，始終無失，於吾道有光矣！今觀是詩，述其生平[三]力學之由、田園之趣，不以家事縈心付之令子，惟以致君澤民爲念，不遠數千里作此詩，令其官屬楷書以寄其子，忠孝之道兩盡之矣。爲其子者誠能體此，熟玩服膺以爲訓戒，庶幾不負乃父願望之深意，使人見之，莫不曰：“性之幸哉！有子孫[四]不韙歟！”尚其勉之。壬子季冬望日，雲松樵者書。

【校】

［一］性：光緒刻本作“明”。

［二］于：光緒刻本作“於”。

［三］生平：四庫本作“平生”。

［四］子孫：四庫本、光緒刻本僅作“子”。

午熱南軒作[一]

　　亭午暑氣盛，開軒望南山。簿書終日勞，愛此須臾閑。覽鏡忽長嘆，殊非昔容顏。須鬢日已白，流光那可攀？喬木臨前除，有鳥鳴間關。因思在山時，高臥雲蘿間。入谷搴[二]芳菲，沿澗弄潺湲。宦游自羈束，歲晏當言還。

[一] 四庫本題爲"午熱南軒詩"。

[二] 寒：四庫本作"搴"。

河池縣險路

連峰入河池，險路猺人村。喬木盡參天，白日[一] 爲之昏。上有高石崖，下有清水源。蕭蕭篁竹藪，落日聞哀猿。職當觀民風，載驅隰與原。瘦馬嘶不動，瘦童行似奔。山川秋氣高，鷹隼宜飛騫。俯念遠人思，仰慚父母恩。東郊有茅屋，時稼繞衡門。攬轡倦行役，□□[二] 思故園。

【校】

[一] 日：底本漫漶，現據光緒刻本補。

[二] □□：各本均缺佚。

忻城公館[一]

清暉抱[二] 迴洲，密竹何瀟灑。雖有公館名，頗類村居者。茅屋三四間，寂寞無車馬。縣官坐堂上，猺人立堂下。風俗自強獷，衣冠真鄙野。俾之知逆順，責在任民社。慎勿示姑息，善政資陶冶。叠嶂不易青[三]，臨風獨悲咤。

【校】

[一] 四庫本題爲"元日賀州公館"。

[二] 抱：四庫本作"挹"。

[三] 青：四庫本作"登"。

東江曉起^[一]

蓐食起中夜，驅馬荒山道。楓林月落遲，茅屋雞鳴早。鄙人奉王命，觀風非草草。清霜肅炎瘴，積雨霽秋昊。鷹隼氣自揚，豺狼迹須掃。獨憐簡書迫，空羨江山好。猿吟萬竹靜，朝日復杲杲。覽^[二]彎懷古人，高歌慰懷抱。

【校】

［一］四庫本題爲“曉起”。

［二］覽：四庫本作“攬”。

蒼 雪 軒^[一]

修竹生夜涼，華軒淡秋色。露華洗蒼翠，冰影含清白。恍然天地空，似與瓊樓通。群仙列翠葆，六花散天風。爽氣集庭皋，寒聲動林杪。龍吟瑤水莫，鳳舞霜臺曉。點點蒼梧雲，蕭蕭嶰谷春。聊歌郢中曲，贈爾淇澳人。

【校】

［一］蒼雪軒：四庫本作“題蒼雪軒”。

李母志節

雌烏何翩翩，孤栖庭樹枝。悲鳴失其雄，辛苦哺其兒。睠彼深居婦，芳年守空帷。有夫不偕老，有子方孩提。死者不可作，少者猶可依。恥爲桃李容，願守松柏姿。樹藝供汝食，織紝成汝衣。望汝保門户，訓汝誦詩書^[一]。子年日已長，母年日已衰。衰老非所惜，我心幸無違。春風吹鶴髮，萱草多華滋。菽水自娛樂，閭里稱孝慈。古來閨門間，風化實係之。載[二]歌節婦吟，不愧良史辭。

【校】

[一] 詩書：四庫本作"書詩"。

[二] 載：四庫本作"我"。

桂林道中懷澤，想已過衡州

獨行桂林雪，遙望衡山雲。驥子別我去，定過湘江濆。湘江日[一]東注，客子在岐路。天低洞庭野，日落長沙樹。翩翩北飛雁，杳杳南去舟。昨朝發陸口，幾日出袁州。千里杉關道，路平到家好。手持一緘書，爲訪山中老。歸來藍澗濱，彩衣照新春。上堂拜慈母，一一說遠人。人人[二]苦思歸，髮短日已白。唯有憂國心，持之比金石。我無負郭田，種杏溪南山。清泉足洗耳，瑤草堪怡顏。我縱未得歸，爲我謝耆舊。早晚脫朝簪，雲林掃丹臼。

【校】

[一] 日：光緒刻本作"自"。

[二] 人人：四庫本作"遠人"。

述　懷

往年山林居，自謂遺世情。竊希孔顏樂，志慕巢由清。邇來迫喪亂，已被塵網嬰。一忝方岳薦，遂稱鄉國英。高秋束我書，萬里趨神京。感遇風雲會，瞻依日月明。驅車出五嶺，興逐孤鴻征。窮荒苦炎燠，瘴癘何由平。肅殺順天道，激揚正邦刑。日兼簿書責，身與憂患并。時雨溢川澤，鳥鳴思柴荆。仰慚父母恩，俯愧幽人貞。爲儒昧道德，作吏疏刑名。良時忽已晚，出處俱無成。

舟中望長洲田家

積流會澄川，浮沙亘長洲。上有嘉樹林，下有良田疇。漁樵自成村，桑麻翳榛丘。犬吠林巷深，鳥鳴田舍幽。落日負耒歸，涼飆蕩輕舟。斯人亦何者，樂哉以優游。羈懷迫道路，悵望徒淹留。

早發黃丹驛作，贈江上老父[一]

解纜發清曉，乘流[二]越前津。鳥鳴樹芳綠[三]，雨映空江春。遙趨清潯山，回眺[四]蒼梧雲。沈憂鬱中懷，浩思集芳晨[五]。仰[六]視茫茫天，俯念悠悠身。坐感時序邁，愁看卉物新。遺老村巷古，遐荒風俗淳。日出原野暄，四鄰耒耜陳。但願歲事豐，焉知帝力勤。黃塵染素髮，愧爾山中人。

【校】

[一] 四庫本題爲"早發黃州驛，贈江上老父"。

[二] 流：四庫本作"清"。

[三] 樹芳綠：四庫本作"新樹綠"。

[四] 眺：四庫本作"瞻"。

[五] 晨：四庫本作"辰"。

[六] 仰：底本漫漶，四庫本、清抄本、光緒刻本作"仰"，現據補。

潯州觀風作

清潯二江匯，沃野何茫茫。地當山海區，郡屬秦漢疆。其俗本淳樸，厥壤宜稻粱[一]。摇[二] 獠雜民居，野性固無常。鎮爽其宜攘，敞肆披倡狂。[三] 邇來二十年，荆榛化豺狼。朝廷重疆理，兵威清四方。畲耕入賦税，流冗歸故鄉。鷄大[四] 散墟落，魚鹽集舟航。閭井自熙熙，弦誦亦洋洋。余實忝使職，驅車按炎荒。是時積雨霽，原野浮春光。鳥鳴雜花開，澄波溢陂塘。下以慰疲癃，上以承明良。短章述民風，庶用歌時康。

【校】

[一] 粱：四庫本作"粱"。

[二] 摇：四庫本、光緒刻本作"猺"，當是。

[三] 鎮爽其宜攘，敞肆披倡狂：四庫本作"鎮綏爽其宜，攘敞肆倡狂"。

[四] 大：四庫本、光緒刻本作"犬"，當是。

梅公井_{在平樂之田}

梅公雅清修，爲政静不[一] 煩。昭州五嶺南，民風雜群蠻。古來羈縻地，當示寬大恩。鷄犬接溪洞，桑麻蔽丘原。何須戎馬氣，始厭豺狼喧。故宅南山陽，遺井今尚存。碧甃半缺落，泥沙秋水渾。蛟龍去已久，栖鳥來黄昏。至今洗墨池，烟雨滋苔痕。斯人不可作，此道誰復論。江山留古迹，來者浚其源。

【校】

[一] 不：底本、清抄本作"才"，顯屬部分訛脱情况，现據光緒刻本補。

昭潭學勉諸生詩[一]

昭潭古夕[二] 邦，山水佳有餘。昔賢考槃地，喬木蔚扶疏。微徑入崖谷，緣[三] 雲敞[四] 齋廬。聖哲儼在席，林光動簪裾。似聞絲竹音，松風響笙竽。童子數十人，弦琴咏詩書。王化大無外，遐荒文教敷[四]。迴[五]潭静無波，中有霅鯉魚。燦燦黄金鱗，炯炯驪龍珠。三年蓄雲雷，一日翔天衢。努力富德業，懷哉君子儒。

【校】

[一] 四庫本題爲“昭潭學勉諸生”。

[二] 夕：四庫本、光緒刻本作“名”，疑是。

[三] 緣：四庫本、光緒刻本作“緑”。

[四] 敷：四庫本作“蔽”。

[五] 迴：清抄本作“迴”。

鳴　鳳

鳴鳳出丹穴，五彩曜晴旭。朝飲瑶池流，莫栖昆山木。和聲六律備，靈德百禽伏。重華去已久，淳風何由復。不聞夔樂諧，但傷楚歌促。梧枝霜不蕃，竹實冬未熟。愧彼梁間燕，雙雙托華屋。

古意寄鄭邦彦提舉二首

涉江采芙蓉，秋水清且漪。下有文鱗游，上有鴻雁飛。雁飛不向南，采花欲遺誰。温温君子儀，皎皎瓊樹枝。睿[一]宛三華山，迢[二]遥碧雲思。昔别倏已久，寒蟬鳴更悲。常恐歲年晏，雪霜以爲期。

嶧山有孤桐，斫爲緑綺琴。飾以金玉徽，鏘然鸞鳳音。泠泠數尺絲，落落千古心。一鼓月當軒，再彈風滿林。鐘期久已矣，山水何高深？

山中述懷效韋體

山寒獨鶴鳴，月出衡門閉。落葉風蕭騷，疏鐘夜迢遞。仰觀衆星列，俯見清川逝。白露下空庭，寒螢響幽砌。平生困學心，窮達非所計。昔聞黃金空，解使黑貂敝。軒冕雖爲榮，丘園自成滯。迹非巢許倫，生逢堯舜世。委身任行藏，吾道豈匏繫？

冬日賈公見訪山中兼題佳什，率爾奉酬

脫蹤卿相尊，投簪山林幽。暫辭戎馬群，甘與麋鹿游。今日復何日，杖藜肯相求。捫蘿稍陟巘，憩樹復經丘。峰轉茅屋僻，徑盤雲石稠。跋涉已忘倦，登臨須少留。入門顏色好，清談豁窮愁。麻衣爲我解，葛巾不裹頭。野亭無灑灑[一]，隨時成獻酬。荒林霜露零，野圃粳稻收。澗芹美可菹，村醪薄初篘。石池足洗心，萱草真忘憂。促席興未終，昊天華月流。形骸纍已遣，賓主情始周。君詩自清絕，持此珊瑚鈎。愧乏雙南金，何以結綢繆。

題木石居

大木盤崇岡，遺弃斤斧餘。臣石出深谷，頑然苔蘚俱。人非木

石倫，子非木石居。載感孟氏言，亦悟莊生書。梁棟匪結楄[一]，垣墉[二] 非墜塗。麋鹿爲朋游，漁樵共歌呼。曲肱自可樂，瓢飲真如愚。青黄信爲灾，雕斫良可吁。不待三獻璞[三]，唯應獨守株。巢居與穴處，懷哉舜之徒。

【校】

［一］楄：光緒刻本作“構”，當是。

［二］墉：光緒刻本作“牆”，當是。

［三］璞：光緒刻本作“璞”。

卷　五

五言長律

小　姑　山

天地開重險，江湖壯一門。翠屏凌噴薄，濁浪駭崩奔。山擁峰
巒古，人瞻柱石尊。虛空迴絕島，贔屭負孤根。深恐龍蛇伏，高疑
虎豹蹲。江聲驅灩澦，河勢瀉昆侖。雄鎮東南闊，高標日月昏。神
功資禹鑿，巨浸扼吳吞。潤浥金銀氣，濃窺粉黛痕。樹晴機在户，
波晚鏡當軒。蓬鬢欹還整，羅衣静不翻。欻然雲雨合，猶有鬼神
存。正直依祠廟，馨香藉酒尊。揚舲膺國寵，利涉報巫言。玉女清
秋意，湘娥獨夜魂。神交捐佩浦，仙隱種花源。持節趨長路，看山
憶故園。洞庭隨去雁，桂嶺共愁猿。漂泊嗟儒術，艱難仗主恩。題
詩對摇落，高興動乾坤。

黄　陵　廟[一]

虞帝南巡日，英皇北望時。翠華春不返，碧草莫相思。萬里重
湖水，空山二女祠。沉珠真自惜，埋玉竟誰知。斑竹留雙泪，蒼梧
隔九疑。天涯龍馭遠，鏡裏鳳情悲。巫雨凄殘夢，湘雲藹暝姿。渚
芳迎雜佩，波影動靈旗。慘澹思韶舞，凄涼咏楚辭。空餘清夜瑟，

幽怨托哀絲。

【校】

［一］四庫本題爲“湘陰舜妃廟”。

湘江舟中賦紅葉寄友人

巫峽清霜下，湘潭落照中。秋容生野柏[一]，寒色帶江楓。搖落年華莫，蕭疏野望同。幟疑張趙壁，綺類結隋宮。亂落渾如雨，微飄不待風。鶴驚仙頂化，鷄訝鬥冠空。宮袂霞綃剪，天壇絳節通。渚蓮晴墮片，階藥晝翻叢。畬樹延殘火，川波飲斷虹。林疏分一二，浦極眩西東。朱鳥連星燦，頳虹馭日雄。錦機侵濕霧，荔顆耀晴烘。雲白看偏好，崖青點更工。煌煌丹伏鼎，莽莽[二]劍騰豐。寺冷堆僧砌，汀昏映釣蓬[三]。巢邊驚宿鵲，塞外伴歸鴻。顔赭寧懷愧，心丹欲效忠。飄零同泛梗，浩蕩逐飛蓬。閉户書應遍，臨階掃未窮。美人秋水外，不用怨題紅。

【校】

［一］柏：四庫本作“柏”，光緒刻本作“柚”。

［二］莽莽：四庫本作“赫赫”。

［三］蓬：四庫本作“篷”。

石　鏡

石鏡在浯溪磨崖碑之左，用浯溪水濯[一]，可睹[二]毛髮，奇觀也。

明韞浯溪上，高懸洞府陰。潤疑磨碧玉，堅想鑄黄金。日月留光彩，山川入照臨。龍精騰變化，虎穴露嶔崟。朗鑒天文麗，虛涵地脉深。鬚眉窺老狖，毛羽認栖禽。玉女曾遥對，湘君費遠尋。菱開朝炯炯，鳳去夜沉沉。苔蘚那能蝕，塵埃莫漫侵。千秋如獻録，萬里燭丹心。

【校】

[一] 濯：四庫本、光緒刻本作"滌"，清抄本作"潨"。

[二] 睹：四庫本作"見"。

投贈倪仲愷提舉五十韵

海宇興文教，朝廷選巨儒。萬方尊孔孟，千載際唐虞。書[一]省銷金甲，文臺倚翠梧。風行南極正，星拱北辰迂。俗自諸賢化，人知五教敷。明公才不忝[二]，作者聖為徒。龍虎標人瑞，麒麟協帝圖。鮫宮雲錦爛，仙掌露盤孤。羲帖臨池有，歐文絕代無。五年依輦轂，萬里涉江湖。許與龍門重，飛騰鶚薦俱。藻芹春盎盎，衿佩日俞俞。紗帽遼東去，銀章闕下趨。鑾坡分赤管，玉膳出冰厨。價重連城璧，光逾照乘珠。細書終架馬，秉筆更凌狐。出入瞻三殿，謳歌賦兩都。朝騎金驏褒，坐賜錦氍毹。萱草江南夢，寒風冀北途。陸機纏入洛，張翰又歸吳。烽燧他山隔，塵沙我馬瘏。來經閩嶺峻，居卜幔亭隅。侯伯專方面，文章表範模。三山晴睹鳳，泮水夕飛鳧。俎豆羅牲醴，弦歌藹郭郛。荔盤殷瑪瑙，鰲釣拂珊瑚。霧隱南山豹，霜栖柏府烏。能催衣作繡，休羨紱垂朱。蘭玉中庭秀，芝綸內苑須。九重資黼黻，一德賴謀謨。客有貧原憲，生平薄管吾。斯文如不墜，此道未應殊。中歲罷兵革，前賢隱釣屠。攤書窗映雪，賣藥市懸壺。咄咄徒成怪，悠悠秖自娱。迹雖諧野逸，名托敢[三]潛夫。靖節荒三徑，楊雄守一區。清談忘白屋，濁酒憶黃壚。露井松收子，霜林橘課奴。底須文乞巧，況有谷名愚。古恨知音寡，今耽味道腴[四]。縱能居畎畝，何异辱泥途。荆璞曾疑石，齊門正好竽。清風慚鼓瑟，白日愧懷瑜。事業魚緣木，行藏兔守株。故人皆持[五]達，吾意獨躊躇。未恨孤飛弱，終期衆沫濡。二天開浩蕩，八極控搏扶。盛世夔龍會，空山鳥獸呼。願公登柱石，微迹任榛蕪。

過巢雲故亭

故老投簪日，林園接武夷。貧甘詩酒樂，病恥國家危。慘淡群龍鬥，蒼茫九鼎移。新愁衝雨雪，舊夢隔茅茨。苔澀彈棋石，荷枯洗墨池。空堂賓客散，長路死生疑。竹冷題詩處，山空墮泪時。凄涼亭上月，徒起九原悲。

題《江山小影》屏風

幕府青春好，中郎畫筆精。水疑滄海闊，山似武夷清。玉氣通玄圃，霞標散赤城。桃原[一]深處入，松籟靜中生。浦綠思捐佩，江清擬濯纓。鷗還[二]分野艇，鶴下辯[三]柴荆。樹色依屏淺，薇香點墨輕。忽看茅屋趣，好聽采樵聲。拄笏迎朝爽，鈎簾對晚晴。徑無豺虎迹，庭有鳳凰鳴。迴首藍田隔，何時草閣成。江湖猶在眼，丘壑正含情。

【校】

［一］原：四庫本作“源”。

［二］還：四庫本作“邊”，光緒刻本作“巡”。

［三］辯：四庫本、光緒刻本作“辨”。

奉贈張尚書四十韵[一]

皇華天子使，文彩尚書郎。麟趾西河瑞，龍光北斗傍。二星占分野，十月報開洋。海霧清三島，天威靖八荒。浮槎迎博望，决策用張良。必見金陵復，俱瞻節玉[二]光。自天持鳳詔，靈雨護龍驤，當寧勞宵旰，安邊仗紀綱。江淮遺草莽，郡邑尚豺狼。漢代黄巾亂，公孫白馬狂。朝廷徵李泌，將帥得汾陽。秦鞏銷烽燧，青徐入稻粱。江十[三]天失塹，海闊地無疆。破竹聲相應，投鞭勢莫當。釜魚猶假息，穴兔且深藏。尚肆憑陵惡，須期殺伐張。大軍兼水陸，小醜負城隍。逆境多流血，凶徒尚裹瘡。弄兵憐渤海，焚玉惜昆崗。自古稱懷遠，由來戒殺傷。帝心惟惻隱，兵勢敢披猖。冠蓋通南極，絲綸下朔方。投戈榮錫爵，捲甲付銀章。舜德三苗[四]服，周詢六轡楊[五]。七閩開道路，九曲引舟航。仙館烟霞晚，精廬樹木凉。腐儒叨泛愛，清論耿難忘。慘淡干戈地，蕭條翰墨場。楊雄詞賦若[六]，潘岳鬢毛蒼。壯志甘淪落，幽懷倍激昂。中興期漢武，小雅美宣王。圖畫雲臺峻，謳歌海宇康。黄金收騕褭，紫氣識干將。畎畝身何用，江湖興甚[七]長。避人從白帽，方士與青囊。葵藿終傾日，松筠久傲霜。謬蒙三握髮，愁緩九回腸。不待除蜂蟻，唯應致鳳凰。牛哥傷白石，漁父愛滄浪。我亦依耕釣，君還佐廟堂。

【校】

［一］四庫本題爲“贈張尚書四十韵”。

［二］節玉：四庫本作"玉節"。

［三］十：四庫本作"平"，光緒刻本作"干"。

［四］苗：光緒刻本作"苗"，當是。

［五］楊：四庫本、光緒刻本作"揚"。

［六］若：四庫本作"苦"，光緒刻本作"老"。

［七］甚：四庫本作"自"。

卷　六

七言古詩

題《清江碧嶂集》追懷清碧杜先生

山中之人號雲壑，落日題詩寄溪閣。示我《清江碧嶂》詩，開卷清風滿寥廓。憶昨先生林下居，黃花翠竹臨階除。平生不受天子祿，老向名山空著書。十年死別如朝莫，一望孤墳泪如雨。往事悠悠嘆逝川，遺編零落俱塵土。江湖耆舊晚更稀，此卷乃出幽人爲。細書深刻不易得，短咏長歌勞我思。范楊虞揭名當代，猶敬先生師法在。祇今餘子徒紛紛，敢以涓流敵滄海。清廟之瑟朱絲弦，九皋鶴唳聲清圓。波濤萬頃注三峽，魑魅九鼎傳千年。吁嗟古人多泯没，一字流傳亦寥闊。高情古調人莫知，夜久長松轉霜月。

爲陳叔原題《漁樵圖》

武夷老人年七十，晝業漁樵妻夜織。有兒長大不讀書，采山釣瀨供衣食。此翁自是神仙徒，床頭酒香不用沽。生逢太平少征斂，雖有生産無官租。昨朝自携書一束，過我衡門看秋菊。新圖蒼莽烟水寒，復有疏篁間枯木。一客負薪山路長，一客搒[一]船漁在梁。荒林無人日未落，偶坐有意俱相忘。知君老去猶愛此，能以安閑遺孫子。愧我十年塵土間，按圖欲借溪南山。

【校】

[一] 搒：四庫本、光緒刻本作“傍”。

題雪景寄偰原魯應奉^[一]

凍雨瀟^[二] 騷雪復作，老樹荒雲冰滿壑。窮冬日日南極昏，殺
氣時時北風惡。此時高樓望八荒，一色山川共城郭。豈無漁艇在江
湖，稍有人烟辯^[三] 墟落。村中人少虎狼多，野外草深禾黍薄。春
雷何處起潛蛟，寒雹空庭噪飢雀。玉堂供奉高昌公，走馬居庸度沙
漠。歸來茅屋臥青氈，修竹清風動寥廓。時危安得屢促席，坐對高
寒宜晚酌。長林慘淡^[四] 烟水空，時有飛來霽白鶴。

【校】

[一] 四庫本題爲“雪景寄契原魯應奉”。

[二] 瀟：清抄本作“蕭”。

[三] 辯：四庫本、光緒刻本作“辨”。

[四] 淡：底本缺佚，清抄本作“淡”，四庫本、光緒刻本作“慘”，據詩
義與音律，當以清抄本爲佳，現據補。

《秋堂圖》爲陳原謙賦

故人家住臨川曲，獨向秋山結茅屋。太平海宇尚文治，白日弦
歌在空谷。賈生亦有政事書，杜陵何必成都居。直從五雲叫閶闔，
豈顧萬里勞舟車。東南烽火連城郭，迴首松筠隔丘壑。曳裾久食諸
侯門，仗劍暫入將軍幕。將軍一戰復城池，五馬仍持太守麾。掉舌
已能平亂境，苦心端爲撫瘡痍。黃花紅葉公庭靜，夜涼却憶秋堂

興。山童掃葉月侵階，野老閉門雲滿徑。晴窗示我方壺圖，匡廬彭蠡秋風初。故鄉未報洗兵馬，扁舟何處尋鱸魚。我家卜築西窗下，兄弟連床畫[一]滿架。石田春暖蕨薇香，竹屋燈寒風雨夜。自從淮海戰塵昏，官府誅求政令煩。無人問字日携酒，有吏催租夜打門。山林雖好難容迹，明年擬作江東客。直道何須光範書，匡時空負劉蕡策。人生須作遠大期，丈夫豈惟思鄉里。求田問舍徒爲耳，富貴功名良有時。

【校】

[一] 畫：底本“畫”脱落最后一笔，清抄本、光緒刻本作“書”。以文義而言，“書”“畫”兩者皆可，現僅補全原文字。

謝吳子樞醫病

武夷山人拾瑶草，曾遇壺公授鴻寶。活人之術秘千金，濟世功成合仙道。茯苓雪白黃精黃，兔絲枸杞榮中堂。山童賣杏溪日暖，玉兔搗藥松風涼。故人有子冒炎暑，瘧癘三冬汗如雨。滌除沉痼養元和，補瀉溫涼雜甘苦。今秋暑病復侵凌，卧泄那堪毒熱蒸。白虎南山分藥送，黃龍東海獻方能。乃知妙學窮神聖，庸俗滔滔豈能并？黃埃赤日尚兵戈，瘴雨蠻烟多疾病。祇今醫國豈無人，白首山林愧賤貧。不見耕莘湯液者，逢時亦解展經綸。

爲吳元鼎賦謝醫士葉彦康

故人卧病霞洲上，三月風塵斷來往。西風已散虎狼群，夜雨忽聞鴻雁響。朝來書札報林丘，龍虎丹成疾已瘳。醫術昔稱和緩[一]輩，葉君真是神仙儔。却憶紫芝城下路，曾向壺中遇君處。杏花春樹語黃鸝，搗藥螢窗勞白兔。十年殺氣未消除，滿目瘡痍百戰餘。天下豈無醫國手，山中空有活人書。故人且願加餐食，世事紛紛那有極。扁舟倘入武夷雲，更采黃精益顏色。

【校】

[一] 綏：清抄本、光緒刻本作"緩"。

雨中束王幼度

客子清晨臥江閣，老樹閉門風雨惡。漁舟滿眼亂波濤，殺氣冥冥塞寥廓。地爐火冷席無氈，短衣百結雙履穿。寒食清明不歸去，故山松柏空雲烟。先生適自江東至，行李兼旬共留滯。登樓王粲謾多才，獻策劉蕡甘下第。三鱣聊爾擁皋比，一鶚未負風雲期。青春白日麟鳳遠，長林豐草豺狼飢。十年烽火暗南極，戎馬紛紛未休息。朝廷耆舊困草萊，鄉里兒童誇膂力。我今旅食向孤城，君亦乎[一]爲念遠行。人生只在意氣合，世亂[二]未覺文章輕。野人豈知天下事，杜宇夜啼花滿地。狂如賈誼惟痛哭，貧似楊雄空識字。昨夜封書與雁歸，妻孥應怪苦回遲。丈夫磊落志千載，一日窮途何足悲！

【校】

[一] 乎：四庫本作"胡"，光緒刻本作"何"。

[二] 亂：四庫本作"上"。

題鄭德彰員外所藏高彥敬畫《楚江春曉圖》

旭日未出群山昏，蒼茫楚江多白雲。芳洲無人采蘅杜，落花飛絮春紛紛。晴嵐滿戶漁家曉，花枝彷彿聞啼鳥。巫陽夢斷三峽空，湘渚愁深九疑小。文彩風流高尚書，如此江山歸畫圖。平蕪烟靄水空闊，陰壑松檜天模糊。左司郎官何處得，高堂紫翠生春色。是中宜有五湖人，一葉扁舟蕩空碧。風塵兵革浩茫茫，對此便欲歌滄浪。碧梧翠竹生高崗[一]，豈無彩鳳鳴朝陽？

【校】

[一] 崗：光緒刻本作“岡”。

送閩憲[一] 史丘子胤回三山

我昔南游訪蓬島，越王城郭生芳草。釣龍臺下晚潮空，道山亭上秋風早。朱樓綺户歌太平，邊塵不驚河水清。祗將六籍論經濟，何用萬里求功名。豈信流光不相待，風景未殊人事改。羞將藥裹對青山，獨向雲林望滄海。浮丘之子黃鶴姿，羽人曾作滄洲期。醉持瑤草渡弱水，笑接白雲來武夷。昨朝別我三山去，却憶當年舊游處。世事悠悠西浦波，愁心歷歷洪塘樹。人生行樂在青春，出門四顧多烟塵。少年裘馬誇意氣，自古文章難致身。山川蕭瑟年華晚，季子貂裘雪霜滿。扁舟何處夢相思，月落江空雁聲遠。

【校】

[一] 憲：光緒刻本作“縣”。

全真黃無盡持故人歐陽雪堂《墨梅》求賦詩，
并贈《遠游》。是時，雪堂已没三年

秋山雨晴風落木，忽見梅花發幽谷。野人病起雙目昏，誰遣春光到茅屋。初平之孫華蓋仙，一榻西湖烟水綠。鶴鳴月落樹扶疏，有酒更酬孤山曲。江東隱者雪堂翁，爲作寒香雲一幅。蒼根老幹苺

苔深，冷蕊疏枝霜露肅。此翁曾看西山梅，吮墨臨池寫幽獨。空堂煙雨一枝橫，素壁蕭森倚修竹。雁飛南海春不還，至今夢想人如玉。晴窗數紙那復得，積雪孤村曜晨旭。高人自得劫外春，坐對武夷三十六。山中幾度桃花開，石上三更梅子熟。江湖浩蕩歲云晚，且共衡門飯秋菊。煩將消息報南枝，萬里青天一黃鵠。

爲丁知事賦《平林精舍圖》

九曲群峰若奔馬，五曲平林古精舍。俎豆弦歌晝寂寥，白雲紅樹秋瀟灑。空山不見紫陽仙，石門鐵笛風冷[一]然。白髮何年化黃鶴，六經如日行青天。高人佐政建安幕，幕府時時夢丘壑。溪山三日酒杯深，風雨孤舟客衣薄。新圖山色煙霧重，松林數客茅茨空。漁樵尚想唐虞世，揖讓僅餘鄒魯風。我亦中林飯牛者，白石歌長怨清夜。道南立雪豈無人，溪上看雲空對畫。肩輿過我索題詩，階前黃菊霜離披。今人寥寥古人遠，山水空勞千載思。

【校】

[一] 冷：光緒刻本作"泠"。

春夜宴伯穎元帥宅，題《雲林茅屋圖》

高堂華燭延賓客，疊嶂層崖寫秋色。五老天寒楚樹青，九疑日暮湘雲白。茅屋溪頭何處村，長林無人啼鳥聞。嵐侵山市晝冉冉，葉墮[一]霜野晴紛紛。清夜高城雷雨作，將軍置酒相娛樂。月黑蛟龍起洞潭，山荒虎豹依叢薄。少年愛畫頗入神，時危思與煙霞親。故園不歸湖上宅，春樹長憶江東人。我本東門飯牛者，短衣破冒南山下。耻[二]看戎馬亂清朝，甘與漁樵放中野。將軍黃金雙虎符，臨邊自合思捐軀。兩淮氛祲尚滿眼，明堂梁棟須人扶。酒酣起舞心激烈，木末悲風動蕭瑟。雪盡蓬萊[三] 春正深，麟閣丹青紀勛業。梯山航海趨皇都，修文偃武歌唐虞。一丘一壑倘可得，爲君重賦《雲林圖》。

【校】

[一] 墮：四庫本作“墜”。

[二] 耻：底本漫漶，清抄本、光緒刻本作“耻”，現據補。另，“耻看戎馬亂清朝”，四庫本作“驚看戎馬擾邊疆”。

[三] 萊：四庫本、光緒刻本作“萊”。

題《羅浮日觀圖》

上清方方壺爲廬陵牛牧子畫，筆力雄偉，與山海稱。牧子授其徒存一，以爲壯觀。南金來武夷，[一] 存一請詩，爲歌長句。存一，吳姓，金華人。時至正丁未四月也。

青牛老人眼如漆，曾上羅浮觀海日。三更波浪涌金輪，五色雲霞曜丹室。是時海宇無纖埃，岡[二] 風不動天門開。赤烏刷羽影騰蠢，六龍攬轡晃裴裒。下視人寰皆夢境，西樓未轉銀河影。因看草木曙光遲，始信蓬萊春晝永。歸來化國望堯天，武夷[三] 廬阜清暉[四] 連。人生萬事駒過隙，回首羅浮心惘然。乾坤澒洞風塵起，振衣思入空青裏。漱精亦足致神仙，曝背猶堪獻天子。春山茫茫多白雲，大藥功成弟子分。石崖夜繞龍虎氣，玉佩晨朝鸞鶴群。嗟我十年茅屋下，葵藿微忱空在野。臨風却憶魯陽戈，日斜更對方壺畫。

【校】

[一] 南金來武夷：四庫本作“南金子來武夷”。

［二］岡：四庫本、光緒刻本作"罡"。

［三］夷：四庫本作"陵"。

［四］暉：四庫本作"輝"。

題璋上人所藏温日觀《墨葡萄》

鮫人織綃翡翠宮，驪珠滴露垂玲瓏。老禪定起寫秋影，空山月轉靉梧桐。憶昔初移大宛種，苜蓿[一]榴花俱入貢。蓬萊別館緑雲深，太液晴波水晶重。貝南之谷[二]曇所居，生紙顛倒長藤枯。墨池秃盡白兔穎，天風吹墮青龍鬚。祇園馬乳秋初熟，點綴鵝湖雲一幅。醉草猶疑懷素狂，寒梅頓覺華光俗。野堂[三]千尺手所栽，兵戈蕪没同蒿萊。日斜對畫獨迴首，詩成誰致[四]西凉酒？

【校】

［一］蓿：光緒刻本作"宿"。

［二］谷：四庫本作"國"。

［三］堂：四庫本作"棠"。

［四］致：四庫本作"置"。

《雲峰秋霽圖》爲方焕賦

茅屋溪頭紅葉村，石梁秋水清無痕。枌榆過雨鳥鳴澗，粳稻如雲山對門。老翁日高睡未起，稚子讀書窗户裏。干戈如此賦斂煩，鷄犬晏然鄉曲喜。山中酒熟黃花開，仙人候我芙蓉臺。雲林今夜好明月，擬跨幔亭黃鶴來。

題方方壺《垂綸圖》

霜落江頭楓樹林，鱸魚正肥江水深。扁舟坐釣者誰子，白髮不知憂世心。濠梁魚我相忘久，日暖絲綸輕在手。隔蓬[一] 喚[二] 婦炊香粳，艤棹呼兒買春酒。蘆花兩岸秋茫茫，食魚豈必河之魴。青天無雲月在水，扣舷靜夜歌滄浪。干戈[三] 道路多[四] 豺虎，烟波不受征徭[五] 苦。久無渭水獵非[六] 熊，那有客星動明主。嗟余[七] 塵土空[八] 二毛，方壺員嶠秋風高。持竿明日拂雲海，一舉會須連六鰲。

【校】

[一] 蓬：四庫本、光緒刻本作“篷”。

[二] 喚：四庫本作“呼”。

[三] 干戈：四庫本作“崎嶇”。

[四] 多：四庫本作“恐”。

[五] 征徭：四庫本作“人間”。

[六] 非：光緒刻本作“飛”。

[七] 余：四庫本作“予”。

[八] 空：四庫本作“具”。

送吳宗德歸三山

霞洲月色涼如水，久客思鄉中夜起。清晨扣户徵[一] 苦吟，南望三山白雲裏。問君三載建安城，泮水弦歌擁書几。盤中苜蓿日蕭蕭，帳下佩衿朝濟濟。頗聞苦學貴得師，雲谷武夷堪仰止。為儒不必泥章句，求道正須參義理。在山有志甘蕨薇，拾芥何心慕青紫。客游已倦歲將晏，如此不歸真可耻。道傍豺虎晚更多，江上鱸魚秋正美。石田二頃足粳稻，茅屋三冬富文史。朝廷寬大天運回，詩禮文風日可指。九萬扶遙^[二]我未能，五十富貴君當擬。孤雁衝寒天外飛，扁舟疏雨沙邊艤。忍^[三]看佩葉紅勝錦，恍憶諸公句如綺。海鄉無事樵放閑，丹荔黃柑浮綠蟻。倘有江波西北流，應解械情寄雙鯉。

【校】

[一]徵：清抄本作"微"。

[二]遙：光緒刻本作"搖"。

[三]忍：光緒刻本作"忽"。

程氏之祖世居鵝湖，嘗題其讀書之室曰"湖山清隱"，芳遠既居武夷，乃以所得況肩吾山水扇面請余^[一]賦詩，爲歌長句

況侯昔居白雲中，愛寫紈扇生秋風。千岩萬壑不盈尺，山橋草閣連青楓。清溪漠漠春流急，苦竹藂深晚烟濕。更無^[二]雞犬^[三]傍茅茨，似有豺狼在原隰。度橋一老若忘機，欲行未行風滿衣。杖藜恐是避世者，日暮似聞歌《采薇》。山人望山歸未得，畫圖想像湖邊宅。干戈滇洞十年餘，風雨松楸萬山隔。鵝湖山高湖水長，昔翁讀書清隱堂。秋林伐木鶴鳴谷，春雨揜^[四]船魚在梁。人生萬事浮雲變，旅食他鄉歲時倦。尚想前賢抱隱淪，始知亂^[五]世甘貧賤。茅齋西南武夷岑，雲霧蒼莽龍蛇深。致君堯舜苦無術，萬里江湖勞寸心。君不見商山之翁頭似雪，一朝羽翼扶漢業。丈夫出處自有時，耕岩釣瀨誰能知？

【校】

[一]余：四庫本作"予"。

題程芳遠所得方方壺寫《大王峰圖[一]》

魏王煉丹武夷頂，石洞千年松檜冷。憑虛樓閣散虹光，積翠峰巒蕩雲影。狂歌披髮有金公，曾共方壺隱此中。半夜神龍[二] 問丹訣，西風一鶴度遼東。方壺愛山[三] 不得住，西入仙岩種琪樹。尋常一筆掃雲烟，三十六峰在庭户。鵝湖之水春茫茫，梅林獨客人[四] 還鄉。壺中點染出小米，溪上嵯峨懷大王。我昔曾陪幔亭宴，別來歲月如飛電。王母青鸞夜不歸，神君白馬秋難見。金蟾谷口久相期，鐵笛岩前謾一吹。錦浪芙蓉晴溔溔，翠屏茅屋晚參差。洞門鐵鎖蒼苔靜，芝草琅玕滿幽徑。黃金大藥鼎烟微，白木長鑱山雪盛。更約幽人把釣過，扁舟白髮弄清波。劉郎載酒題春雨，九曲桃花日莫多[五]。

【校】

[一] 大王峰圖：四庫本作"大王峰"。

[二] 神龍：四庫本作"龍神"。

[三] 山：四庫本作"此"。

[四] 人：四庫本作"又"。

[五] 日莫多：四庫本作"入夢多"。

贈危進

憶昔誦君玉華作，秋月華星動寂[一]廓。已知志士甘漁樵，獨憶神仙閟巖壑。賈生少年負經濟，阮籍窮途苦漂泊。空谷天寒隱白駒，滄江日莫飢黃鶴。千里猶看殺氣昏，十年不見旄[二]頭落。布衣各擁將帥權，草莽空談王伯[三]略。窮冬命駕武夷溪，茅屋山中風雨惡。黃菊花殘楓葉疏，與君沽酒花前酌。況聞有書獻天子，安得排雲叫閶闔。酒酣起舞肝膽雄，寶劍光芒照六合。英豪遇合終有時，[四]丈夫志在麒麟閣。

【校】

［一］寂：四庫本、光緒刻本作“廖”。

［二］旄：四庫本作“旌”。

［三］伯：光緒刻本作“霸”。

［四］英豪遇合終有時：底本、清抄本、光緒刻本皆缺佚，現據四庫本補。

題林士衡所畫《揭學士方壺歌圖》并寄葛原哲經歷

方壺之山東海上，魚龍出没風濤壯。貝闕珠宮亦渺茫，白雲黃鶴空惆悵。上清道士方方壺，筆底江山開畫圖。方丈蓬萊紫翠合，南宮北苑丹青俱。山中龍虎丹應[一]熟，白髮蕭蕭映修[二]竹。仙家歲月誰與期，人世兵戈自相促。林生筆力回萬牛，倚棹幔亭風雨秋。十年却憶壺中隱，萬里長懷天上游。新圖蕭瑟松樹老，我思美人隔烟島。謫仙何處駕長鯨，杜甫空歌拾瑶草。秋山木落山正空，客行已逐南飛鴻。明年把釣三山去，更向丹丘問葛洪。

《海上行》送舒文質之京赴危大參之招

海門五月南風高，龍驤萬斛如鴻毛。蓬萊方丈渺何許，但見吞天沃日之洪濤。龍光蜃氣迷咫尺，夜看星辰朝看日。居庸如天久海青[一]，玉樓十二通仙靈。仙人樓居龍兗[二] 明，二十八宿風雲生。山人曾駕遼東鶴，秋入瀛洲采靈藥。歸來塵土三十年，至今夢想鈞天樂。十月北風鴻雁翔，羽人遺我雲錦裳。紛紛霾雨暗八荒，子胡不歸白玉堂。山人嘯與青山別，夜鶴秋猿意凄惻。有書伏闕救瘡痍，江南小臣如蟻蝨。吾聞東海百谷王，有如宸居朝四方。江淮道路日流血，海若率職能令海道成康莊。吳檣楚柂千艘入，白粲紅陳萬蒼積。近傳渤海罷干戈，復道塗山來玉帛。我歌海上行，送子萬里情，匣中霆吳鈎，忽作蛟龍鳴。安得持之獻天子，一掃六合風塵清。

【校】

［一］青：光緒刻本作“清”。

［二］兗：光緒刻本作“袞”。

題《閩山遐覽圖》送陳仲彬歸龍虎山，并問訊方壺煉師

仲彬示我《閩山圖》，巨然之筆稱方壺。青楓斷岸水空闊，細雨隔溪山有無。千岩萬壑知何處，想像武夷溪上路。仙家樓閣雪初晴，野老漁舟日雲莫。方壺不識武夷君，九曲雲林祇謾聞。前身恐是幔亭鶴，誤入仙岩栖白雲。客行祇羨閩中好，故園迴首生芳草。

彩衣京國念趨庭，白髮倚門思遠道。度關却遇青牛翁，烏君^[一] 樹色連晴空。清溪明月送君去，落花飛絮愁東風。方方壺壺^[二] 隔弱水，我縱未逢心已喜。空山何以慰相思，爲托春波致雙鯉。

送芳遠高士游龍虎山訪方壺仙伯，并問訊歐陽雪舟真逸

神仙之人方方壺，結屋龍虎山中居。白雲幽壑妙絕畫，紅葉清池高古書。梅花夢冷鵝湖客，桂樹月高仙掌夕。丹成京兆金粟黃，劍化青城雷雨黑。却携綠玉壺中游，東南三老稱風流。仙岩日莫鶴聲遠，鬼谷雪晴山色幽。玉樓十二通銀漢，翠幢金節光凌亂。洞簫吹徹瓊林臺，桃花落盡先天觀。青牛度關何日歸，蘭風凉冷綠羅衣。煩君寄語浮丘伯，願借霻鸞天上飛。

送郭按察還朝

聖主垂衣治天下，遣使南行訪儒者。要令多士盡歸朝，肯使一才閑在野。七閩僻陋山海隅，民風稍稍敦詩書。十年戈甲亂離有，前代衣冠零落無。使星昨夜纏南極，六轡皇華度原隰。霜雪遙看鷹隼飛，風雷欲起蛟龍蟄。千岩萬壑紫芝春，白髮青燈一二人。已無捫虱談兵眊^[一]，那有非熊隱釣綸。玉節春回鳳池上，長江細雨桃花浪。星臨華蓋近天顏，雲繞蓬萊擁仙仗。野人亦有螻蟻情，洗兵願見黃河清。唐虞之君稷契佐，四海九州歌太平。

【校】

［一］眊：四庫本、光緒刻本作“略”，疑是。

贈武夷魏士達

武夷山水天下無，層巒叠嶂皆畫圖。山川直疑混沌鑿，秦漢而下靈仙都。中天積翠開宫殿，石壁虹光夜如電。鸞鳳常驂神姥游，猿猱共醉曾孫燕。洞中别有升真天，瓊林遺蜕如枯蟬。露盤仙掌千年藥，春水桃花九曲船。萬松岡頭羽衣客，更入三山采真訣。神游不討[一] 海天遥，夢覺長懷山月白。歸來高隱萬年宫，天香時降雙青童。道參元始鴻濛外，身寄虚空象緯中。嗟子[二] 久慕烟霞侣，天遣空山作詩苦。清歌曾繞幔亭雲，凍筆空題草堂雨。金丹擬就玉蟾分，木葉西風鐵笛聞。野老只知堯舜世，樵夫或遇武夷君。黄塵白髪悲年暮，迴首蓬萊更何處。病容豈是學仙才，儒術元非濟時具。余侯留滯海南居，鴻雁來時一寄書。期君天柱之南，隱屏之北，共斸黄精煮山雪。

【校】

［一］討：光緒刻本作“計”。

［二］子：光緒刻本作“予”，疑是。

送鄭彦斌歸新安

越王城頭花似霰，越王城下江如練。倦客三春正憶歸，美人千里初相見。羡君有才不作官，知君有酒常開顔。朝陽鳴鳳在中野，白雲黄鶴懷青山。王[一] 門曳裾今幾載，賓主風流擅文彩。竹書燈火卧西窗，玉帳旌旗鎮南海。南海魚肥荔子香，君獨胡爲念舊鄉。

秋風落葉茅茨晚，春草啼鴉丘壟荒。新安山水東南美，洙泗淵源有朱子。莫將三絕動君王，但用六經訓閭里。伯也看山入武夷，清泉白石共題詩。約君明日扁舟發，爛醉幔亭溪上月。

【校】

[一] 王：光緒刻本作"玉"。

題《聽雪舟卷》

彤[一] 雲凍合山陰道，老鶴虛舟夢瓊島。天地無聲夜寂寥，短篷碎玉風蕭蕭。月白江青墮楓葉，寒重不聞葭葦折。明朝洗耳聽清流，寫作江湖聽雪舟。

【校】

[一] 彤：光緒刻本作"同"。

《水南山房》詩爲任立本賦

南溪白雲白如練，萬壑松蘿對山縣。幽人結屋溪上居，稚子過庭能讀書。清流美竹秋瀟灑，棐几明窗日閑暇。坐中往往見樵漁，門外時時駐車馬。盛世弦歌比屋聞，淮南兵革又紛紛。平川戰血流成海，白日妖氛漲作雲。一自離家從部曲，夢繞故山烟水綠。被褐愁趨戎馬群，牽蘿誰補南溪屋。近隨都慰入閩中，遠逐驃姚樹戰功。匣底笑看三尺水，尊前起舞萬人雄。三年留滯關山外，環堵蓬蒿果安在？荒林猿鶴怨秋風，落日魚龍愁遠海。時清方且歸去來，他鄉道路多塵埃。有才未必長在野，君王已築黃金臺。

《相逢行》贈徐剛中之建寧，兼柬黃彥美總帥

去年逢君紫霞洲，今日逢君滄海頭。逢君處處好顏色，嘆我年年長作客。被褐昂藏七尺軀，蟠胸磊落五車書。姑蘇臺北曾走馬，越王城南還釣魚。看花夢想揚州遠，采藥歸來杏林晚。堂上慈親鶴髮長，階前幼女鶉衣短。見君雖貧不解愁，結交盡是豪俠[一]流。侯門咫尺恥干謁，客路尋常歌遠游。我亦扁舟滯江浦，握手相看總羈旅。千年龍劍蝕塵泥，三月鶯花老風雨。明日洪塘又送君，離亭詩思正紛紛。黃鑪有酒莫漫醉，待余同擬梅仙雲。

【校】

[一] 俠：四庫本作“雄”。

《攬秀樓》詩爲九江陳仲文作

將軍樓成九江口，背倚長江面廬阜。雙劍寒光列畫圖，香爐曉色當窗牖。一官作鎮已三年，鷄犬不驚人晏眠。案上芸香浮竹簡，檻前帆影過江船。我來正值西風落，南望雲松秋萬壑。五老應乘白鶴來，諸公不負黃花酌。庚亮樓前空薜蘿，虎溪明月漾晴波。一時人物風流盛，千古江山感慨多。絕壁孤烟淨如掃，雲錦芙蓉鏡中老。攬秀長歌太白詩，木落江空雁聲小。

赤　壁

在武昌之上，即周瑜敗曹公之地。九月廿一日作。

長江西來雨如霧，赤壁蒼蒼風雨莫。草木猶疑橫槊時，塵沙尚

想焚舟處。烏林渡口下舳艫，曹瞞已料無全吳。陣前部曲走劉備，眼中談笑輕周瑜。君臣謀合士賈勇，玉帳旌旗亦飛動。樓櫓晴空烟焰高，魚龍白日波濤涌。荊門牢落駐殘兵，野曠不聞鼙鼓聲。戰骨秋理[一]湖外草，捷書夜報石頭城。雄圖伯[二]氣兩消歇，地老天荒秋一葉。石上殘碑過客題，沙中古劍漁人得。漢王祠枕碧山隅，諸葛臺荒野鳥呼。千年忠義《出師表》，萬里江山《八陣圖》。

【校】

[一] 理：光緒刻本作“埋”。

[二] 伯：光緒刻本作“霸”。

泛洞庭湖作

九月廿六日。

昔歌杜甫洞庭作，壯思高秋動廖廓。天風吹夢岳陽樓，九月揚帆湖水落。中流四望波泠泠，遙天倒浸涵滄溟。龍堆千尺雲濤白，鰲背一點君山青。茫茫元氣大無外，大澤方知百川會。錦浪愁翻灩澦深，黃流怒擘昆侖碎。漂吳蕩楚注海門，吞雲吸夢移山根。東南但見日月出，咫尺常愁雷雨昏。輕舟破浪疾如箭，辦[一]香走謁龍王殿。琴高赤鯉有時逢，溫嶠然犀那可辯[二]？偶然風静波不喧，青銅一鏡磨蒼雲。舟人漁子霎霎過，斷雁殘鴉個個聞。泪[三]羅欲吊懷沙客，芳洲誰鼓湘靈瑟。清泪空餘野竹斑，忠魂何許楓林黑。古今萬事共悠悠，人生有酒且澆愁。喜探禹迹得奇觀，濯足滄浪歌《遠游》。酒酣興極忽長嘯，祝融天柱迴殘照。萬里還乘博望楂，六鰲更掣任公釣。

【校】

[一] 辦：清抄本作“辯”，光緒刻本作“瓣”。

磨崖碑

在浯溪石壁上，[一] 元道州文、顏魯公書，大可六七寸，筆力遒勁，上下多磨滅，中段尚完可讀。其地多石，石皆聳列如屏，故可書。長江之勝觀也。

浯溪溪上磨崖碑，尚書之筆刺史辭。蛟龍潆洞雷雨垂，虎豹慘淡風[二] 雲馳。詞嚴意正意[三] 則微，銀鈎鐵畫世莫窺。是時妖孽侵唐基，帝星白日西南移。靈武倉卒事亦危，一二老臣共扶持。秋風萬里天王旗，乾坤汛掃重清夷[四]。九重宮闕回春姿，二聖歡樂孝且慈。豐功偉烈何巍巍，周宣漢武宜同時。臣結再拜陳頌詩，勒銘不用鼎與彝。磨高鐫堅崖石臞，大書更藉魯公爲。凜然抗賊氣未衰，快劍長戟紛離披。碧石漠漠青苔滋，字縱磨滅猶可推。乃知古人用意奇，真與天地同等期。山空江晚舟楫遲，蕭蕭落葉寒蟬悲。

【校】

［一］在浯溪石壁上：四庫本作“碑在浯溪石壁上”。

［二］風：底本缺佚，現據四庫本、清抄本、光緒刻本補。

［三］意：四庫本、光緒刻本作“義”。

［四］清夷：四庫本作“恬熙”。

湘江舟中望衡山作

江南之山衡山雄，祝融天柱多奇峰。天寒影落洞庭水，玻璃倒浸青芙蓉。蒸雲泄雨幾千里，積翠浮嵐畫圖裏。高如河擘龍門開，低如海涌鯨波起。羽林萬馬簇天仗，旌旗劍戟森相向。鸞輿鳳輦五雲間，玉殿瓊樓九天上。紅疑霞綺射赤城，青若巫黛連蒼屏。洞藏朱陵晝杳杳，崖偃紫蓋秋冥冥。昔聞魏夫人，煉丹黃金鼎。丹成笑引雙玉童，來居赤霄之宮翠微之嶺。玉冊金字天帝書，夫人坐鎮離明虛。驅吒魑魅走魍魎，琟^[一] 岡叠阜西南隅。根盤九地勢未已，東爲天台西匡廬。自從風塵昏日白，嵩高太華俱蕭瑟。中天佳氣接金陵，虎踞龍盤開帝業。我時乘雲出蓬萊，七十二峰蒼翠開。玉函秘書倘可得，焱車徑去凌崔嵬。可憐青鳥使，日莫無消息。望神君兮不來，折瑤華兮空佇立。瀟湘江上月團團，且呼綠酒開愁顏。雲梯石磴無由攀，但聞猿啼鶴唳愁空山。朝廷近修封禪禮，牲璧禮神神有喜。神仙茫昧未足徵，生甫及申佐天子。

【校】

[一] 琟：光緒刻本作“堆”，當是。

丹 崖 歌^[一]

崖在大花灘之上，西去零陵五十里，望之若雲錦然。

斷崖千尺雲錦懸，芙蓉薜荔搖空烟。珊瑚鐵網相鈎連，赤豹下搏蒼龍淵。旁有石穴疑可穿，洞門深鎖朱陵天。我欲徑^[二] 入求神仙，丹光出林夜赫然。紅葉如雨墮我前，青鳥飛去何時還？我方持節西南偏，石壁有路無由緣。赤松黃石書可傳，桃花一嘯^[三] 三千年。

【校】

[一] 四庫本題爲“丹崖”。

[二] 徑：四庫本作“遙”。

[三] 嘯：四庫本、光緒刻本作“笑”。

全州多奇峰叠嶂，湘水曲折其下，竹林茅舍翛然有桃源之趣

萬山迴合湘江遠，玉几金屏對層巘。五老天清[一] 白鶴秋，九疑雲暗蒼梧晚。西[二] 崖如畫繞孤城，落葉涼風野寺晴。龍虎倚天騰劍氣，鳳皇隔水度[三] 簫聲。松林茅屋誰家住，便好携書隱深處。春來繞澗是桃花，漁郎定覓桃源路。

【校】

[一] 清：四庫本作“青”。

[二] 西：四庫本作“山”。

[三] 度：四庫本作“渡”。

秋曉，南熏[一] 亭望隔江群峰，初日宛然如畫，不知興之所至，斐然成章

扶桑西南丹桂林，初日照耀群峰青。琅玕墜露[二] 天杳杳[三]，芙蓉隔水秋冥冥。我騎瘦馬踏殘雨，乘涼晏坐南薰亭。是時燭龍吐光晶，倒景正挂雙玉[四] 屏。祥烟慶雲忽飛動，翠旌羽蓋搏紫清。恍如仙人下雲軿，金銀宮闕羅蓬瀛。丹青疑對李郭畫，詭怪莫談[五]《山海經》。江波蕩漾洲渚橫，時有鳥雀啁啾鳴。西郊[六] 爽氣生櫺楹，毛髮颯颯通神靈。重華一去呼不返，疑山九點浮青萍。黃帝垂衣靜四溟，杲杲白日中天行。湘江之竹鸞鳳聲，吹作簫韶咏太平。

【校】

[一] 熏：四庫本、光緒刻本作“薰”，當是。

[二] 露：四庫本作“落”。

［四］王：四庫本、光緒刻本作“玉”，當是。

［五］談：底本、清抄本缺佚，四庫本作“測”，光緒刻本作“談”，現以聲律、詩意據光緒刻本補。

［六］郊：四庫本作“山”。

風雨孤帆圖

長風捲沙浪頭白，雨脚漫山雲氣黑。渡頭茅屋不逢人，天際蒲帆有歸客。大船入港灣更深，小船繫傍楓樹林。嗟爾此時誇利涉，有患不避愁人心。諒非商岩濟川者，擊枻中流漫悲咤。却疑興在大江東，復恐心馳北闕下。魚龍洶洶未易過，鴻雁冥冥[一] 秋意多。縱使乘桴欲浮海，且願携壺無渡河。回檣起柂宜暫息，驟雨飄風不終日。明朝江暖芙蓉開，萬里長歌楚天碧。

【校】

［一］冥冥：底本、清抄本僅有一“冥”字，現據光緒刻本補。

韶 音 洞

虞山之下，南軒所刻。

飛龍雙騁南巡轂，雲斷蒼梧泣湘竹。千年古穴閟衣冠，九奏遺音動崖谷。我所思兮虞之山，石門落華春晝閑。常疑絲竹起空洞，更覺風水悲潺湲。重華揖讓雍熙世，白首陟方聞此地。川鳴谷應作宮懸，獨使宣尼忘肉味。自從軒轅製律餘，穴處之民宮室居。奇踪似出鬼神鑿，靈響欲求天地初。長林無人烟草碧，鳳鳥不來空日夕。安得一夔同拊石，擊壤南風歌帝力。

七星岩

在桂林之東。

何年七星降人間，罡風吹作山石[一]頑。九疑雲暗[二]兩峰失，五老天清雙劍攢。桂林茫茫石如簇，散漫崩騰走平陸。雁行斜落大江濱，屏嶂橫開叠蒼玉。初疑女媧補天餘，又如禹鑿龍門孤。神光傍射軫翼上，斗柄正指西南隅。下有洞穴不可測，虎龍晝伏龜蛇蟄。雲根近接勾漏深，海氣常帶蓬萊濕。我欲舉手招群仙，驂鸞直上虛皇前。斟酌元氣作雷雨，一灑五嶺哥豐年。

【校】

[一] 石：四庫本作“頭”。

[二] 暗：四庫本作“晴”。

老君洞詩[一]

混沌始鑿開玉融，瑤臺隱映青芙蓉。下有洞穴如崆峒，玉樓十二高玲瓏。丹崖紫氣浮空濛，何年玄元降其中。伐毛洗髓游太空，遺形歲久金石同[二]。元精變化不可窮，龐眉皓首成老翁。玉局儼坐神霄宮，獅子前導[三]猿後從。幡幢飄飄羽蓋重，海月照見香爐峰。寶劍倒挂蒼精龍，石梁懸瀑聲琮琮[四]。我來飛雪當嚴冬，瑤草凝碧桃花紅。花間一笑雙玉[五]童，授以錦[六]書石髓封。道言五千方擊蒙，窅[七]兮冥兮道之宗。無爲自然成汝功，谷神玄牝翕以通。壽命天地相始終，吁嗟小臣等蠛蠓。上帝有敕按疲癃，萬里驅馳雙鬢蓬。人間歲月苦匆匆，投簪未暇巢雲松。白鶴飛去天南東，長歌林谷來清風。

銅雀臺效劉彦炳賦[一]

曹瞞騁志吞劉社，銅雀臺高瞰中夏。徒知扼腕有卧龍，豈料垂涎已司馬。萬里河山尚出師，九原魂魄歸何時？清[二] 秋風雨滿陵[三] 樹，落日笙歌繞繐帷。翠娥紅袖恩情絶，廢冢荒臺狐兔穴。空餘片瓦落人間，千載奸[四] 雄磨未滅。

爲董生題補之《墨梅》

補之《墨梅》世稀得，短幅橫枝更清絶。數蕊潛回空谷春，繁花亂點陰崖雪。野橋江岸洗冰魂，香霧晴烟灑墨痕。東閣題詩空白髮，西湖倚棹近黃昏。董生清白稱能吏，棐几明窗玩幽意。作賦長懷鐵石心，調羹終待鹽梅味。九曲扁舟幾日回，南枝應向早春開。清溪明月如堪折，會寄幔亭黃鶴來。

題李遵道《枯木圖》爲建安朱烱作

君家枯木稱小李，老幹槎[一] 枒翠微裹。忽看怪石起坡阤[二]，復有疏篁映秋水。年年雨露長莓苔，落葉悲風慘淡[三] 來。日莫天寒神鬼護，深山大澤棟梁材。牧童樵子不敢近，似有龍蛇此中隱。故將露葉拂晴柯，曾倚雲根長春笋。李侯畫竹世有名，偶見此圖雙眼明。山中黃綺貌[四] 同古，林下夷齊節獨清。烱也曾爲玉京客，挂席海天秋月白。琅玕在谷靈鳳栖，珊瑚出冰[五] 神魚泣。我本野人溪上居，疏篁古木臨階除。息陰時復朝隱几，汗簡徒勞晚箸[六]書。已知樗散非時用，回首何須萬牛重。桃李花多漫得春，松柏青青歲寒共。

【校】

[一] 槎：四庫本作“杈”。

[二] 坡阤：四庫本作“陂陀”。

[三] 淡：四庫本作“澹”。

[四] 貌：四庫本作“操”。

[五] 冰：四庫本作“水”。

[六] 箸：四庫本、光緒刻本作“著”，當是。

送 春 詞

把酒送春春欲歸，落花無言愁不飛。天涯萬里不忍別，杜宇啼乾枝上血。離亭芳草色萋萋，不爲東君絆馬蹄。傷心燕子銜將去，綠陰細雨簾櫳暮。小園桃李明年開，土牛迎春春早來。但願花枝長好人長健，歲歲年年一相見。

題子陵圖贈嚴伯新

高臺蒼蒼富春渚，老樹凝雲苔色古。客星夜入紫微垣，羊裘暮釣滄江雨。大賢隱德辭萬鐘，諸孫嘯傲江湖中[一]。干戈滿地歲將[二]晏，展卷[三] 山水來清風。

【校】

[一] 中：四庫本作“東”。

[二] 將：四庫本作“時”。

[三] 展卷：光緒刻本作“輾轉”。

聞浙西賊退有感

往年江淮群盜起，剗復至今煩王師。空令朝廷思猛將，復見官府徵健兒。大江之南十數群[一]，殘破無有完城池。五年殺氣纏滄海，萬里妖氛擁赤眉。秋風蕭蕭[二] 吹鼓角，白日查查[三] 多旌旗。井邑正困軍需急，京城却憂海運遲。築壇授鉞竟虛設，血戰更藉[四]西南夷。此輩豈能真爲國，劫掠何异盜賊爲。霄[五] 衣尚勞社稷討[六]，汗馬正際[七] 風雲期。鼎魚穴蟻未足慮，賦斂不已民瘡痍。嗚呼！安得黃河水清洗，兵甲再見至元中統時。

【校】

[一] 群：四庫本作“郡”，疑是。

[二] 蕭蕭：光緒刻本作“瀟瀟”。

[三] 查查：四庫本、光緒刻本作“杳杳”，疑是。

[四] 藉：清抄本作“籍”。

[五] 霄：四庫本、光緒刻本作“宵”。

[六] 討：四庫本、光緒刻本作“計”。

[七] 際：四庫本作“聚”。

西山夢二親

時壬辰歲作。

二親已没逾兩月，中夜西窗夢顏色。夢中相見不須臾，覺來血淚空沾臆。秋宵一何長，我夢一何短。黃泉茫茫親不返，白日飄飄歲雲晚。我哭親不聞，親來我不見。難招死後魂，尚想生前面。攬衣起坐寂無語，窗外瀟瀟落寒雨。

寄錢允吉

故人七月海南來，言向蘇州省親去。故壘荒臺秋正深，斷雁殘鴉日云暮。吳中風味誇蓴鱸，舟過錢塘酒屢酤。錢王鐵箭江上有，子胥怒濤天下無。王事有程須早發，別家又是中秋節。平生意氣薄青雲，千里襟期共明月。仙掌峰前彩霧消，去時曾繫木蘭橈。秋草關山疲款段，雨苔茅屋冷[一]蟪蛄。問君井[二]邑多吳語，今歲湖田好禾黍。黃金白璧兢奢華，淮北淮西忍羈旅。七閩僻遠民甚貧，三百年來風俗淳。兵戈不廢耕織業，丘壑尚余樵牧人。我昔携書臨海嶠，故人高義今同調。客路艱難久自知，人生聚散那能料？臺中文彩兩大夫，幙[三]下秋水涵冰壺。金門雲錦鳳銜誥，月出夜光龍吐珠。羨君少年已筮仕，彩衣換繡非難事。若將問學取功名，遺緒

392

閩[四] 南猶未墜。

【校】

[一] 冷：清抄本、光緒刻本作“吟”。

[二] 井：清抄本作“并”。

[三] 慔：四庫本、光緒刻本作“幭”，當是。

[四] 閩：底本、清抄本均缺佚，四庫本作“閩”，光緒刻本作“江”，現觀全詩內容，當以“閩”字爲佳，現據補。

七月十四[一] 夜，宴集巢雲左轄山莊，
席[二] 上分得“轄”字韵

　　草堂日落凉風發，滄溟月出金天闊。主人掃地復開尊，留客空庭自投轄。四檐竹影旌旗搖，萬壑松聲鐘磬戞。短簫吹作鳳雕雕，清瑟下聽魚鱍鱍[三]。當檐佳樹漫蘢葱，隔岸好山何突兀。滿斟河漢壺屢傾，倒挂藤蘿巾更脫。放哥起舞爲主壽，腰下寶刀聊暫拔。古來志士多慷慨，不比幽人徒曠達。歡娛休戀黃金罍，帳[四] 望却懷青瑣闥。豺虎漫山尚未除，蛟龍蟠泥當自刷。須臾天地忽黯慘，倏忽雷電捎旱魃。雞鳴雨過醉且歸，明日詩成枉芳札。

【校】

[一] 七月十四：四庫本作“七月十四日”。

[二] 席：底本、清抄本作“帝”，四庫本、光緒刻本作“席”，當是。

[三] 鱍鱍：底本、清抄本皆作“鱍”，脫一字，四庫本作“發”，光緒刻本作“鱍鱍”，現結合底本與詩律情況，當以光緒刻本爲佳，現據補。

[四] 帳：四庫本作“悵”。

送陳原性茂才赴中臺，就歸吳門覲省，簡其鄉青城王
處士。陳乃福建按察崔使君之客也，豪宕不羈，以詩自適

才人得詩勝得官，少壯不辭行路難。賓館有魚南海澗[一]，鄉書無雁北風寒。崔侯[二] 文彩金閨彥，白石滄江月如練。賈誼終蒙聖主知，禰衡始受諸公薦。簿書慣[三] 府日紛紜，別酒離歌晚袂分。釣魚浦遠孤帆雨，鳴鳳臺高五色雲。九曲溪頭過茅屋，泥深陌巷苔痕綠。請[四] 秋海氣灑陰崖，落日樵歌答空谷。野客愁吟鬢欲絲，遇君還善[五] 頌君詩。清霄捷徑致身早，白壁[六] 連城待賈遲。萊衣且就高堂養，志士雖貧亦豪宕。留得文章天地間，豈憂羈旅江湖上。青城處士古人風，十載栖遲草澤中。飯顆未須逢杜甫，甘泉行見召楊雄。

【校】

［一］澗：底本、光緒刻本脱字，清抄本作“澗”，現據補。

［二］侯：光緒刻本作“俠”。

［三］慣：光緒刻本作“幙”，當是。

［四］請：光緒刻本作“清”，當是。

［五］善：光緒刻本作“喜”，當是。

［六］壁：光緒刻本作“璧”，當是。

題劉商《觀奕圖》

遙峰蒼蒼松檜色，澗水無聲晚烟白。圍棋不見商山翁，伐木那蓬[一] 會稽客。行入[二] 遙指爛柯山，洞裏群仙白晝閑。石床對弈豈知久，樵子傍觀殊未還。執柯却坐莓苔石，勝負眼前誇得失。石爛

松枯不計年，云子瓊漿堪度日。斧柯已爛下山遲，城郭雖存故舊非。處處桃花無路入，雙雙白鶴背人飛。仙游寂寞秋山裏，圖畫千年尚如此。社稷山河幾局新，地老天荒遺數子。君看滄海變桑田，一木不支何足憐。

【校】

［一］蓬：光緒刻本作“逢”，當是。

［二］入：光緒刻本作“人”，當是。

《風雨歸舟圖》爲黃煉師賦

滄江蕭蕭風雨急，叠嶂層巒雲墨色。渡頭茅屋不逢人，天際蒲帆有歸客。石橋楓葉秋冥冥，寺晚不聞鍾鼓聲。洪濤蛟鰐正出没，緑林豺虎猶縱橫。欹檣側柁奔騰過，不似晴瀾轉輕舸。悵望空歌《行路難》，肯信船如天上坐。高人習隱武夷山，白石清泉松檜間。已將聲色等虛幻，豈有憂患能相關？畫圖淋漓元氣濕，劍化空山飛霹靂。一洗江南烟霧昏，四海九州開白日。

落 花 怨

春風開花花滿枝，春雨落花花作泥。飄紅墮白不解惜，裁青翠剪[一]空如迷。莫嫌花飛春去早，第恐春歸人易老。狂蝶無心戀故枝，游蜂有意穿芳草。江上行人去不歸，閨中少婦泪沾衣。春愁縈人無遠近，燕子不來花落盡。

【校】

［一］翠剪：四庫本作“剪翠”。

天涯路

　　十年一片土，云是天涯路。路上行人西復東，惟有青楓記朝暮。楓樹摧爲薪，行人朝暮新。修途傷馬足，峻坂折車輪。前車已折馬已死，後來行行殊未已。君不見阮籍窮途哭，杜陵悲路難，夸父追日骨已朽，穆王八駿何時還？年年江水流，日日黃塵飛。天涯路，君不歸，草根夕露沾人衣。

附録一

元張昶藍澗詩集序[一]

　　詩之所以吟咏情性者也，[二] 情感於物，故其聲響節奏有萬變之不同，然其要不出乎好善惡惡而已。蓋情本乎性，際天地，亘古今，人無二性故也。是雖不同之中而有大同者存[三] 焉。性雖善而稟賦不能無偏厚。孔子曰："吾未見好仁者，惡不仁者。"好仁者猶春溫，惡不仁者猶秋清。二者固不可分高下，亦不可遽以春爲秋也。《風》有《緇衣》，《雅》有《鹿鳴》，爲此詩者，其好仁者乎？非不惡惡也。至於刺淫心曰："子之不淑，刺讒尚望其一者之來，何其雍容哉？"《風》之《相鼠》，《雅》之《巷伯》，爲此詩者，其惡不仁者乎？非不好善也。惟恐有妨於善也，一似柳士師，一似孤竹子，是皆賦稟之偏厚也。三百篇之下，如淵明之蕭散，陳子昂之典雅，李白之飄逸，杜甫之憂世，浩然之閑靖，應物之冲澹，東野之奇古，長吉譎怪，微之之沉著，樂天之痛快，雖體製與時變更，亦各隨其賦稟之天才而自爲一家者也。建之崇安士藍智明之，業進士舉，兼長於詩，篇什雖不多，字意無間贅。其古仿佛魏晋，其律似盛唐，長句則豪健，五言則温雅，擬杜似杜，效韋似韋，何其一手兼備衆體。雖天才之美，學問之工，蓋亦其生之幸也。得在於名賢之後，足以詳覽衆作，而去取於其間，以望夫大全之域，又其幸也。生於道學復明之後，得於萬變不同之中，知有大同者以主之，幸而又幸也。遇天下否極趨泰之日，而已富於春秋，足以觀光壯游，資夫江山之助。他日使聲韵傳誦於天下，題咏遍於形勝之地，以之追風雅，并駕前賢，亦可也。其止是乎！時至正壬寅冬戊子，進士、户部尚書、西夏張昶書于^[四]崇安縣學明倫堂之貳室。

【校】

[一] 此標題爲整理者所擬。

[二] 詩之所以吟咏情性者也：光緒刻本作“夫詩所以吟咏情性者也”。

[三] 存：光緒刻本作“在”。

[四] 于：光緒刻本作“於”。

明張槩藍澗詩集序^[一]

予初入閩，識藍靖之氏，知其有詩名，而弟明之資禀秀異，記誦明敏，心固期其遠大矣。未幾，予授館邑中，而明之時來切磋問辯^[二]，以進其所不及。又以廛市紛冗，乃往西山庵，端坐讀誦者終歲，猶以爲未得名師友，遂下三山習舉子業，業成而歸。時清碧杜先生隱居平川，崇尚古學，明之從兄俱往師焉。先生授以任叔植^[三]詩法，始悟舊學之非。先生已矣，師文蔣先生居鶴田，復往執弟子禮。自爾明之學日益進，詩日益工。予故羨其超然，不可追逐，而時輩亦罕有能及之者。嘗試于^[四]有司，不利，復值艱，遂弃去科舉學，刻意於詩。凡景物之動興，時事之興懷，靡不於詩發之。騷人才士入閩者，咸與之吟咏，輒加敬服。然隱處山林，率多平淡之音，窮苦之辭，未足以展其英邁也。有司求賢，首膺薦剡，馳駟赴京，授以西廣憲簽^[五]。於是溯大江，泛湖湘，望九疑，度桂嶺，歷諸管，凡山川之奇崛，城郭之壯麗，今昔之興廢，聖賢之遺迹，時事之變遷，可喜、可嘆、可驚、可愕，悲憂慷慨，發爲長篇大章，清詞麗句，始大快其平生之願，盡吐其胸中之蘊，而詩道之踴躍不可以尋尺計矣。夫遠游周覽以昌其詩者，幸也；客歿他鄉，不永天年者，不幸也。幸與不幸，皆天也，非人所能爲也，又何置忻戚於其間哉！其友人上清程芳遠與明之交最厚，嘗裒集其詩，分類成編，付其子侄刻而傳之。鶴田先生序之詳矣，予復何言？然予與明之，斯文骨肉，不爲不腆，詎容緘默，爲之執卷流涕，而識其後如此。雲松樵叟張榘題。

【校】

[一] 此標題爲整理者所擬。

[二] 辩：光緒刻本作“辨”。

[三] 叔植：光緒刻本作“升植”，均誤，任士林字實爲“叔實”。

[四] 于：光緒刻本作“於”。

[五] 憲簽：光緒刻本作“憲僉”，當是。

明蔣易藍澗詩集序[一]

詩何從而生也？毓兩儀之和，鍾五行之秀，其材散於六合之內，其理具于[二] 方寸之中。善詩者，若大將之調兵，戈、矛、劍、戟、殳、槍、弧弓惟所用，知、愚、勇、怯、仁、信、狙詐咸作，使運籌帷幄，制勝廟堂者，存乎其人。至於除暴亂，清海寓，威蠻陌，致隆平，而將之功成矣。在天者，日月星辰，風雲雷電，雪霜雨露，河漢虹霓。在地者，山川草木，城郭宮室，鳥獸之蜚走，蟲魚之鳴躍。或以賦，或以興，於以頌成功，咏太平，陳美刺，紓怨怒。而凡六合之內，具形色，含聲音，耳目之所接，心思之所運，觸於外而感於內，動於中而形於言者，和平典雅而不失性情之正，則詩之道得矣。故嘗謂騷壇之將握機運智，而風雲月露在其指揮，山川草木受其節制，凡而蟲魚鳥獸皆行伍之卒徒，形於歌詩，播於聲韵，與夫天下之理亂，生民之休戚，悉於是著焉。是以季札觀於周樂，而天下之事，四方之風，政有得失，治有大小，咸得而知之，夫豈小道也哉！

四詩而下，楚之辭哀以怨，漢之詩簡而遠，鄴中之詩遒以麗，六朝之詩靚而澤、浮而艷。獨淵明生當衰亂之時，心游太古之上，以□□[三]逍遥閑適之意，發和平沖澹之辭，在六朝人品中，可謂出乎其類、拔乎其萃者矣。唐興，沈宋名家，始擺去六朝之習，研聲勢創爲律詩，詩體爲之一變。獨陳子昂以幽邃之旨，振豪宕之音。逮夫李白，天才縱逸，辭氣豪邁，筆札亦似之。杜甫則苦思灂[四]沉，況其氣雄渾，其辭壯麗，駕轍漢魏，轔轢六朝，逾宋迄無[五]，雖有作者，未能或之先也。元初猶循習金宋之軌，在宋獨坡、谷、金陵絶倫。坡似李，谷似杜，金陵在蘇黃之間。自餘或長於議論而短於比興，辭意雖深而音響不振。四靈之作，宗尚晚唐，然已卑矣。餘子無足議也。元有天下，四十餘年至皇慶延祐，而後有趙子昂、楊仲宏、范亨甫、虞伯生、杜原父、揭曼碩數君子者出，更唱迭和，而開元、大曆之音韵復聞於世。一時俊彦，翕然和之，元之聲容於斯爲盛。

武夷藍性[六]之，幼而聰慧，學博才豐。自其爲舉子時，其兄靜之已馳詩譽伯仲之間，塤篪迭奏其後。性[七]之弃去舉子業，從清碧先生游，得其所聞於句章任士林者，於是一洗舊習，以少陵爲宗。然涉歷未遠，聞見未廣，雖有豪宕奇崛之才，無所於發，殊方古迹，足以拓充胸次、開豁心目，然非足登而目覽，要不可想象賦也。大明啓運，海寓一新，明之乃於此時膺公車之召，筮仕之初，首膺清選，提按廣西，跋數千里，過采石酹謫仙，泛洞庭想軒轅，歷黃州懷子瞻，浮沅湘弔英皇，望愚溪懷柳司馬，登赤壁而觀八陣，泊浯溪而誦磨崖，咏丹崖於舟中，睨祝融於天末。於是山川之勝，道途之勤，景物之殊，民俗之異，覽奇古弔[八]，悲哥[九]慷慨，一於詩焉見之。其得意處，動蕩激烈，叩舷擊築，浩然長哦，不去[十]與少陵入蜀秦中之行何如也？豈守一丘一壑者而能之哉？

辛亥冬，性[十一]之子澤自桂林回，附稿見示。明年秋，其方外友上清程芳遠來索稿，欲類次成集刻而傳之，且徵爲序。辭不可，逾月，乃克序而歸之。時壬子孟冬月[十二]，建陽橘山真逸蔣易序。

【校】

[一] 此標題爲整理者所擬。

[二] 于：光緒刻本作"於"。

[三] □□：光緒刻本未空。

[四] 瀰：光緒刻本作"深"。

[五] 無：光緒刻本作"元"，當是。

[六] 性：光緒刻本作"明"。

[七] 性：光緒刻本作"明"。

[八] 古弔：光緒刻本作"弔古"，當是。

[九] 哥：光緒刻本作"歌"，當是。

[十] 去：光緒刻本作"知"，當是。

[十一] 性：光緒刻本作"明"。

[十二] 時壬子孟冬月：光緒刻本作"壬子孟冬月"。

附録二

四庫全書總目藍澗集提要

藍澗集六卷永樂大典本

　　明藍智撰。其字，諸書皆作"明之"，而《永樂大典》獨題"性之"。當時去明初未遠，必有所據。疑作"明之"者，誤也。《明史·文苑傳》附載《陶宗儀傳》末，稱"洪武十年，以薦授廣西按察司僉事，著廉聲"。志乘均失載其事迹。考《集》中[一]有《書懷詩》十首，乃在粵時所作，以寄其子。雲松樵者張榘爲之跋，稱其"持身廉正，處事平允，三載始終無失"，則史言"著廉聲"者，當必有據。《劉彦昺集[二]》有《挽藍氏昆季》詩云："桂林持節還，高風振林谷。"則晚年又嘗謝事歸里矣。智詩清新婉約，足以肩隨其兄。五言，結體高雅，翛然塵外，雖雄快不足，而雋逸有餘。七言，頓挫瀏亮，亦無失唐人矩矱，與《藍山》一集，卓然可稱二難。《静志居詩話》謂："《〈藍山〉〈藍澗〉集》中詩，選家互有參錯，殆亦因其格調相近，不能猝辨[三]歟。"智《集》原目已不可考，觀焦竑《經籍志》所載，惟有《藍静之集》，而《藍澗集》獨未之及，是明之中葉已有散佚，近亦未見傳本。故杭世駿《榕城詩話》曰："二藍《集》，閩人無知者。"何氏《閩書》："藍仁有《藍山集》，藍智有《藍澗集》。"竹垞嘗輯入《詩綜》中，以爲十子之先，詩派實其昆友倡之。《集》本合刻，吳明經焯嘗於吳門買得《藍山集》，是洪武時刊，有蔣易、張榘二序，與竹垞言吻合，而《藍澗集》究不可購。徐惟和輯《晋安風雅》時，《二藍》闕焉，則此《集》之亡久矣，云云。惟《永樂大典》各韵中所收尚夥，搜輯裒綴，共得古今體三百餘首，雖篇什不及《藍山集》之富，而大略已見，謹以類編次，釐爲六卷。俾其兄弟著作，均不致泯没於後世云。

【校】

［一］考《集》中：四庫本作“《集》中”。

［二］劉彦昺集：四庫本作“劉昺集”。

［三］不能猝辨：四庫本作“故不能猝辨”。

清抄本《藍澗集》所收胡惠孚《藍澗集》提要

按：杭世駿《榕城詩話》曰：“二藍《集》，閩人無知者。”何氏《閩書》：“藍仁有《藍山集》，智有《藍澗集》。”竹垞嘗入《明詩綜》中，以爲“十子之先，閩中詩派實其昆友倡之”。《集》中[一]合刻，何[二]明經焯嘗于吳門買得《藍山集》，是洪武時刊，有蔣易、張榘二序，與竹垞言吻口[三]，而《藍澗集》究不可購。惟和輯《風雅》時，《二藍》闕焉，則此《集》之亡久矣，云云。余得滬上李氏藏書，中有影鈔明初刊本，二藍詩集各六卷，珠聯璧合，真吉光片羽云。道光辛卯中秋，篴江胡惠孚識於小重山房。

【校】

［一］中：《四庫全書總目藍澗集提要》作“本”，當是。

［二］何：《四庫全書總目藍澗集提要》作“吳”，當是。

［三］口：《四庫全書總目藍澗集提要》作“合”，當是。

光緒刻本《二藍集》所收藍蔚雯跋《藍澗集》文

藍氏，始見於《戰國·中山策》。相傳至五代時有大興公，始分兩支：一支入嶺南之潮州，由潮遷浙東之定海，是爲蔚雯之先；一支世居閩中。元明之際，閩之崇安有兩詩人，體格以唐爲宗，開十子之派者。長諱仁，字靜之，有《藍山集》；次諱智，字明之，有《藍澗集》，世所謂二藍者也。其於大興公，世系遠不可考，而二《集》雕於明初，迄今亦五百年矣，板不可問，流傳漸鮮。蔚雯懼遂泯没也，爰取家藏前明刻本校錄重刊，以示余家之欲學爲詩而快世之願得二《集》者。然二《集》在國初似已不易得，見故朱檢討《静志居詩話》云："二《集》選家誤有參錯"，而其所輯《明詩綜》悉依明初雕本刊正，況又百數十年於兹，宜其書之少也。而蔚雯所藏之本亦有脱爛訛謬，想當日曝書亭所收定加校勘，恨不得而參校也。至山隱澗世，世有是論，而朱氏據《集》中《述懷》《攝官》諸作謂："静之亦不終於林泉者。"今取詩，反覆讀之，朱氏之言，良是。

惜乎！譜遠不備，亦無從得其詳已。要其詩出乎性情，兼有唐人體格。昔賢固交推之，朱氏選詩最爲博而不濫，而《山集》之入選者至廿四首之多，《澗集》亦選至七首，其亦有所取之乎！且其他作嘆記誦之非學而惓惓以醫國爲念，其識議有髣髴郁離子者，不止以詩人自命也。兹本前有蔣師文、張雲松《序》，朱氏《詩話》所引語在其中而較朱本多陳、倪二序，《澗集》多張昶序，則固初刻足本可据，其訛文顯然有證者，稍加是正，疑者仍之，不敢臆改云。咸豐丁巳孟冬，族裔孫蔚雯謹跋。

光緒刻本《藍澗詩集》宣敬熙書後

有明一代，八閩詩人推崇安二藍，著有《藍山》《藍澗》二集。山，字靜之，隱武夷山，不求聞達，汲古自怡。澗，字明之，洪武十年以明經薦拜廣西按察司僉事。二藍出處不同。山、澗師杜伯原，世稱清碧先生。澗復從鶴田蔣師文游，惜不永年。《山集》中挽蔣鶴田詩云："門人藍澗修文早，不及哀歌共挽車。"二藍又修短不同第。朱氏《明詩綜》引蔣仲舒云"二藍勢力相敵，已入作者之室。"由其襧唐人遺派，開十子先聲。伯塤仲篪，更唱迭和，實同倡閩中詩學。二《集》雕本甚鮮，流傳不廣。咸豐間，浙東子青藍公備兵海上，出家藏前明本校錄重刊，迄今垂三十年。光緒甲申秋敬司訓來滬，得觀察重刊二《集》板，散佚太半，思補鋟之。遍訪原書，近從友人處假得，亟付手民，補其闕失，俾成完本。讀二《集》者，想見二藍之提倡風雅而益嘆觀察之顯揚先澤也。戊子春三月，金匱宣敬熙謹書後。

清朱彝尊《靜志居詩話》卷四"藍智"条

藍智，字明之，崇安人。明初應薦，授廣西按察僉事。有《藍澗集》。

二藍出處不同，《藍山》《藍澗》二集，選家誤有參錯。今依明初雕本刊正。